Marianne Wintersteiner
Anna Maria und Nannerl Mozart

Marianne Wintersteiner

Anna Maria und Nannerl Mozart

Zwei Frauen um Wolfgang Amadeus

Biographischer Roman

EUGEN SALZER-VERLAG HEILBRONN

Umschlaggestaltung: Christa Pohl
Umschlagbild: »Familienbild der Mozarts«
(Ausschnitt),
Öl auf Leinwand von Johann Nepomuk della Croce
1780/81, Mozart-Museum, Salzburg
Gesamtherstellung: Fa. Gutmann, Heilbronn
Printed in Germany · ISBN 3 7936 0294 X

Geleitwort

Marianne Wintersteiner hat sich nach der so erfolgreichen erzählenden Biographie über Anna Magdalena Bach »Willst du dein Herz mir schenken« wiederum zweier bedeutender Frauen aus der Musikgeschichte angenommen: Anna Maria und Nannerl Mozart. Die beiden waren – neben dem Vater Leopold – die wichtigsten Bezugspersonen von Wolfgang Amadeus Mozart. Anna Maria, die Mutter der Wunderkinder und der ruhende Pol der herumziehenden Mozartfamilie, die Kinder begleitend in mütterlicher Fürsorge, und Nannerl, die Schwester, selbst eine hervorragende Pianistin. Ihr Verdienst um das Genie Mozart wurde bisher viel zu wenig gewürdigt, so schließt beider Lebensgeschichte zweifellos eine Lücke in der biographischen Schilderung von Mozarts Leben und Erfolg.

Anna Maria Mozart, geborene Pertl, entstammte einer guten, doch verarmten Ministerialenfamilie. In allen zeitgenössischen Zeugnissen wird sie als gütig, selbstlos, liebenswert und tüchtig geschildert. Ihre Liebe gehörte dem Theologiestudenten Leopold Mozart, Buchbinderssohn aus dem fernen Augsburg, den sie trotz vieler widriger Umstände schließlich doch heiraten konnte. Für sie begann ein Frauenleben mit allen menschlichen Höhen und Tiefen. Sieben Kindern schenkte sie das Leben, doch nur zwei blieben ihr – aber was für Kinder! Wolfgangs Schwester Nannerl war in ihrer frühen Jugend genauso berühmt wie ihr kleiner Bruder, an seiner Seite feierte sie in ganz Europa Erfolge, spielte vor Kaiser und Königen, und die zeit-

genössischen Gazetten schrieben: »Diese Kinder sind ein Weltwunder ersten Ranges ...«
Später wurde es stiller um sie, bescheiden trat sie hinter ihrem genialen Bruder zurück. Daß aber Wolfgang Amadeus Mozart zum größten und geheimnisvollsten Musiker aller Zeiten wurde, daß er sein Genie, geleitet durch den Vater, geliebt von Mutter und Schwester, innerhalb des harmonischen Familienlebens so entwikkeln konnte, verdankte er den Seinen, denen er sich zeitlebens verbunden fühlte.
Marianne Wintersteiner spürte mit der ihr eigenen Sensibilität und Einfühlungskraft dem Schicksal der beiden Mozartfrauen nach, verwertete bisher Unbekanntes, holte in Zitaten herbei, was noch greifbar war. So entstand eine erzählende Biographie, der man das sorgfältige Quellenstudium anmerkt, die sich aber trotzdem wie ein spannender Roman liest. Ihre beiden »Heldinnen« sind Frauen, und nur eine Frau kann deren Leben so präzise und dennoch feinfühlig schildern. Marianne Wintersteiner ist dies hervorragend gelungen.

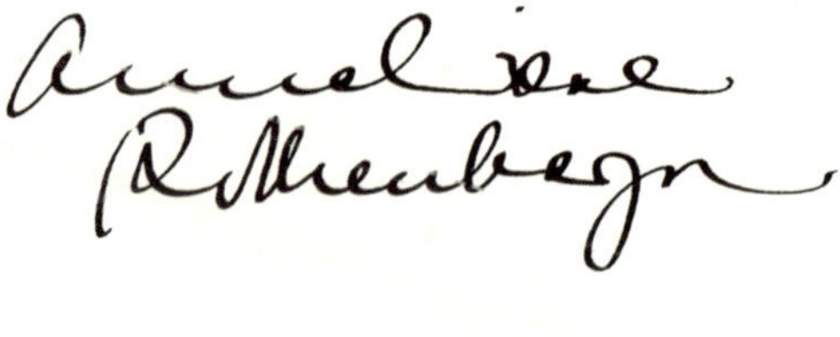

Ein Weihnachtskind – Die Puppe – Die »Almosenfrau«

Thresl Hinterseer, Kleinmagd des Pflegkommissars von St. Gilgen, stand im Kramladen und trat unruhig von einem Fuß auf den andern. Gar zu lange schon schwätzte die Krämerin mit der Pfarrhausköchin und sie, die Thresl, mußte doch so schnell als möglich zurück. Tapfer meldete sie sich schließlich:

»Ich möcht' schön bitten um ein Glaubersalz.«

Die Krämerin warf einen Blick auf die vorwitzige kleine Kundschaft.

»Warum hast es denn du so eilig, Thresl? Wer braucht's denn so dringend, das Glaubersalz?« fragte sie spöttisch. »Ist doch der Herr Pflegkommissar unterwegs, wie ich heut morgen gesehen hab'.«

»Es braucht's ja auch net der Herr. Aber bei uns fallt heut der Ofen zamm« (blumige Umschreibung für eine bevorstehende Geburt), erwiderte das dreizehnjährige Dirndl und verzog seinen kleinen Mund im sommersprossigen Gesicht zu einem breiten freundlichen Lachen.

»Jessas! Und die Hebamme liegt ja selber im Kindbett«, rief die Krämerin erschrocken.

Die Thresl lachte immer noch.

»So was können wir auch selber, ich und die Zenzi!«

»Du? Was weißt denn du vom Kinderkriegen? Hast ja selber noch die Eierschalen hinter deinen Ohrwascheln.« Thresls breiter lachender Mund wurde wieder klein.

»Muß man denn alles schon selber mitg'macht haben,

damit man was kann? Hab' ich net bei der Mutter schon alles g'sehn?« Hastig packte sie den Beutel, der nun schwer an ihrem Arm hing und lief heimwärts.

Angst stieg in ihr hoch, als sie die Tür zum Pfleggerichtsgebäude aufstieß und ihr ungewohnte Laute entgegendrangen, ein lautes Stöhnen, ein jammervolles Schreien.

Sie ließ den Beutel fallen und rannte nach oben. Die Köchin starrte ihr zornig entgegen:

»Wo bleibst denn du so lang, schlamperter Lausfratz? Wo hast das Glaubersalz?« Mit schreckgeweiteten Augen starrte die kleine Thresl zum Himmelbett, aus dem das Stöhnen der Frau Pflegerin kam. Dann lief sie die Treppe hinunter, überschlug sich fast und holte das Leinensäckchen mit dem Glaubersalz. Oben schüttete es die Köchin als Trank für die Wöchnerin in ein Glas heißes Wasser. Kreszenzia war eine gestandene Weibsperson, die schon mancher Geburt beigewohnt hatte. Jetzt freilich war ihr angstvoll zumute, als die Herrin gar so erbärmlich stöhnte und jammerte.

»Müßt S' fei drücken, gnä Frau, bitt schön, tun S' recht fest drücken. Söll hilft schon, ganz g'wiß!«

Frau Euphrosina sah sie mit zornigem Blick an und stöhnte:

»Das weiß ich selber, Kreszenz, aber es hilft ja nichts. Irgendwas ist diesmal anders als sonst.« Euphrosina hatte schon dreimal geboren, doch waren die Kinder bis auf eines im Säuglingsalter gestorben.

Die Köchin wandte sich nach der Thresl um, sie sollte im Herd nachschüren, aber die Kleinmagd war nicht da. Sie hetzte inzwischen durch Schnee und Eis über die Wiesen hinüber zum Haus der Hebamme.

»Unsere Frau stirbt!« schrie sie mit keuchendem Atem schon auf der Schwelle. »Müßt kommen, Frau Huberin, i bitt' recht schön, müßt gar schnell kommen, sonst stirbt die Frau.«

Auguste Huberin hatte in der Nacht ihr achtes Kind geboren. Jetzt ruhte sie bleich auf dem Kanapee, erhob sich aber sofort und befahl der Thresl, zum Nachbarn zu laufen, er solle anspannen.

Als die Huberin am herrschaftlichen Wochenbett stand, erkannte sie erschrocken, daß die Frau ohne ihre Hilfe wohl nicht mehr zu retten gewesen wäre. Mit ihren geübten, geschickten Händen rückte sie das Kind im Mutterleib zurecht, so daß das kleine Mädchen, die spätere Mutter Wolfgang Amadeus Mozarts, unbeschadet das Licht der Welt erblicken konnte.

Es war ein gesundes Kind und wurde am ersten Weihnachtstag 1720 unter Assistenz der braven Gertrudis Seywaldin auf den Namen Anna Maria Walpurgis in der Kirche zu St. Gilgen getauft. Der Kindsvater Wolfgang Nikolaus Pertl, ehrengeachteter und geschätzter Pflegkommissar des Stiftsbezirkes St. Gilgen, strich der kleinen Thresl über das blonde Haar und sagte:

»Unter all den Hirnlosen im Haus« – er meinte das sechsköpfige Stiftspersonal – »hast du als einzige Verstand gezeigt.« Er nahm die Hand von Thresls Scheitel, holte seine Geldkatze hervor und legte einen Goldgulden in die verarbeitete Kinderhand. Zugleich erhielt die Thresl das Privileg, als Kindsmagd das Annerl und deren einjährige Schwester zu betreuen. Das war freilich etwas anderes, als von der mürrischen Köchin und dem eifersüchtigen Stubenmadl herumdirigiert zu werden. Die Thresl war ja selbst noch ein Kind und so den beiden Herrschaftskindern Anna Maria und ihrer ein Jahr älteren Schwester Trudis mehr Spielgefährtin als Betreuerin.

Kurz vor Anna Marias Geburt 1720 war Wolf Niklas Pertl mit seiner Familie aus dem feuchten, düsteren alten Schloß Hüttenstein in das neue Pfleggericht von St. Gilgen übersiedelt. Dieses Gebäude war sein Werk und sein Stolz; er hat sich mit ihm ein Denkmal gesetzt, das heute noch zu besichtigen ist. Pertl war ein begabter und begeisterter Bauherr, der seine Ideen auch gegen den Willen seiner Vorgesetzten zu verwirklichen wußte. Da er erst seit einigen Jahren in St. Gilgen ansässig war, verlangte die vorsichtige Hofkammer zu Salzburg von Herrn Pertl drei solvente Bürgen. Wolf Niklas fand sie in den Herren Trahtzieher, Doktor Eichel und Ottmann, die sich mit je tausend Gulden für ihren Freund verbürgten. Trotzdem wurden des Pflegkommissars Bauaktivitäten mit Argwohn beobachtet.

Ein Pflegkommissar unter fürstbischöflicher Herrschaft war ein Ministerialer, ein Beamter, der in etwa die heutige Stellung eines Landrats innehatte. Doch das Haus Pertl war nicht nur verwaltungsmäßig und wirtschaftlich Mittelpunkt des Pflegbezirkes St. Gilgen, sondern auch in gesellschaftlicher und kultureller Hinsicht. Wolf Niklas war ein leutseliger Herr gegenüber seinen Untertanen und ein geselliger Mensch im Freundeskreis, seine Gattin Euphrosina eine charmante, liebenswürdige Gastgeberin. Kein Wunder, wenn sie wenig Zeit hatte, sich um ihre beiden kleinen Kinder zu kümmern. Sie wuchsen unbeschwert im Dienstbotenbereich auf und vermißten weder die mütterliche Wärme noch die Autorität des Vaters. Thresl, das Kindermädchen, spielte, aß und schlief mit ihnen und steckte die Rüge der Frau Mama gelassen ein, wenn ihr die Sprößlinge einmal gar zu schmutzig über den Weg liefen.

Dann aber trat eine Situation ein, die die Lage der Familie schlagartig änderte.

Wolf Niklas war in Sachen Baukostenerstattung für das Gerichtsgebäude nach Salzburg beordert worden. Er legte den Weg zu Pferd zurück. Es war ein frostig kalter Februartag, und Euphrosina hätte es lieber gesehen, er wäre mit dem Einspänner gefahren: »Du wärst da besser gegen einen Überfall geschützt, Wolf Niklas.«

Doch kein Räuber wurde ihrem Mann zum Verhängnis, sondern ein Wetterumschwung. Völlig durchnäßt und durchfroren kam er aus Salzburg zurück.

Euphrosina jammerte und richtete ihm hastig ein Bad, packte ihn in heiße Tücher, trotzdem schlugen ihm die Zähne aufeinander.

Als sie später an seiner Seite lag und merkte, daß er nicht schlief, fragte sie ihn:

»Was hast du denn in Salzburg ausgerichtet, Wolf?«

Und sie erfuhr, daß man dort nicht gewillt war, die überzogenen Baukosten des Gerichtsgebäudes zu übernehmen.

»Heißt das, du sollst sie aus der eigenen Tasche bezahlen?« fragte Euphrosina entsetzt.

»Ja.«

Man warf dem Bauherrn vor, ohne Rücksprache mit der Kammer, Mehrkosten verursacht zu haben, die man keinesfalls zu tragen gewillt war. Mehr als die

Krankheit – Wolf Niklas begann zu fiebern – machten ihm wohl die Schulden zu schaffen. Euphrosina verständigte Doktor Eichel, der nur eine starke Verkühlung feststellte.

»Solange du fieberst, mußt du im Bett bleiben, Wolf Niklas.« Und an Euphrosina gewandt: »Ihr wißt ja selbst, wie man dergleichen kuriert. Lindenblütentee, Holundersaft. Wird es nicht besser, laßt es mich wissen.«

Es wurde nicht besser. Das Fieber stieg, der Arzt ließ seinen Freund zur Ader, daraufhin trat eine Besserung ein, und alles atmete auf. Doch zwei Tage später starb Wolf Niklas.

Pertl war der letzte Pfleger, der noch im alten Schloß Hüttenstein die Amtsgeschäfte führte. In seine Amtszeit fällt der Bau des neuen Pflegergerichtsgebäudes zu St. Gilgen, auf dessen bauliche Ausgestaltung er bestimmenden Einfluß nahm. Er starb am 7. III. 1724. (Erich Schenk)

Zu diesem Zeitpunkt war Anna Maria vier Jahre, ihre Schwester Gertrudis fünf. In den Grabreden rühmte man des Pflegkommissars Milde und Mitleid mit den Armen, seinen nimmermüden Einsatz in seinem Beruf und sein Eintreten für die Belange seiner Untertanen gegenüber der fürstbischöflichen Obrigkeit . . .

Euphrosina war verzweifelt und ahnte wohl auch, was auf sie zukommen würde.

Die Witwe geriet durch diesen plötzlichen Heimgang in sehr mißliche Verhältnisse. Die Amtsschulden betrugen 1267 Gulden. (Erich Schenk in »Mozarts Salzburger Vorfahren«)

Dieser Betrag war für damalige Verhältnisse sehr hoch. An der Misere war wohl Wolf Niklas' großzügiger Umgang mit seinen Einkünften schuld. Verstand es nur einer seiner Untergebenen geschickt, dem Herrn die Ohren vollzujammern, so verzichtete der auf Steuer und Zehent, und mehr als einmal war es einem solchen Bittsteller sogar gelungen, sich vom Pflegkommissar auch noch ein Darlehen zu erbetteln. Wolf Niklas' Gehalt wäre hoch genug gewesen, dazu kamen noch Nebeneinkünfte aus Fisch- und Jagdrechten, das Abkassieren von Maut- und Strafgeldern, aber er war eben kein guter Rechner und Verwalter – ihn interessierte nur der Bau des Pflegegerichts. Mag sein, er wäre mit all den Schulden und Widerwärtigkeiten fertig geworden, wäre er nicht so früh gestorben – mag sein. So aber stand die Witwe wehr- und schutzlos den Gläubigern ihres Mannes gegenüber. Mitleid und Anteilnahme der Bevölkerung schwanden schnell, Euphrosina bekam es zu spüren. Im stillen hoffte sie, wenigstens die eingebrachte Mitgift von 350 Gulden aus der Konkursmasse retten zu können, schließlich war sie an den Geschäften ihres Mannes nicht beteiligt gewesen.

Zunächst gedachten sich die Gläubiger an dem vorhandenen wertvollen Hausrat, Büchern, Musikinstrumenten und Möbeln schadlos zu halten. Eine Versteigerung wurde angesetzt.

In der Nacht vor der Auktion lag Euphrosina schlaflos. Das Mobilar stand im Vorhof. Der neue Pfleger war bereits eingezogen. Euphrosina hatte er »großzügig« zwei Bodenkammern überlassen. »Unser Personal müssen wir uns hier erst suchen. Solange können Sie

gerne in den Dienstbotenstuben bleiben«, hatte er der Frau seines Vorgängers gönnerhaft gesagt.
Die Nacht war schwül, und Euphrosina sorgte sich, ein plötzlich aufkommendes Gewitter könnte den Hausrat im Vorhof verderben und den Ertrag schmälern.
Nebenan in der Kammer weinte die kleine Trudis. Sie empfand das Neue und Schlimme ihrer Lage mehr als das vierjährige Annerl, der es gefiel, auf dem großen Dachboden herumzutoben. Euphrosina dachte an die Leute im Dorf, die anfingen, ihren geliebten Mann offen leichtfertig und verantwortungslos zu nennen. Das tat weh. Erst vor ein paar Tagen hatte sie an die Hofkanzlei des Fürstbischofs geschrieben:
Mein Ehgemahl war ein redlich und Ehrlicher, weder dem Spiele, noch dem Trunke, noch ein der Kleiderpracht ergebener Mann.
Ganz ähnlich formulierten es auch die drei Bürgen, Doktor Eichel, Herr Ottmann und Franz Trahtzieher und setzten hinzu:
Auch seine Ehekonsortin war eine gehorsame und kluge Hauswirtin gewest. Der Pfleger war beim Pfleghausbau überanstrengt, so daß er nicht Zeit zu Protocoll-Rechnungsführung hat gehabt ... (Hofkammerprotokoll)

Vor lauter Sorgen um die Zukunft war Euphrosina fast nicht dazu gekommen, ihren Wolf Niklas zu betrauern. Jetzt lag sie auf dem schmalen Dienstbotenstrohsack und dachte an das Himmelbett, das drunten im Hof stand, und daran, wie viele glückliche, aber auch schwere Stunden – so Anna Marias Geburt – sie mit diesem Möbelstück verbanden. Sie schlug die Decke zurück und trat ans winzige Fenster. Im Licht

geliehen habe, doch dann wollte das verwöhnte kleine Ding die Puppe nicht mehr hergeben. Das Annerl versuchte, sie ihr mit Gewalt zu entreißen, empört schreiend. Euphrosina kam hinzu. Die beiden Mütter sahen sich verlegen an, Euphrosina erkannte die neue Pflegkommissarin, die nun zögernd fragte, ob Euphrosina ihr nicht die Puppe verkaufen wolle.

»Sie könnten Ihrer Tochter eine andere kaufen, Madame.«

»Nein!« schrie Anna Maria zornig. »Das ist die meinige!« Sprach's, riß die Puppe an sich und lief davon. Damit war der Fall eigentlich erledigt.

Die Auktion begann, und Euphrosina verkroch sich in der Dienstbotenkammer, wurde dort jedoch von ihrer Salzburger Freundin Margarethe Aniser aufgestöbert. Sie war eigens wegen der Auktion von Salzburg nach St. Gilgen angereist, um Euphrosina, mit der sie verwandt war, zu trösten. Sie legte ihr die im Himmelbett zurückgelassene Decke in die Arme und rief empört:

»Was denken die sich denn! Nehmen dir sogar deine eigene Zudecke weg: Die neue Pflegerin hat sie mir gegeben, sie hat sie für dich ersteigert.«

Euphrosina, ein Mensch, der für jede erwiesene Guttat dankbar war, brachte Anna Marias Puppe, trotz deren zornigen Protests, hinunter in die Pflegerwohnung und legte sie der Kleinen in die Arme. Die vergaß vor lauter Verwunderung und Freude zu danken ...

Die Versteigerung hatte mehr erbracht, als man gerechnet hatte. Wolf Niklas war ein gebildeter Mann gewesen, hatte eine große Bibliothek, deren hoher Auktionsertrag in den Akten ausdrücklich festgehalten wurde. Er war musikalisch und besaß gute Musikinstrumente, die alle unter den Hammer kamen. Doktor Eichel betrat die Dachkammer und legte die Zither auf den Tisch.

»Madame, damit Eure Töchter das Zitherspiel lernen können.«

Und Margarethe Aniser meinte: »Hast du gemerkt, Euphrosina, wie verblüfft der Auktionär war, als man immer höher und höher bot? Das tat man dir zuliebe.«

Auch die Ehefrauen der drei Bürgen boten eifrig mit und brachten der Witwe »als Andenken« so manches wertvolle Stück zurück.

In solchen Augenblicken kamen Euphrosina die Tränen, auch als Margarethe Aniser sie am liebsten sofort nach Salzburg mitnehmen wollte:

»Zwei so elende Kammern wie hier findest du auch in unserer Stadt.«

Noch aber mußte Euphrosina in St. Gilgen bleiben, um ihre »Verhältnisse« zu ordnen. Ihre Hoffnung, die Erbschaft von 350 Gulden behalten zu können, erwies sich als trügerisch. Wolf Niklas' eigener Buchhalter zeigte den Betrag an. Euphrosina war wütend. Gerade dieser Mensch hatte ihres Mannes volles Vertrauen, führte die Bücher. Er hätte ihn rechtzeitig warnen müssen, daß die Geldmittel überzogen wurden.

»Wer weiß denn in all dem Durcheinander überhaupt, wieviel der sich in die eigene Tasche gewirtschaftet hat«, sagte sie bitter zu Doktor Eichel.

Der sah sie ernst an.

»Ihr mögt recht haben, Madame, aber unser Wolf war eben zu leichtgläubig.« Er sagte nicht »leichtsinnig«, doch es hörte sich so an ...

Obwohl die Versteigerung einigen Gewinn erzielt hatte, betrug die Restschuld immer noch 1020 Gulden, für die die drei Bürgen des Pflegkommissars geradestehen sollten. Ein ganzer Akt an Eingaben und Beschwerden befindet sich heute noch in den Archiven: Doktor Eichel schrieb seinerzeit:
Es sind dem Pflegkommissar durch Straßen- und Wegebau große Extraausgaben erwachsen, deren Vergütung die Hofkammer unterlassen hat ... Und Erich Schenk berichtet: *Die Verhandlungen und Prozesse zogen sich in die Länge bis an die zwei Jahre. Es bewilligte der Erzbischof zuletzt die Übernahme der halben Restschuld, die andere Hälfte mußten die Bürgen tragen. So war des Pertls Witwe mit ihren beiden Kindern nichts als die Armut geblieben ...*

Euphrosina zog nach Salzburg in eine schäbige Wohnung, die ihr die Hofkammer zugebilligt hatte. Margarethe Aniser sorgte für Kundschaft, die Euphrosinas Handarbeiten kaufte. Trotzdem war es ein für uns heute unvorstellbares Kunststück, mit einem Gnadengeld von acht Gulden monatlich, das man ihr laut Hofkammerprotokoll anstelle eines Witwengehaltes auszahlte, den Lebensunterhalt für drei Personen zu bestreiten. Mit den zurückbehaltenen Bezügen gedachte man Wolf Niklas' Schulden zu tilgen. Offenbar glaubte man, die Pflegerwitwe habe heimlich noch genügend Geld beiseite geschafft, aber das war eben nicht so.
Euphrosina stammte aus guten Verhältnissen. Sie konnte hervorragend sticken und handarbeiten, aber mit groben Arbeiten wie Holzhacken, Feuer im Herd anzünden, Wäschewaschen, Einfüllen der Glut ins Bü-

geleisen kam sie nicht zurecht. Sie verbrannte sich die Hand, und drei Wochen fiel der Handarbeitsverdienst aus. Ihre frühere Magd, die Thresl Hinterseer, hatte Margarethe Aniser in ihren Haushalt übernommen, doch durfte sie, mit Erlaubnis der Aniserin, bei ihrer ehemaligen Herrin wenigstens die wichtigsten Magddienste verrichten: Sie wusch die Wäsche am Fluß und beseitigte den Unrat. Täglich trug die Thresl in der Dunkelheit, wie es behördliche Vorschrift war, die Klosetteimer und Abfallkübel hinunter zur Salzach und entleerte sie, wie die anderen Mägde auch, in den Fluß. Wehe, wer tagsüber bei solchem Tun erwischt wurde! Mit Sonnenaufgang gehörte das Wasser in der Salzach den vielen Waschweibern, die auf den Stegen knieten und ihre Wäsche mit dem Waschholz sauber klopften.
Den ganzen Tag wartete das Annerl auf ihre Freundin, die Thresl, begleitete sie und sah ihr bei ihrem Tun zu. Auf diese Weise erlernte sie bald, was die Thresl konnte: Holzhacken, die Gasse und den Hof kehren, sogar Wäsche sauber waschen und das Bügeleisen handhaben. Zu den angenehmsten Tätigkeiten gehörte für das Annerl das Holzsammeln im Wald.

Es waren nicht mehr die vornehmen St. Gilgener Mahagonimöbel, die nun in Euphrosinas ärmlicher Salzburger Stube standen – Grete Aniser hatte der Freundin mit einfachem Hausrat ausgeholfen –, doch dem neidischen Flickschuster Anton Hitzig waren auch die noch viel zu fein für eine »Almosenfrau«. Er bewohnte mit seiner Familie, einem sommersprossigen frechen Sohn und drei kräftigen Mädchen, die Wohnung im

Parterre, die feucht und düster war, wie alle Wohnungen in den engen Hinterhäusern.
Die Stube oben hätte der Hitzig als Werkstatt haben wollen, doch da setzte man ihm zu seinem großen Ärger die Pflegerwitwe hinein. Grund genug, diese Person zu hassen und ihr das Leben mit Bosheiten und Schikanen schwer zu machen.
Euphrosina war nicht auf den Mund gefallen und zahlte es dem Flickschuster mit gleicher Münze heim. Das Annerl erlebte so eine Mama, die ihr neu war.
»Hol Sie der Teufel, Hitzig!« rief sie zum Beispiel. »Hält Er sein ungewaschenes Maul jetzt nicht sofort, beschwere ich mich bei der Hofkammer.« Das tat sie auch, doch mußte sie erfahren, daß der ehemalige Freund ihres Mannes, Herr von Pusch, keinesfalls so höflich wie früher mit ihr umging. Er gebrauchte sogar das despektierliche Sie in der dritten Person und antwortete kühl:
»Wend' Sie sich mit einer schriftlichen Beschwerde an den Adjunkt Hofmiller, aber sei Sie sicher, daß er dem Schuster Hitzig wird keine Vorschriften in punkto Umgang machen!«
Euphrosina erkannte: die Zeiten, da ein Herr von Pusch seine Beine unter ihren gastlichen Tisch gestreckt und erfreut eine gerupfte Gans für seine Gattin aus Schloß Hüttenstein mit in die Stadt genommen hatte, waren endgültig vorbei.
Wie die Mädchen des Schusters holte Anna Maria Reisig und Leseholz in der Buckelkraxe aus dem nahen Wald. Trudi, die Schwester, immer müde, war keine rechte Hilfe. Sie drückte mit ihren schwachen Händchen das Reisig in der Kraxe zusammen, und Annerl

hob sie schließlich geschickt auf ihre Schultern und schleppte sie heim. Freilich war das ein mageres Holzsammeln im Vergleich, was die drei Schusterkinder zusammenbrachten. Es wurmte das ehrgeizige Annerl sehr, daß der Holzhaufen der Hitzigs im Hof so viel größer war als der ihre, auch wenn sie die Mutter tröstete:

»Weißt, Annerl, der Hitzig heizt ja für uns mit. Es kommt die Wärme durch die Decke zu uns hoch.«

Da war es die treue Thresl, die einsprang und gleich drei Buckelkörbe voll Leseholz und zwei mächtige Reisigbündel herbeischaffte. Und was tat der böse Schuster? Er beschuldigte das Annerl, von seinem Vorrat Holz gestohlen zu haben. Dafür holte sich das Annerl dann an einem sehr frühen Morgen tatsächlich zwei Schwingen voll Kleinholz.

Der Winter des Jahres 1732 hatte es in sich. Am Aschermittwoch begann es noch einmal zu schneien und später so stark zu frieren, daß die Leute mit leeren Eimern jammernd vom Brunnen kamen, weil der über Nacht zugefroren war. Auch Anna Maria, das »Wassermadl« der Familie, brachte einen leeren Henkelkrug zurück. Die Leute wagten sich nicht aufs Eis der Salzach, um Flußwasser zu holen, es schien ihnen nicht sicher genug. Doch die immer größer werdende Wassernot zwang sie schließlich dazu. Auch das Annerl schlitterte mit ihrem Kübel übers Eis zum Wasserloch nahe dem Ufer, legte sich auf den Bauch und schöpfte in den Kübel. Da kam von rückwärts Fritz, der dicke Schusterbub, und stieß ihr, zu jedem Schabernack stets bereit, den halbvollen Eimer um. Das Annerl schüttete zornig Wasser nach ihm, er wich aus und plumpste in das Loch im Eis. Natürlich schrie er jämmerlich. Er konnte zwar schwimmen, aber das Wasser war eiskalt. Verdutzt und erschrocken starrte das Annerl auf den zappelnden Buben. Dann legte sie sich auf den Bauch und hielt ihm die Hände hin. Er zog sich mühsam hoch und kroch aufs feste Eis. Im Nu erstarrte er zu einem wandernden Eiszapfen, der so schnell wie möglich heimwärts lief.

Das Annerl hatte es weniger eilig. Mit Sicherheit erwartete sie ein hitziges Donnerwetter des Alten. Aber nichts geschah. Später erfuhr sie Fritz' phantasievolle Erklärung für seinen eisigen Zustand:

»Is dem Artmeier sein Spitz, dös damische Hundsvieh, ins Wasser g'fallen und hab' i ihn halt außizogn.«

Dem Annerl ging er zunächst aus dem Weg, aber einmal, als sie vom inzwischen wieder aufgetauten Brunnen kam, da war er plötzlich neben ihr und nahm ihr galant das Tragholz mit den Kübeln ab. Seitdem vertrugen sie sich.

Wenn man diesen Lebensabschnitt Anna Marias betrachtet, erkennt man Parallelen zu jenen rührseligen Geschichten einer E. Marlitt, die hundert Jahre später ähnliche Stoffe in ihren Romanen verarbeitete: Ein Mädchen aus gutem Haus gerät unverschuldet in große Armut und Not, aus der es in den Romanen allerdings in der Regel durch ein edles Herz erlöst wird. Noch aber war ein solches für Mutter Euphrosina und Anna Maria weit und breit nicht in Sicht.

Anna Maria besuchte die Armenschule, brachte Läuse heim, die die Thresl energisch bekämpfte, hungerte, weil Euphrosina sehr sparen mußte und auch nicht imstande war, schmackhaft zu kochen. Die Schusterin rümpfte die Nase, wenn es von oben aus der Küche der Pflegerwitwe nach »Schweinetrank« roch. Das war natürlich übertrieben, Euphrosina kochte Weizenkörner zu einer Suppe und mischte Gemüse, vor allem Kraut dazu, das Anna Maria einmal in der Woche vom Krautmarkt holte. Es kostete sie nichts, denn der Standler Wendelin war ein St. Gilgener, dem Wolf Niklas einmal den Zehent erlassen hatte. Er war zu Euphrosina gekommen und hatte ihr als kleine Hilfe kostenlos Kraut angeboten, was ihr vom bissigen Schuster den Spottnamen »Krautmadame« eingetragen hatte, den seine Kinder begeistert übernahmen. »Krautmadame, Krautmadame«, klang es jetzt hinter Euphrosina her, wenn sie, was selten geschah, das Haus verließ. Sie scherte sich wenig um das Geschrei, aber ihre temperamentvolle Tochter sprang bei so einer Gelegenheit – die Mutter war inzwischen hinter der Hausecke verschwunden – der ältesten Schustertochter wie eine Wildkatze an den Hals und biß und kratzte die Verblüffte dermaßen, daß die Spuren tagelang zu sehen waren ...

Vielleicht verdankte das Annerl dem braven Wendelin aus St. Gilgen durch diese »gesunde« Ernährung ihre gute Kondition.

Die nützte ihr freilich nichts, als die Stadt eine Grippeepidemie heimsuchte, die sogar Todesopfer forderte. Beide Pertlmädchen erkrankten, die kleine Trudi so schwer, daß es für sie keine Rettung mehr gab. Trudis jammervolles Sterben war die erste tiefe seelische Erschütterung Anna Marias.

Aus Euphrosina hatten der Tod ihres Mannes, der demütigende Kampf gegen die Behörden ums blanke Überleben eine ernste, verschlossene Frau gemacht. Zwar war sie auch früher ein Mensch, der Gefühle nie überschwenglich zu zeigen vermochte, weder Fröhlichkeit noch Niedergeschlagenheit, aber sie war nicht so stumm und kalt gewesen wie jetzt. Daß sie sich auch nicht um die Gefühle ihrer heranwachsenden Tochter kümmerte, sich weder für ihre Bildung noch ihr späteres Fortkommen verantwortlich fühlte, nahm ihr die Freundin Grete Aniser übel. Freilich wußte sie nichts von dem wirklichen Ausmaß der Not Euphrosinas, und auch das Annerl sprach nicht darüber. Sie verriet höchstens der Thresl, daß sie schon seit zwei Wochen nichts anderes als Weizensuppe gegessen hätte, wochenlang kein Stück Fleisch. Und aus lauter Mitleid versorgte die Thresl das Annerl mit Leckerbissen, aber sie traute sich nicht, der strengen Madame Pertl ein Stück Fleisch anzubieten.
Ob Trudis Tod Euphrosina besonders bewegte, sah man ihrem immer noch schönen, starren Gesicht nicht an. Als aber das Annerl plötzlich auch hoch zu fiebern begann und der Arzt, den die Aniserin geschickt hatte, eine beiderseitige schwere Lungenentzündung feststellte, erwachte Euphrosina aus ihrer Lethargie. Sie jammerte, weinte und klagte, so als stünde schon fest, daß sie auch ihr zweites Kind durch den Tod verlieren würde. Margarethe Aniser, vom Annerl Tante genannt, ging der verstörten Mutter zur Hand, pflegte die Zwölfjährige und erkannte im täglichen Umgang mit Mutter und Tochter die große Not, in der die beiden lebten. So erfuhr sie auch, daß Euphrosina ihre

Mitgift nicht hatte retten können und sie neben den acht Gulden Almosengeld auf den Verdienst durch die Handarbeiten angewiesen war.
Aus dieser Zeit ist eine Eingabe Euphrosinas an die Hofkammer erhalten, in der sie wegen der Krankheit ihrer Tochter um eine höhere Unterstützung bittet:
So es mir nicht möglich ist, meiner Handarbeit ordnungsgemäß nachzukommen, da mein Töchterl immerdar siech darniederliegt.
Im Hofprotokoll steht der Eintrag, es möge ein Kontrolleur zur Pertelin geschickt werden, welcher nachprüfen muß, *wie weit oben genannte Anna Maria Pertl, im zwölften Jahre stehend, wahrheitsgemäß hinfällig und siech darniederliegt, wie angegeben ...*
Man scheute sich also nicht, nachzuspionieren, ob das Kind tatsächlich noch bettlägerig war. Und als der Büttel das bereits wieder gesunde Annerl beim Holzhacken antraf, wurde Euphrosina, laut Hofkammerprotokoll, vom Almosengeld auch noch ein halber Gulden als Strafe abgezogen. Da erbot sich die Aniserin, das Annerl zu sich zu nehmen.
»Sie muß doch etwas lernen. Du kannst dich zu wenig um sie kümmern.«
Und so kam Anna Maria mit vierzehn Jahren als eine Art Haustochter in das Haus des Stadtrates Anton Aniser. Der Historiker Erich Schenk schrieb 1929:
Von frühester Kindheit an hat Anna Maria Haushalten und Sparen als unerbittliche Notwendigkeit kennengelernt ...

Nur Annerls dicke Freundschaft mit der Dienstmagd Thresl gefiel der Aniserin wenig. Doch als Anna Maria ganz ungewohnterweise in bittere Tränen ausbrach, als die Tante sie deshalb rügte, ließ sie ihr den Willen.
Schon bald fiel Madame Aniser auf, daß Annerls sprachliche Ausdrucksweise zu wünschen übrig ließ. Man merkte ihr den derb-ungenierten Umgangston mit den Straßenkindern deutlich an. Das Wort »Popo« zum Beispiel war ihr sicher bekannt, aber sie sagte es nicht, und Frau Margarethe zuckte jedesmal zusammen, wenn das Annerl ganz ungeniert andere Wörter für diesen Körperteil gebrauchte. Ermahnungen nahm sie zerknirscht zur Kenntnis, aber sie »versprach« sich trotzdem immer wieder. Anna Maria lachte gern und ihr heiteres Naturell hatte sie auch in der zurückliegenden schweren Zeit mit der verbitterten Mutter nicht verlassen.
Nun, da sie ständig mit der Thresl beisammen sein konnte, wurde die mehr denn je ihre Vertraute, die sie allen anderen Freundinnen vorzog. Daß die Thresl dreizehn Jahre älter war, störte die beiden nicht. Oft drang aus der Dienstbotenkammer Lachen und Schwatzen auf den Flur, und Madame Aniser fragte sich manchmal mißtrauisch, ob die beiden sich etwa über sie lustig machten. Keinesfalls, Tante Grete stand bei Anna Maria in hohem Ansehen. Ach, es gab so vieles, über das eine Fünfzehnjährige lachen konnte. Zum Beispiel über die geschniegelten Herren, die Herrn Anisers Warenhandlung nur deshalb aufsuchten, weil sie hofften, dem Annerl, dem Nichterl des Herrn Aniser, das manchmal dort bediente, zu begegnen. Auch die Frau Bergkommissarin Haslgruber war

Anlaß zum Spott. Sie steckte ihr Lorgnon und ihre spitze Nase in alles und jedes und gab, weil sie schwer hörte, oft recht erheiternde Kommentare. Wie gesagt, zum Kichern und Lachen gab es für Anna Maria, die die Menschen und die Geselligkeit liebte, Anlaß genug.

Wieder einmal steht die Frau Tante auf dem Flur und lauscht. Für die beiden in der Dienstbotenkammer gibt's wie immer allerhand zu tratschen, jedoch scheint sich das Annerl jetzt zu verabschieden. Es ist auch schon spät und schade um die unnütz verbrannten Kerzen. Da aber hört die Tante aus dem Mädchenmund ihres Pflegetöchterls etwas, was ihr im Besenwinkel hinter dem Vorhang den Atem nimmt. Lachend und deutlich sagt Annerl:

»Alsdann adio! Bleib gesund, reck den Arsch zum Mund, scheiß ins Bett, daß kracht. Gut Nacht!«

Die Tante steht erstarrt mit roten Ohren und ist außer sich. Das Schlimmste aber ist, daß sie ihr Ziehtöchterl nicht einmal rügen kann, weil sie sich dann als Lauscherin hätte entlarven müssen. Ihre Enttäuschung ist groß.

Was aber hätte sie erst gesagt, hätte sie geahnt, daß das Annerl vierzig Jahre später dem Herrn Gemahl, dem Hofkompositeur Leopold Mozart, in einem Brief aus Paris den gleichen Gutenachtgruß bot, der durch Mozarts Biographen auch noch der Nachwelt überliefert wurde? Die aber beurteilt Anna Marias anrüchigen Humor heute sehr milde. Erstens rückt uns durch dies Menschlich-Allzumenschliche die liebenswerte Mutter des Genies Wolfgang Amadeus Mozart eher noch

näher, und zweitens wissen wir von einer Beinahe-Zeitgenossin Anna Marias, der Madame Lieselotte von der Pfalz, die »mit Verlaub« auch kein Blatt vor den Mund nahm. Wahrscheinlich aber ist die Freude an so derbem Humor ein Überbleibsel aus der »grobianischen« Epoche im 17. Jahrhundert. Spaß an dieser Art Humor hatte übrigens auch Anna Marias berühmter Sprößling Wolfgang, wie seine hinterlassenen Briefe, vor allem die Bäslebriefe, eindrucksvoll beweisen. Anders seine Schwester, das Nannerl. Die rügte sogar, mit allem Respekt natürlich, ihre Frau Mutter, wenn ihr dergleichen Ausdrücke aus dem Mund rutschten. Dafür titulierte sie das Bruderherz brieflich spöttisch liebevoll mit: »Meine Königin«.
Noch aber hatte das Annerl keine Ahnung, was alles das Schicksal ihr noch bringen würde...

Eine »liebliche Knospe« – Der abtrünnige Theologiestudent – Das schönste Paar Salzburgs

Für Anna Maria hatte im Haus Aniser ein neues, vom Zwang des Sparens freies, herrliches Leben begonnen. Die Tante war nicht streng, gönnte dem armen Töchterl der Freundin mehr Freiheit und Ungebundenheit, als es in den besseren Kreisen Salzburgs üblich war. Anna Maria war musikalisch wie ihr Vater, spielte die Zither und versäumte keines der fürstbischöflichen Kirchenkonzerte. Sie war ein hübsches Mädchen, und manch bewundernder Männerblick folgte ihr schon damals, als sie noch ein halbes Kind war.

Die Frau Tante sah natürlich auch, was für eine liebliche Knospe sich da unter ihren fürsorglichen Fittichen zu entfalten begann. Das schmächtige Mädel wurde mit jedem Tag wohlgestalteter, und es kostete die Frau Stadträtin einige Mühe, Annerls jugendliche Bewunderer abzuwehren und ihrem Haus fernzuhalten. Da die Nichte ihr aber hierbei lachend und eifrig behilflich war, sah sie keinen Anlaß, sich Sorgen zu machen. Euphrosina gegenüber war sie voll des Lobes über Anna Marias Fleiß, ihren heiteren Sinn und ihren Lerneifer.

Die Thresl hatte einen Freund, den Gärtnergesellen Schorsch, der, wenn die Herrin aus dem Haus war, schon einmal in die Küche schlüpfte, um sich von der Thresl mit Braten und Fisch ein bißchen verwöhnen zu lassen.

Eine mißgünstige Nachbarin beobachtete das und berichtete der Frau Stadträtin von den Männerbesuchen in ihrer Abwesenheit, die natürlich nur dem Annerl gelten konnten. Grete Aniser fiel aus allen Wolken und hielt der Ziehtochter eine empörte Standpauke, und Anna Maria kam gar nicht dazu, sich zu rechtfertigen und starrte die sonst so wohlwollende Tante erschrokken an: Ihr Häubchen war verrutscht, ihr freundliches rundes Gesicht zornig rot und ihre Stimme hoch und schrill:

»Wie konntest du nur mein Vertrauen so schnöde mißbrauchen, Anna Maria! Weißt du überhaupt, was das für dich bedeutet? Dein Ruf ist ruiniert. Die Winterbergerin hat schon lange ein Auge auf dich und hat mir oft vorgehalten, ich wäre zu wenig streng mit dir. Ich ...«

Anna Maria unterbrach die Wütende energisch:

»Aber Tante Grete, der Schorsch ist doch nicht mein Verehrer, er ist der Schatz von der Thresl und hat für dich eine Boutille Ribislwein gebracht. Und da haben wir halt ein Glaserl davon gekostet. Sonst war gar nichts, wirklich nicht.«

Was blieb der Aniserin übrig, als ihr zu glauben?

Aber da war ja noch das böse Mundwerk der Madame Winterberger. Doch Anna Maria wußte sich diplomatisch, wie so oft in ihrem späteren Leben, zu helfen. Sie erschien mit einem großen Rosenstrauß bei der Klatschbase, reichte ihr einen Krug mit dem bewußten Ribislwein und erklärte der Dame, daß der Gärtnergeselle nur den Wein abliefern wollte, ein Präsent für die Frau Stadträtin Aniser. Mit einem säuerlichen Lächeln nahm die Dame die Rosen, den Wein und die entschuldigende Erklärung entgegen, doch hatte sie auch weiterhin ein kritisch-mißtrauisches Auge auf das schöne Ziehtöchterl der Nachbarin . . .

Euphrosina sitzt immer noch tagaus tagein auf ihrem Fensterplatz und stickt für die Salzburger Damenwelt an Bordüren für Kleider und Blusen, für die Bräute Monogramme in die Aussteuerwäsche, und nun hat sie sogar den Auftrag für das Sticken einer Altardecke erhalten. Darüber freut sie sich besonders, sichert ihr das doch Arbeit auf Monate hinaus. Sie erwartet heute, an einem sonnigen Junitag, den Boten mit dem Material: feines Leinen und bunten Stickgarne.
Endlich hört sie den schweren Schritt des Bartl Kalb auf der Stiege. Sie geht ihm entgegen, und der Amtsbote des Fürstbischofs betritt die Kammer, legt das Paket auf den Tisch in der Stube, bleibt aber stehen. Was will er noch? Einen Botenlohn? Den hat er noch nie erwartet, obgleich er schon mancherlei Botschaft aus der Hofkanzlei bei ihr abgeliefert hatte. Er ist rot und verlegen und sagt schließlich auf Euphrosinas Frage:
»Kann ich dir irgendwie helfen, Bartl?«
»Nein, nein. Aber ich möcht' Euch helfen, Madame. Es ist . . .« er stockt, setzt aber dann schnell hinzu: »Es ist, weil man Euch diese Arbeit nicht bezahlen will.«
»Aber warum nicht?« fragt Euphrosina überrascht, zugleich dämmert ihr die Erkenntnis: Natürlich, man wird in der Hofzahlstelle ihren Lohn für Wolf Niklas' Restschuld gutschreiben.
Zorn steigt in ihr auf, dann besinnt sie sich, reicht dem Bartl die Hand, dankt und fragt:
»Warum tust du das für mich?«
Amtsbote Bartl Kalb, grau geworden in fürstbischöf-

lichen Diensten, dreht die Kappe in der Hand und sagt dann fest:
»Weil man dem Herrn Pflegkommissar Pertl hat übel mitgespielt in der Kanzlei. Hätt' alles für ihn nicht so schlimm zu kommen brauchen, wenn man ihm die Schuld gestundet hätte wie anderen Schuldnern auch – von denen ich weiß.«
Euphrosina kann in der warmen, von Fliederduft erfüllten Sommernacht vor Bitterkeit und Zorn nicht einschlafen. Am Morgen geht sie persönlich in die Hofkanzlei und erbittet höflich und demütig einen Vorschuß von dreißig Gulden. Der Kanzlist sieht sie verblüfft an.
»Will Sie damit sagen, daß der Sticklohn so hoch sein wird? Hat Sie sich da nicht gehörig verrechnet?«
Euphrosina hält sich nicht erst mit langen Erklärungen auf.
»Ohne Vorschuß kann ich den Auftrag nicht annehmen.«
Der Kanzlist berät sich mit seinem Vorgesetzten, bringt dann Bescheid:
»Kein Vorschuß.«
Ein spöttisches Lächeln steht in Euphrosinas abgehärmten Zügen, als sie sagt:
»Mögt also bitte das Leinen wieder abholen lassen.«
Später erzählt sie die Sache der Tochter und der Aniserin. So ist diese Unverschämtheit schließlich der Anlaß zu eifriger Tätigkeit des Stadtrates Anton Aniser, der als guter Steuerzahler im Hofzahlamt des Fürstbischofs in hohem Ansehen steht. Er legt den Herren persönlich die Blätter einer dicht beschriebenen »dringenden« Eingabe auf den Tisch:

Betreffend die der Pflegkommissarswitwe Euphrosina Pertl rechtlich zustehenden Gehaltsbezüge in Mindesthöhe von zweihundertsechzig Gulden im Jahr.

Nach zwölf Jahren in bitterer Armut wird Euphrosina Pertl, verwitwete Puxbaum, geborene Altmann, endlich das ihr zustehende Gehalt von 260 Gulden vom Hofzahlamt zugebilligt.

Der größte Teil der Schuld war bereits abgegolten, für den Rest sorgte überraschenderweise der neue Pfleger von St. Gilgen, dem es gelungen war, im nachhinein die dem Pertl zustehenden Wege- und Straßengelder vom Hofzahlamt einzukassieren. Es ist anzunehmen, daß Euphrosina diese noble Geste jenem Puppenpräsent am Abend der Auktion zu verdanken hat. Anna Marias Püppchen hatte den Herrn wohl täglich an die in Armut lebende Frau seines Vorgängers erinnert ...

Auch als »Almosenfrau« war sich Euphrosina stets ihres Standes bewußt gewesen, trat nie anders als sorgfältig gekleidet auf die Straße, verbat sich jede Vertraulichkeit unter ihr Stehender und wehrte sich beispielsweise mit Vehemenz und schließlich erfolgreich gegen ihren Widersacher, den Flickschuster Hitzig. Während Anna Maria ganz in die Umgebung der Straßenjugend integriert war, hielt ihre Mutter sehr betont Abstand. Sie würdigte die Familie Hitzig auch keines Blickes, als sie mit ihrem geringen Hausrat in die neue, wenn auch sehr kleine Wohnung im *Tragasser-Viertel auf der Rathauss Seithen, über zwei Stiegen* (heute Getreidegasse 48) umzog.

Das war ein gutes, reputierliches Stadtviertel, und die

Wohnung kostete sie sicher ein Großteil ihrer Pension, aber das war ihr der Wiedereintritt in die Gesellschaft wert. Sie stellte eine Dienstmagd ein, mit deren Hilfe sie endlich wieder standesgemäß frisiert unter die Leute gehen konnte. Man trug als Bürgerin das Haar über ein kleines Drahtgestell hochdrapiert und mit Schmuckkämmen festgesteckt. Ärmere Frauen verbargen ihr Haar unter simplen Hauben, barhäuptig gingen nur die Dienstmägde und junge Mädchen, wenn sie so schönes Haar wie das Annerl hatten. Bei ihr brauchte es keine großen Frisierkünste. Sie trug es in langen Locken und gefiel sich selbst – aber auch anderen – in ihrer schlichten Haartracht. Nur die Mutter kritisierte die jetzt Siebzehnjährige und riet ihr, das Haar doch wenigstens zu pudern.

»Ach, Mama, es wird von selbst einmal weiß«, konterte die Tochter mit einem anzüglichen Blick auf Euphrosinas Haartürmchen.

Euphrosina genoß die neuen Lebensumstände ihrer Art gemäß zurückhaltend und reserviert. Man kannte sie in Salzburg, sie hatte ja hier ihre Jugend als die Tochter des angesehenen Bartholomäus Altmann, Choralist (das heißt Kirchenmusiker) und Dirigent und dessen Ehefrau Lucie verbracht. Als Gattin des Martin Puxpaumer war sie, kaum siebzehnjährig, von Salzburg zwar fortgekommen, doch seit der Heirat mit Wolf Niklas hier wieder heimisch geworden.

Und jetzt ist sie es mehr denn je, verkehrt wieder mit alten Bekannten und Freundinnen, denen sie durch ihr zurückgezogenes Leben bisher die Peinlichkeit einer unverhofften Begegnung erspart hatte . . .

Zur gleichen Zeit sitzt der ehrsame Buchbindermeister Johann Georg Mozart, von dem es in den Annalen heißt, daß er sich zu Augsburg im *Stande etlicher Wohlhabenheit* befunden hätte, in der Augsburger Pfarrei Pater Laurentius gegenüber, der ihm voll Eifer erklärt, daß er entschlossen sei, des Buchbindermeisters Sohn Leopold nach Salzburg an die dortige Benediktiner-Universität zu schicken. Leopold hatte mit bestem Erfolg das Augsburger Jesuiten-Gymnasium absolviert.
»Euer Sohn ist talentiert, er wird ein guter Knecht im Weinberg unseres Herrn sein«, sagt der Pater.
Meister Mozart versucht zum wiederholten Mal Einspruch zu erheben, doch der geistliche Herr schneidet ihm das Wort ab. Er vertritt eine moderne Erziehungsauffassung: Es soll nicht der Vater, sondern der Betroffene selbst über sein künftiges Leben entscheiden. Und Leopold ist mit seines Lehrers Plänen einverstanden.
Weniger die resolute und scharfzüngige Frau Meisterin Mozart und ihr Gemahl.
»Ha no«, sagt sie voll Spott zu ihrem Sohn, »da machet der Hochwürden aber im Weingarten den Bock zum Gärtner. Hast doch du nichts anderes im Schädel als deine Fiedel und die Mädle.«
Ersteres stimmt, das andere nicht. Denn wenn ihm, dem prächtigen gesunden Burschen, die junge Weiblichkeit aus der Augsburger Fuggerei auch schöne Augen macht, er selbst begegnet dem mit Verlegenheit oder ruppigem Benehmen. Der Siebzehnjährige ist in jeder Beziehung ein braver und frommer Sohn und Mutter Anna Marias Liebling. Daß sie ihn schon jetzt aus der mütterlichen Obhut entlassen soll, gefällt ihr ganz und gar nicht. Doch dem eisernen Willen der Frau

Meisterin wird durch Hochwürden ein ebenso harter Widerstand entgegengesetzt: Er besteht darauf, daß sein Schützling nach Salzburg aufs Seminar geht. Dieses Hin und Her, dem Leopold ausgesetzt ist, nimmt ein plötzliches und schlimmes Ende, als der Vater unerwartet schnell stirbt. Mitten in seiner Arbeit, dem Binden einer Bibel, greift er nach seinem Herzen, stöhnt und fällt über seinen Werktisch. Die abergläubische Meisterin meint in diesem plötzlichen Tod ein Zeichen zu erkennen, ihrem Sohn das Geistlichwerden nicht weiter zu verwehren.

Pater Laurentius legt Leopold die Hand auf den Scheitel:

»Du findest in Salzburg in Pater Gregor einen gottesfürchtigen, guten Beschützer. Vertrau dich ihm an, denn die Fremde hat ihre Tücken. Es kann sehr schnell passieren, daß man dort in die Fallstricke des Bösen gerät. Bleib so brav und fromm wie bisher, dann kann es an nichts fehlen.«

Anna Maria Mozart aber reut ihr Einverständnis, und so schnürt sie dem Sohn in heimlichem Zorn das Bündel und grollt dem Schicksal, das ihr so plötzlich den Mann und auch den Lieblingssohn entreißt. Sie, die zweite Frau des Buchbindermeisters Mozart, versorgt ihre Kinder und Stiefkinder streng, aber gewissenhaft. In der Familie gibt sie den Ton an. Daß sie für Leopold, der gegen ihren Willen von daheim fort will, auch noch den Unterhalt in der Fremde bezahlen soll, das geht ihr gegen den Strich. Also bringt Pater Laurentius durch ein Stipendium die nötigen Mittel auf, zum Ärger der Frau Meisterin, die gehofft hat, ihre Weigerung würde die ganze Sache zu Fall bringen.

Im April 1737 fährt die Postkutsche durch die frühlingsgrüne Landschaft und bringt den jungen Fahrgast Leopold seinem Ziel immer näher. Nach vier Tagen ist Salzburg erreicht, und Leopold meldet sich bei Pater Gregor. Er, ein strenger Erzieher, betrachtet den Schützling seines Freundes Laurentius mit Wohlwollen. Der lange, magere Bursche mit seinen aufmerksamen ruhigen Augen, deren Ausdruck das Devot-Unterwürfige fehlt, gefällt ihm. Leopold hat den plumpen Geigenkasten neben sich.

»Du bist ein guter Violonist«, sagt der Pater. »Mein Freund schrieb es mir. Du hängst sehr an deiner Geige, Bursche? Das Musizieren aber ist eine Sache, der du entsagen mußt, damit alle deine Aufmerksamkeit Gott und dem Studium erhalten bleibt.«

In die Augen des zukünftigen Studenten kommt ein harter Glanz, doch er schweigt.

Die erste heftige Auseinandersetzung mit seinem Gönner erfolgt denn auch, weil Leopold in seiner Kammer im Institut gegen die Vorschrift die Geige spielt. Man hat es Pater Gregor zugetragen.

»Hast du vergessen, was ich dir auftrug? Ist das der Gehorsam, den du der Kirche und mir schuldest?«

Leopold wehrt sich: »Ich spiele Kirchenmusik, Hochwürden.«

»Du sollst beten und lernen und sonst nichts. Was glaubst du, wie es hier zuginge, wenn jeder ein Instrument spielte, Trompete und Posaune eingeschlossen? Glaubst du, daß dir das Domkapitel das Studium bezahlt, damit du deine Zeit mit weltlichem Krimskrams vergeudest? Wenn ich dich noch einmal spielen höre, wird deine Geige konfisziert.«

Das freilich ist für Leopold eine schlimme Drohung. Er versagt sich das Spielen, zupft künftig in seiner Kammer fast lautlos die Melodien auf den Violinseiten und ist verzweifelt. Am liebsten ginge er auf und davon.

In diesem heftigen Zwiespalt begegnet er einem jungen Salzburger Mädchen. Daß es besonders hübsch ist, fällt ihm zunächst gar nicht auf. Sie steht während eines Kirchenkonzerts an seiner Seite und sagt:
»Haben Sie es bemerkt, der Ebner kratzt die Geige ganz fürchterlich. Sicher ist er wieder berauscht.«
»Ich könnte es besser«, erwidert er.
»Spielen Sie auch Geige?«
Leopold erklärt ihr, weshalb er sie nicht mehr spielen darf, und klagt:
»Man muß doch üben jeden Tag, damit man es zu etwas bringt.« Er wiederholt damit die Worte seines Augsburger Geigenlehrers.
Anna Maria hört ihm zu und sieht den Jungen an. Er gefällt ihr sehr. Eine zeitgenössische Notiz bescheinigt ihnen später: *Sie waren das schönste Paar Salzburgs* . . .
Dem Annerl tut der so unterdrückte Studiosus Leopold leid, und sie bestürmt den Pflegevater, dem armen Geiger das Musizieren im Hause Aniser zu erlauben.
»Irgendwo in einem Kammerl oder in der Handlung.«
Herr Aniser gibt nach. Doch er weiß auch, daß, wenn er schon der Unbotmäßigkeit des Studenten Vorschub leistet, diese auch ordentlich geregelt werden muß. Also erfährt Pater Gregor von dem ehrengeachteten Handelsherrn, daß der gewillt ist, dem jungen Augsburger Leopold Mozart alltäglich einen Mittagstisch in seinem Haus zu stiften. Damit ist Pater Gregor einver-

standen, ein Esser weniger an der langen Tafel des Priesterseminars ist ihm immer recht.
Leopold kann nun in der Mittagszeit seine geliebte Geige spielen, und er hat es damit so eilig, daß er seinen Hunger nur hastig und notdürftig stillt. Auch für das Annerl hat er weder Augen noch Zeit.
Wer weiß, vielleicht hat ihm das weltliche Geigenspiel tatsächlich den Sinn für das geistliche Studium verdorben, wie Pater Gregor argwöhnte? Denn Leopold inskribiert heimlich die Fächer »Weltweisheit« und »Jurisprudenz« an der Salzburger Universität.
Die Heimlichkeit quält zwar sein Gewissen, doch beruhigt er es mit dem Gedanken an den Zwang, den ihm Pater Gregor auferlegte. Gehorsam zu sein, das widerstrebt Leopold Mozart also schon in jungen Jahren. Und es wird ihm weiterhin schwerfallen, gehorchen zu müssen, auch wenn er es sein Leben lang widerspruchslos tun wird ...

Da seine Anwesenheit in fremden Hörsälen stiller und unauffälliger vor sich ging als das Geigenspiel in seiner Kammer, merkte zunächst niemand etwas vom Wechsel der Studienfächer. Freilich hatte nun Leopold noch weniger Zeit, sich um Anna Maria zu kümmern. Die nahm das äußerlich gelassen hin, denn auf diese Weise gab es für Tante Grete und auch Euphrosina keinen Anlaß, sich um die beiden jungen Menschen Gedanken zu machen.
Leopold studierte nun schon im dritten Jahr, und nur seine Mutter zu Augsburg wußte von dem Betrug ihres Sohnes. Ihr schrieb er übermütig: *Und es macht mich lachen, so ich die Herren Pfaffen foppe ...*

Mutter Mozart »machte« es auch froh. Daß er das Geld der »Pfaffen« unrechtmäßig verstudierte, störte also Mutter und Sohn wenig. Wohl aber die geistlichen Herren, als sie davon erfuhren. Von einem Tag zum andern wurde Leopold auf die Straße gesetzt. Das war aber noch nicht das Schlimmste. Das Schlimmste war ein Brief von Pater Laurentius mit Vorhaltungen und bitteren Vorwürfen. Er verlangte Leopolds sofortige Rückkehr zum geistlichen Studium, ansonsten verweigere auch er ihm jedwede Unterstützung.

Wie jung, ja kindlich Leopold noch war, bewiesen die bitteren Tränen, die er nach Erhalt des Briefes am Mittagstisch seiner Gönner weinte. Es fehlte nur wenig, und er wäre zu Kreuze gekrochen, hätte Pater Gregor demütig um Verzeihung angefleht, aber da passierte etwas, was ihn davon abhielt. Er traute seinen Augen nicht, als seine Mutter plötzlich im Hause Aniser auftauchte, die Kleider verstaubt von der langen Reise, bäurisch ungelenk wirkend und doch von imponierender Bestimmtheit. Sie redete nicht viel, erklärte dem Sohn, sie wäre nur gekommen, ihm hier ein Quartier zu suchen und zu bezahlen, dann reise sie wieder ab. Für alles andere müsse er freilich selbst sorgen.

Und Leopold nützte jede Gelegenheit, Geld zu verdienen, sei es durch sein Geigenspiel bei festlichen Gelegenheiten, sei es als Sänger im »Brotreigen« (Singen gegen Entgelt auf Bestellung) oder durch Handlangerdienste und Botengänge in der Handlung Aniser ...

Das Annerl steht am Bügeltisch und sprengt mit der Thresl die Wäsche ein. Durch ihren Schatz, den fürsterzbischöflichen Gärtnergesellen Schorsch, ist Thresl in der Liebe recht erfahren.

»Der Leopold«, sagt sie jetzt eifrig, »der wäre halt wirklich einer für dich. So fesch wie der ist und so g'scheit.«
Anna Maria seufzt:
»Und so fleißig. Der sieht mich doch gar nicht vor lauter Fleiß. Und wenn ich ihn sehe, da hat er die Geige im Arm.«
Ja, die Geige und nicht ein sehnsüchtiges junges Mädchen, dem die männliche Jugend Salzburgs immer noch eifrig den Hof macht.
»Laß ihn nur fleißig sein«, meint die Thresl, die mit ihren bald dreißig Jahren ja nicht mehr die Jüngste ist und Gelegenheit hatte, Erfahrungen zu sammeln. »Je fleißiger er ist, desto besser wird es dir später einmal mit ihm gehen. Mußt nur aufpassen, daß dir keine andere ins Gehege kommt.«
Diese Sorge hat das Annerl nicht. Nein, Leopold hat weder Augen für andere noch für sie, ihm steht der Sinn nur nach Musik. Das wird erst anders, als er eines Tages zum erstenmal bewußt feststellt, was für ein hübsches und »gutes« – wie er seine spätere Frau Anna Maria immer wieder nennen wird – weibliches Wesen neben ihm lebt. (Später schreibt er ihr zur silbernen Hochzeit: *... daß wir beide doch schon lange vor der Heirat einander zugetan waren. Aber Gut Ding braucht Weile ...*)

Eigentlicher Anlaß dazu war ein Maskenfest während des Salzburger Faschings. Leopold stand mit seiner Geige im Hinterzimmer des Handelskontors und spielte, als das Annerl im schönsten Schäferkostüm auftauchte und übermütig einen neckischen Kniefall probierte.

»Darf ich bitten, der Herr? Wenn Er schon nicht in den Tanzsaal geht, so wagt Er vielleicht hier ein Tänzchen mit mir?«
Leopold erwachte aus seinem musikalischen Traum und sah sich plötzlich einem anderen, handfesteren gegenüber. Das Annerl trug eine zierliche Halbmaske vorm Gesicht, die wenig verhüllte. Man sah ihre strahlenden dunklen Augen (jemand von ihren Verehrern hatte sie einmal Rehaugen genannt) und den lachenden roten Mund. Und plötzlich empfand Leopold eine gewisse Lust, diesen geradezu herausfordernd lockenden Mädchenmund zu küssen. Es war außer ihnen beiden niemand in der Kammer, also legte er schnell die Geige auf einen Stapel Kisten, umfaßte Anna Maria und drehte sie stürmisch um die eigene Achse. Er summte einen Ländler, und das Annerl stimmte ein. So drehten sich die beiden selbstvergessen immer langsamer im Kreis, und als sie stehenblieben, erfüllte sich Leopold den Wunsch, seine Tänzerin zu küssen. Sie ließ es zu, ihre geschlossenen Lippen duldeten Leopolds Zärtlichkeit. Erst als sich draußen etwas regte, fuhren sie auseinander, doch die Schritte gingen vorbei. Annerl schob ihre Maske zurecht, ordnete ihre kunstvolle Schäferinnenfrisur und sagte leise:
»Eigentlich wollte ich dich nur fragen, ob du nicht mit zum Tanzen kommen willst.«
Warum nicht? dachte Leopold, zu plötzlicher Tatenlust erwacht.
»Aber was zieh' ich denn an?«
»Nichts«, sagte das Annerl, und dann lachten beide über die Zweideutigkeit, hatte sie doch gemeint, er solle bleiben wie er war, ein Geigenspieler. Es fand sich im

Hausfundus der Aniser ein breites Samtbarett, auch ein Wams aus braunem Leder. Fertig war der Spielmann. Später saßen Tante Aniser und Euphrosina Pertl in der Reihe der Gardedamen und sahen Annerl und Leopold mit gemischten Gefühlen zu. Jetzt war eingetreten, was die Damen schon seit einiger Zeit befürchtet hatten: Die beiden waren sich offensichtlich nähergekommen, schienen ein Liebespaar zu sein, ein schönes jedenfalls. Schäferin und Spielmann paßten zusammen wie ein Döschen und sein Deckelchen – aber wie sollte es nun weitergehen? Sie hatte nichts, er hatte auch nichts. Und Mutter Euphrosinas Bestreben war doch, ihre Tochter möglichst gut, das heißt möglichst wohlhabend zu verheiraten.

Tante Aniser bekam Kopfschmerzen vom roten Wein und angestrengten Nachdenken. Derweil tanzten und schäkerten, ihren Maskenrollen gemäß, ihre »Sorgenkinder« nach Herzenslust. Es machte ihnen Spaß, der ganzen Welt, wenigstens den anwesenden Salzburgern, zu zeigen, daß sie ein verliebtes Paar waren.

»Mir ist so heiß«, sagt Anna Maria, die in diesem Spiel immer mehr den Ton anzugeben beginnt, einen Ton, den Leopold freilich gern übernimmt und variiert. Auch jetzt führt er seine Tänzerin in das Dunkel der Februarnacht und nimmt sie fest und besitzergreifend in die Arme.

»Damit du nicht frierst.«

Nein, sie friert nicht in seinen Armen, im Gegenteil, ihr ist heiß und wohl zumute wie noch nie in ihrem Leben. Und Leopold wird geradezu kühn. Er spürt die Wärme und Rundung ihrer Brust im knappen Seiden-

mieder, wagt aber nicht, nach ihr zu tasten. Noch ist ja alles so unerhört neu für ihn, den einstigen Theologiestudenten, aber auch unerhört beglückend...
Sie kehren in den Saal zurück, von den beiden Gardedamen bereits unruhig erwartet. Anna Maria legt der Mutter das Blumenkörbchen in den Schoß, damit sie selbst mehr Freiheit zum Tanz hat, und dreht sich dann wieder munter mit Leopold im Menuett.
»Wo sie das nur alles gelernt hat?« wundert sich Euphrosina.
Beide, Leopold und Anna Maria, waren mit ihrem ausgeprägten rhythmischen Gefühl wohl Naturtalente.

Später saß das Annerl sittsam an der Seite der Mutter. Leopold näherte sich den beiden mit der Geige unterm Kinn und begann, Annerl unverwandt musternd, zu spielen. Es waren süße, ungewohnte Weisen, die ersten Kompositionen Leopold Mozarts. Zuerst lauschten die Nächstsitzenden, dann näherten sich immer mehr Paare, die dem Geigenspiel fasziniert zuhörten, zuletzt war es der ganze Tanzsaal, der dem Spielmann mit Maske und Samtbarett begeistert applaudierte.
Mitten im rauschenden Fest erloschen die Lichter im Saal, eine Glocke begann zu tönen und schlug die zwölfte Stunde. Jedermann wußte, mit ihrem Klang hatte alle Lustbarkeit und Fröhlichkeit ein Ende – der Aschermittwoch war angebrochen.
Am Nachmittag dieses Aschermittwochs saß Anna Maria an ihrem Nähtisch und entnahm dem Schäferkörbchen die künstlichen Rosen, um sie wieder an Frau Tantes breitausladenden gelben Strohhut zu nähen, von dem sie sie tags zuvor abgetrennt hatte. Sie war der

Tante dankbar, daß sie ihr gestern keine Vorwürfe gemacht hatte. Heute lobte sie sie sogar, weil sie die Rosen so geschickt wieder an ihren angestammten Platz brachte. Und Anna Maria küßte der Tante dankbar die Hand, nicht nur wegen des Lobes, auch weil sie ihre Liebe zu Leopold nicht erwähnte. Das aber war Margarethe Aniser schwergefallen. Sie hatte lange überlegt, und dann doch die schon in Gedanken gefaßte Standpauke unterlassen – gar zu ängstlich hatte das Annerl sie angesehen ...

Es blieb in der Stadt nicht geheim, wer da im Tanzsaal so hervorragend sauber und herzbewegend die Geige gespielt hatte. Einer der Zuhörer ließ Leopold zu sich kommen und bot ihm den Eintritt in das Hausorchester des Präsidenten des Domkapitels, des Herrn Grafen Thurn und Taxis, an. Leopold, insgeheim erfreut, sagte gemessen zu. Weniger gemessen umarmte er später das Annerl:

»Du bringst mir Glück, mein Schatz.« Ausgelassen herzte und küßte er sie – und es machte dem ehemaligen Theologie-Seminaristen immer mehr Freude.

Zugleich spürte er, daß diese Freude ihm über den Kopf zu wachsen drohte, ihn Zeit kostete, die er für das Studium brauchte. Es war nicht leicht, das dem verliebten Annerl plausibel zu machen. Die Thresl mußte ihr energisch zureden:

»Hast du net g'sagt, daß er dich heiraten möcht'? Mehr braucht's doch net, Annerl. Erst muß er ja was sein. Sei doch froh, daß er so brav und fleißig ist.«

Dennoch fiel es dem Annerl schwer, sich über diese Tugenden zu freuen, sah sie ihn doch nun noch seltener als zuvor. Selbst das Musizieren schränkte er ein, gehörte es jetzt doch zu seinem Beruf. Er verdiente nicht viel, aber er sparte, studierte und schuftete. Von sich selbst schreibt er in der dritten Person in einem geforderten Lebenslauf:

Er ist den 14. Wintermonat (November) 1719 zu Augsburg geboren und trat bald nach abgelegten Studien der Weltweisheit und Rechtsgelehrtheit im Jahre 1743 in die Hochfürstlichen Dienste ...

Ja, er legt schließlich seine Studien ab – allerdings ohne Examen –, weil ihm eine gut bezahlte Stelle geboten wird, so daß er endlich ernsthaft an eine Heirat mit Anna Maria Pertl denken kann. Er wird neben seiner Tätigkeit als Geiger des Grafen Thurn und Taxis auch dessen Kammerdiener. Das aber ist eine angesehene Vertrauensstelle, mit der eines normalen Bediensteten nicht vergleichbar. Sein Brotgeber, der Präsident und Prälat, legt Wert darauf, daß sein Kammerdiener ihm jederzeit zur Verfügung steht, deshalb gibt Leopold sein Studium – letztendlich Anna Maria zuliebe – auf. Er hat jetzt tatsächlich mehr Zeit für sie, und beider Sinnen und Trachten geht dahin, sich wenigstens verloben zu dürfen.

Dieses Vorhaben wird dadurch befördert, daß Leopolds großer Wunsch, auch im Hoforchester des Salzburger Erzbischofs spielen zu dürfen, in Erfüllung geht – dank seiner Begabung als Geigenvirtuose und dank der Empfehlungen seines Patrons, des Grafen Thurn und Taxis.

Wenn Leopold und Anna Maria nun geglaubt hatten, einer Verlobung stünde jetzt nichts mehr im Wege, so sehen sie sich bitter getäuscht. Beide Mütter, die in Augsburg und die in Salzburg, finden die pekuniäre Grundlage für eine Ehe nicht ausreichend ...

Tante Margarethe Aniser betrachtet mit großem Unbehagen den Bittsteller Leopold, der vor ihr sitzt. Er möchte, über ihre Fürsprache, von Euphrosina die Erlaubnis zu einer offiziellen Verlobung. Madame Aniser aber hat klare Anweisung von Euphrosina Pertl, dem Liebespaar auf keinen Fall Hoffnungen zu machen. Das ist keine Schikane der künftigen Schwiegermutter, sondern ungeschriebener, allgemein üblicher Brauch. Das weiß auch Leopold, trotzdem bittet er:

»Lassen Sie mir die Freude, Anna Maria einen Ring anstecken zu dürfen, Madame. Damit jedermann sieht, sie ist mir versprochen. Ich werde sie heiraten, das schwöre ich Ihnen.«

»Dann tu es doch, Leopold«, lächelt sie verschmitzt. »Erbitte doch von deiner Frau Mutter einen Vorschuß auf das väterliche Erbe. Hast du das Geld, steht einer Heirat nichts mehr im Wege.«

Leopold küßt der Ratgeberin dankbar die Hand und betreibt nun die Geldbeschaffung, wie er alles in seinem Leben betreibt und betreiben wird: mit Ausdauer und Zähigkeit.

Jetzt wäre Euphrosina unter Umständen eine lange Verlobungszeit recht gewesen, damit sie ihre Fühler nach weiteren Heiratskandidaten hätte ausstrecken können. So aber muß sie, um das Gesicht zu wahren, ihrer Tochter die Heirat erlauben, denn Leopold hat tatsächlich als Vorschuß auf sein Erbe aus Augsburg 700 Gulden erhalten ...

In Thresls Kammer, die zu gewissen Zeiten auch als Nähsalon herhalten mußte, saß die Anisersche Hausschneiderin Jula und schnitt auf dem Holzdeckel des Bettes aus porzellanblauem Seidenstoff Annerls Hochzeitskleid zu. Das Kleid und auch die viele feine Leinenwäsche, von der Braut bestickt, waren Margarethe Anisers Aussteuergeschenke »für allzeit fleißiges und braves Haushalten«, wie sie erklärte. Die alte Schneiderin hantierte unglaublich geschickt mit Schere und Nadel, auch wenn sie offensichtlich schlecht sah und »mit der Nase nähte«, wie die Thresl, die mit dieser Einquartierung gar nicht einverstanden war, mürrisch spottete.

Mit großen dünnen Stahlnadeln wurden dem Annerl die Stoffbahnen immer wieder zur Probe an den Leib gesteckt. Sie war neugierig, wie es Jula wohl gelingen würde, all die vielen Ellen Stoff auf ihrem dünnen Körper unterzubringen. Doch siehe da, Jula gelang dies vorzüglich. Von einem geschnürten Mieder, das in Brusthöhe von Spitzen dicht umrüscht war, sprangen wie ein Wasserfall, unzählige Fältchen abwärts, wurden aber durch andere Falten, Querrinnen, sozusagen im Fall gehemmt und erreichten den blankgescheuerten Fußboden. Der rückwärtige Teil ergoß sich ungehemmt weiter zu einer nicht allzulangen Schleppe. »Auf eine zu lange Schleppe treten die Kranzljungfern und dann steht Ihr im Unterrock da«, kommentierte die Schneiderin.
Endlich war das Prachtstück fertig, doch anziehen durfte es Annerl noch nicht. Für die letzten Anproben mußte die Thresl herhalten, so wollte es der Aberglaube. Sie war zwar größer, aber genauso schlank wie

die Braut. Sie drehte sich vor der Schneiderin und seufzte:
»Wenn doch unsereins auch einmal so eine Pracht zum Anziehen hätte!«
Geringschätzig rümpfte die Schneiderin die Nase.
»Was hättest denn du davon? An der nächsten Straßenecke würde dich der Büttel abführen.« Damit spielte Jula auf die Kleiderordnung an, die im Salzburgischen noch immer, wenn auch recht lau, gehandhabt wurde. Nur wer ein Bürger, eine Bürgerin oder von Stand war, konnte sich in Samt und Seide kleiden, die übrigen – Dienerinnen, Taglöhnerinnen, Mägde – durften nur Leinenzeug und Wollenes, gewebt auf ihren primitiven Webstühlen, die in jeder Bauernstube standen, tragen. Reiche Bäuerinnen umgingen die Ordnung, indem sie zum Leinengewand prächtige Schürzen aus schillernder Seide anlegten, denn von Schürzen war ja in der Kleiderordnung nicht die Rede ...
Anna Maria hatte Thresls Seufzer gehört und sagte:
»Wenn du deinen Schorsch heiratest, Thresl, dann bekommst du mein Hochzeitskleid. Und den möcht' ich sehen, der es dir wegnimmt!«
»Wird's aber doch einer tun«, grinste die Jula anzüglich.
Endlich kam der Tag, an dem Anna Maria in ihrer blaßblauen Pracht vor Leopold stand, der sie stumm, aber sichtlich beeindruckt betrachtete. Er erkannte sie kaum wieder: Ihr dunkles Haar war zu einem prächtig geschmückten Türmchen hochgesteckt und zur Feier des Tages weiß überpudert, obenauf ein Spitzenkranz. Weit umbauschte der knisternde Seidentaftrock die schmale Taille. Die Ärmel waren oben breit, endeten aber in engen Röhren, aus denen die Hände in Spitzen-

handschuhen hervorschauten. Auf den schmalen Schultern lag ein zierlich gerafftes Tuch aus Spitzen, dessen Enden in den Rüschen verschwanden.

Leopold erfüllte ein stolzes Gefühl: Diese schöne Braut würde am Ende des heutigen Tages sein eigen sein – für immer und alle Zeit.

Dieses Besitzergreifen und Festhaltenwollen war ein ausgeprägter Wesenszug Leopolds. Er war ein Ästhet, dem der Anblick seiner hübschen jungen Braut große Freude machte. Seine Mutter hatte ihn, als sie ihm das Hochzeitsgeschenk, eine Uhr, überreichte, gefragt:

»Ha no, Bub, hascht denn du keine gefunden, die eine bessere Partie gwese wär'? Dein Mädle hat ja hinten und vorne nichts.«

»Müßt sie Euch halt besser anschaun, Frau Mutter. Dann merkt Ihr schon, was an ihr dran ist, hinten und vorn.«

»Das vergeht, Büble, das vergeht. Aber die Gulden, die eins mitbringt, die bleiben dir ein Leben lang.«

»Das ist nicht so gewiß«, meinte der Sohn und spielte auf das verlorene Vermögen der Euphrosina Pertl an.

Anna Maria Mozart, die ja genauso hieß wie ihre Schwiegertochter, verstummte, denn Euphrosina näherte sich ihnen. Die Pflegerwitwe war eine immer noch ansehnliche Person – ihrem schwarzen Seidenkleid entschwebte eine zarte Nelkenduftwolke. Beide Frauen mochten sich nicht, weil die eine wie die andere der Meinung war, ihre Kinder hätten einen besseren Partner verdient. Erst Jahre später kamen sie zu einer positiveren Einsicht ...

So jung Leopold auch war, er plante sein Leben von Anfang an sorgfältig und vorausschauend. Er setzte sein Kapital so »gewinnbringend« als möglich ein, dazu gehörte vor allem die »Reputation«. Er betrachtete sich als einen studierten Musiker, einen »Akademiker«, der seinen Kollegen, nicht nur was die Begabung anbelangte, weit voraus war.
Er stürzte sich sofort in den vollen Strom des Salzburger musikalischen Lebens. Es war erfüllt von rauschender Musik im Dom und in den zahlreichen anderen Kirchen der geistlichen Residenz. (Alfred Einstein, Mozart-Biograph.)
Noch keinen Tag hatte er seine Entscheidung für Salzburg bereut. Er war bereits voll in diese schöne Stadt integriert und erwartete von ihr die Erfüllung seiner Lebenswünsche und Sehnsüchte.

Am 21. November 1747 segnete der Stadtkaplan von Salzburg die Hochzeit ein. Anna Maria war 27, Leopold 28 Jahre alt. Daß die beiden im unfreundlichen kalten November heirateten, bestätigte die Eile, die sie hatten, als das Augsburger Geld endlich eingetroffen war. Leopold zeigte sich als treusorgender, umsichtiger Hausvater. In der Getreidegasse Nummer 9, Hagenauer Haus, mietete er im dritten Stock eine große, ansehnliche Wohnung, wohl wissend, wie wichtig für einen aufstrebenden Mann eine gute Adresse war.
Die Ehe stand von Anfang an unter einem guten Stern, auch wenn sie in nebliger Kälte geschlossen wurde. Es trifft keinesfalls zu, was Mozarts Biograph Alfred Einstein behauptet, daß Anna Maria eine geistig unter dem studierten Leopold stehende Person war, ohne Musikalität und Einfluß auf ihn. Das Gegenteil

war der Fall, wie es Rudolph Angermüller auch bestätigt:

Die Ehe der Eltern Mozarts war durch ein über dreißig Jahre hindurch gegenseitiges Geben und Nehmen bestimmt. Mutter Mozart kann als ausgleichendes Element in dieser von Persönlichkeiten geprägten Familie gelten. Sie hat ihre mütterliche Sendung, zwischen ihnen auszugleichen, mit Takt und Güte vorbildlich erfüllt.

Die Höhe ihrer sittlichen Haltung, verläßliche Treue, jeder Bewährungsprobe gewachsene Kameradschaft ihrem Manne gegenüber und echte mütterliche Hilfsbereitschaft sind klar erkennbare Charakterzüge, ebenso ein inniges Gemütsleben und unbeirrbarer Optimismus . . .

Besonders ihre Lebensfreude schätzte Leopold. Und ihren Optimismus sollte sie noch gar oft brauchen und beweisen.

Leopold, intelligent und den Umgang mit fürstlichen Herrschaften gewöhnt, wünschte über die schöne Wohnung hinaus auch einen entsprechenden Zuschnitt für seine Häuslichkeit. Darüber lachte das Annerl bisweilen, ließ ihm aber in allen Dingen freie Hand. Sie war zwar überzeugt, ihren Haushalt allein bewältigen zu können, doch Leopold, sonst sehr sparsam, bestand auf einem dienstbaren Geist. Die Thresl, mit dem energischen Mundwerk auf dem rechten Fleck, wurde engagiert. Mehr als einmal wehrte sie sich:

»Das ist meine Arbeit, Madam. Lassen S' mich das machen! Nehmen S' mir doch net die Arbeit weg.«

Von sich aus hatte sie das freundschaftliche Du-Verhältnis geändert und so Anna Maria als ihre Herrin voll anerkannt.

Als sich in der jungen Familie Zuwachs ankündigt, gibt Anna Maria nach und läßt die tüchtige Thresl in allen Haushaltsdingen gewähren.
Madame Mozart ist mit ihrem Leben sehr zufrieden. Es geht ihr gut, sie fühlt sich wohl, hat einen klugen – diese Eigenschaft schätzt und respektiert sie besonders an Leopold –, fleißigen, gewissenhaften und auch liebevollen Ehemann. Zwischen beiden besteht eine für uns nicht ganz leicht zu verstehende Gemeinschaft: Sie beugt sich, je länger sie verheiratet ist, immer bereitwilliger seiner absoluten Autorität, weiß aber, daß sie in Haushaltsdingen und was die spätere Kinderbetreuung anbelangt, den Ton angibt. Dies respektiert Leopold – dafür gibt es Zeugnisse. Er hat ein großes pädagogisches Talent, beweist es auch im Umgang mit seiner Frau. Bildungsmäßig ist er ihr zwar überlegen, gibt sich aber Mühe – und das mit Erfolg –, auch sie fortzubilden. Die Klugheit einer Frau wiegt in den Augen der Männer dieser Zeit nicht viel. Wichtiger ist, sie kommt ihren hausfraulichen Pflichten fleißig und sparsam nach und repräsentiert mit Würde und Grazie die gesellschaftliche Stellung ihres Mannes. Dazu ist Anna Maria durchaus gewillt und befähigt. Sie ist als Enkelin eines Kirchenmusikers auch musikalisch, versteht und fördert ihres Mannes große Leidenschaft, und sei es auch nur im Kopieren von Noten seiner Kompositionen.
Im Hause Mozart wird viel musiziert. Es ist zunächst eine Art Hausmusik, auch wenn dieser Ausdruck damals noch nicht gebräuchlich war. Leopold liebt »Volksmusik«, wie wir sie heute bezeichnen würden.

Dieser süddeutsche Geschmack schreibt Alfred Einstein, *dokumentiert sich in volkstümlichen, bäuerlichen Liedern, Chören, Quodlibets, alle voll bajuwarisch-schwäbischem, breitem, behaglichem, auch grobem Humor. In der Familie Mozart haben diese Stücke eine große Rolle gespielt.*

Wenn Leopold auch Anna Marias Zitherspiel wenig schätzt, so lobt er ihre hübsche Singstimme und ihren sauberen Einsatz. Man musiziert mit Hausfreunden und dem einen oder anderen von Mozarts Kollegen. Jeder empfindet es als Auszeichnung, wenn er vom Herrn Hofkomponist eingeladen wird. Gegeneinladungen allerdings ignoriert er meist – zum Leidwesen Anna Marias, die von ausgesprochen geselliger Natur ist. Sie ist überall beliebt, nimmt an Tratsch und Klatsch in freundschaftlicher Art lebhaft Anteil – man anerkennt voll und ganz ihre gesellschaftliche Stellung als Tochter eines Pflegkommissars. Das kommt auch dem zugereisten Leopold Mozart zugute ...

Mit Bangen sehen die zukünftigen Eltern der schweren Stunde der jungen Mutter entgegen. Die Sorgen sind unbegründet, ihre robuste Gesundheit beschert ihr eine leichte Geburt, und die Eltern sind überglücklich. Doch das kleine Mädchen ist ein »Winterkind«, gesundheitlich besonders gefährdet.

Das Glück im Hause Mozart – Nannerl und das Himmelsgeschenk – Der lustige Bruder – Strenge und Härte?

Anna Maria saß an der Wiege und versuchte ihr weinendes Kind zu beruhigen, als es an der Tür klopfte. Es war Euphrosina, die der Tochter die erste Aufwartung machte. Anna Maria begrüßte sie, umarmte sie kurz. Als das Kind zu schreien begann, nahm sie es auf und wiegte es in den Armen.

»Setzt Euch doch«, bot die Tochter der Mutter einen Platz auf dem Kanapee an. Bedächtig nahm Euphrosina Platz.

»Ihr habt es recht eilig gehabt mit dem Nachwuchs«, sagte sie. Das Kind war zehn Monate nach der Hochzeit geboren worden.

»Nicht eiliger als ihr«, war Anna Marias leise, aber scharfe Antwort, denn auch Euphrosinas Erstgeborener kam elf Monate nach der Hochzeit auf die Welt. Seit ein paar Wochen wußte Anna Maria, daß die Mutter ihrem Leopold die Befürwortung für das Indigenat, das Heimatrecht in Salzburg, verweigert hatte, und stand deshalb mit ihr auf gespanntem Fuß. In Salzburg, wie in anderen Orten, war die Verheiratung und Niederlassung eines Fremden nur möglich, wenn der Rat ihm das Heimatrecht zubilligte. Bei einem Studenten schien das ausgeschlossen und wurde erst durch allerhöchste Protektion, die des Fürsterzbischof Firmian, schließlich möglich. Vorher aber hatte die Pflegkommissarswitwe von St. Gilgen Euphrosina Pertl sich geweigert, für ihren zukünftigen Schwiegersohn eine

Bürgschaft zu übernehmen. Euphrosina hatte den Ärger ihrer sonst so fügsamen Tochter gespürt und war jetzt sozusagen mit einer Friedenstaube im Korb hierhergekommen. (Auch wenn sie das gefiederte Wesen nur in Form einer fetten Gans in der Küche abgegeben hatte.) Es gehörte nicht zu Euphrosinas Art, um eine Sache herumzureden, also sagte sie offen:
»Ich verstehe, daß du über mich verärgert bist, aber verstehe auch mich. Meine Tochter will einen mittellosen Geiger und Lakaien heiraten, einen entlaufenen Priesterseminaristen. Und da sollte ich einfach ja sagen, wenn ich es doch in der Hand hatte, so etwas zu verhindern? Welche Mutter hätte das anders gemacht?«
Anna Maria verschlug es einen Augenblick die Sprache. Aus dieser Sicht hatte sie die Dinge allerdings noch nicht gesehen. Und im nachhinein schien es ihr jetzt tatsächlich fast wie ein Wunder, daß man Leopold von höchster Stelle, aber auch von den Salzburger Bürgern allenthalben eine derartige Anerkennung entgegenbrachte.
»Ihr hättet Euch Leopold eben vorher einmal näher ansehen sollen, Mama«, entgegnete die Tochter.
»Glaubst du, ich habe das nicht getan? Ein schöner Bursche, dachte ich mir, nachdem ich ihn bei einem Kirchenkonzert zum ersten Mal gesehen hatte. Aber wer kann schon in das Inwendige eines Menschen schauen?« Jetzt prüfte sie mit kritischem Blick das Äußere ihrer Tochter.
»Warum läßt du dich nicht frisieren?« fragte sie streng.
»Aber ich bin doch frisiert, Mama.«
»Du bist notfalls gekämmt, aber doch nicht frisiert. Ich

werde dir künftig mein Mädchen schicken. Sie ist recht geübt, wie du ja an mir siehst.« Ja, Euphrosinas Haar türmte sich gekonnt über dem langsam welk und alt werdenden Gesicht.
»Nein, Mama, ich brauche niemanden. Wenn ich wollte, könnte mich auch die Thresl frisieren, aber Leopold gefällt mein Haar so, wie ich es trage.« Daß er ihr gesagt hatte, sie sähe aus wie eine Madonna, das verriet die Tochter nicht.

Das Gespräch der jungen und alten Frau an der Wiege wurde immer wieder vom kläglichen Weinen des Kindes unterbrochen. Anna Maria rief schließlich nach der Amme, die das Kind an die Brust legte, wo es aber immer noch leise jammerte. Besorgt betrachtete die Großmutter das kleine, dickvermummte Wesen.
»Vielleicht hat es einen Zug bekommen«, sagte sie. »Darauf mußt du besonders achten. Öffne kein Fenster, solange es in der Wiege liegt. Mit der Luft von draußen können Krankheiten in die Stube dringen.«
Mutter und Tochter schieden schließlich versöhnt.

Anna Maria beherzigt alle Ratschläge, trotzdem stirbt ihr Erstgeborenes vor dem zweiten Lebensjahr, als Anna Maria erneut im achten Monat schwanger ist.
In trübe Gedanken versponnen sitzt sie in ihrer Näh-ecke, die Nadel in der Hand, doch kein Stich entsteht auf der Leinwand. Sie kann das Unglück nicht fassen, grübelt der Ursache nach. Die gute Thresl kommt und weint mit ihr. Sie glaubt, die Ammenmilch sei schuld gewesen, und rät Anna Maria, beim nächsten Mal

selbst zu stillen. Das aber ist in den »besseren Kreisen« nicht üblich. Es gibt viele arme Frauen, die auf den guten Verdienst als Amme angewiesen sind – sie werden besser als eine Dienstmagd bezahlt, ohne arbeiten zu müssen. Meist pflegen sie lediglich die Ammenkinder, derweil die eigenen Säuglinge häufig genug an Unterernährung und mangelnder Pflege sterben.
Die Thresl weiß das alles, und wenn es nach ihr ginge, dürfte es keine mietbaren Ammen geben, aber ihre Meinung zählt ja nicht. Die mütterlichen Damen fürchten um ihre Figur, außerdem kursiert das Gerücht, stillende Frauen kämen schneller ins nächste Kindbett.
Anna Maria aber nimmt sich Thresls Meinung zu Herzen und stillt ihr zweites Kind selbst. Zwar überlebt es die ersten zwei Lebensjahre, erstickt dann aber während einer fieberhaften Halskrankheit. Als auch das dritte Kind über das zart Kindesalter nicht hinauskommt, ist alles Glück im Hause Mozart dahin, und Anna Marias munterer Sinn gebrochen. Sie tut lediglich ihre Pflicht und zeigt den anderen, auch ihrem Mann, ein gleichmütiges Gesicht. Leopold spürt ihre Not, allerdings ohne sie im gleichen Maß zu empfinden. Er ist und bleibt ein frommer Christ und sein »Gott hat es gegeben, Gott hat es genommen« ist ihm selbst Trost.

Als Anna Maria schließlich wieder in die »Hoffnung« kam – für sie traf dies im echten Wortsinn zu – ging sie allmorgendlich zur Kirche, auch wenn der Weg in den Wintermonaten beschwerlich war. Die treue Thresl begleitete sie und betete mit ihr. Auf so einem Kirchgang begegnete ihnen eine Bettlerin. Anna Maria sah in das graue, eingefallene Gesicht und erkannte, daß die Frau schwanger war. Nur ein zerlumptes Tuch bedeckte notdürftig ihren gewölbten Leib. Da nahm Anna Maria ihren warm gefütterten Umhang ab und legte ihn der Bettlerin über die Schultern. Die Thresl wollte empört auffahren, aber die Herrin wehrte ab. So blieb der Magd nichts anderes übrig, als Madame Mozart schnell ihr eigenes Schultertuch umzulegen und verdrossen neben ihr herzustapfen. Auch Leopold bedachte seine Eheliebste mit einem mißbilligenden Blick. Ihm, dem Sparsamen, war es leid um das teure, pelzgefütterte Stück, doch als er merkte, daß seine Frau infolge dieser »guten Tat« geradezu aufblühte und voll Zuversicht ihrer nächsten schweren Stunde entgegensah, war er es zufrieden.

Seine Stellung hatte sich in den vergangenen drei Jahren weiter gefestigt – seine große Musikalität befähigte ihn zu Kompositionen, die seinen Dienstherrn immer wieder aufhorchen ließen. Die Kollegen spürten seine geistige Überlegenheit, aber Leopold war viel zu klug, sie auszuspielen. Er führte ein gastliches Haus und lud sie zum Musizieren ein, bewirtete sie trotz seines ausgeprägt schwäbischen Sparsinns recht großzügig. Und Anna Maria bewährte sich als liebenswürdige, freundlich muntere Gastgeberin.
Immerhin konstatiert Leopold Mozarts sonst so kritischer Biograph Alfred Einstein:
Sicherlich hat es in der Ehegemeinschaft der Mozarts nie eine Trübung gegeben. Aber er fügt hinzu: *Sie war eine gute beschränkte Frau . . .*

Wäre sie das wirklich gewesen, nämlich beschränkt, hätte Leopold gewiß nicht »ohne Trübung« mit ihr zusammengelebt, dazu war er ein viel zu selbstbewußter, ungeduldiger und kritischer Geist, den eine »beschränkte« Gattin nervös und unglücklich gemacht hätte. Nein, Anna Maria konnte dem Höhenflug seiner Gedanken vielleicht nicht immer folgen, aber sie war ihm in allen anderen Dingen eine gleichwertige Partnerin und von ihm als solche auch anerkannt, mehr noch – respektiert. Ihn als eine Art Haustyrannen hinzustellen, wie es geschah, ist zumindest sehr übertrieben. Jedenfalls bestätigt ihm Einstein *eine zärtliche Liebe zu seiner Familie, seine Vorsorge in allen Angelegenheiten des täglichen Lebens ...*

Leopold, dem die Musikgeschichte ja später ausführliche Beachtung schenkte, war ein Mensch »in seinem Widerspruch« mit Schwächen und Fehlern, doch von ganz besonderer Rechtschaffenheit und Frömmigkeit, verläßlich und eben ein hervorragender Pädagoge. Immer wieder muß auch gesagt werden: er war völlig erfüllt von Musik, von ihr berauscht, übte sie hervorragend aus.
Doch suchte er sie auch in Aufführungen als Kirchenmusik im Dom, übte sie aus als Kammermusiker in den Salons des fürstbischöflichen Hofes und komponierte sogar Schauspielmusik für eine Aufführung in der kleinen Aula der Universität. (›Antiquitas personate‹)

Bei seinen Kammermusikabenden im eigenen Haus wirkt Anna Maria als Sängerin mit – ihre hübsche Singstimme hat Leopold sorgfältig geschult. Sie erreicht freilich keine besondere Höhe, doch nimmt Leopold in seinen Kompositionen darauf Rücksicht. Anna Maria hat mühelos Notenlesen gelernt, hat viel Sinn für Wohl- oder Mißklang eines Musikstückes und Leopold fügt sich mehr als einmal ihrer Kritik.

»Du bist mein erstes Publikum, also ist deine Meinung für mich sehr wichtig.«

Er möchte ein großer Kompositeur werden, weiß aber, daß das in dieser Zeit des allgemeinen musikalischen Umbruchs nicht leicht ist. Er widmet dem Grafen Thurn und Taxis seine ersten Werke, sechs Kammer- und Kirchensonaten für zwei Violinen und Baß, deren Notenteil er auch selbst gestochen hat. In der Widmung nennt er seinen Gönner eine *väterliche Sonne, deren wohltätige Einflüsse mich mit einem Male aus dem harten Dunkel all meiner Not gezogen und auf die Bahn all meiner glücklichen Umstände gebracht haben.* (Eine recht geschraubte Ausdrucksweise, aber in jener Zeit eben so üblich.)

Diese Sonaten zeigen einen eigenartigen Stil, der zwar an Corelli, Bach und Händel orientiert ist, aber auch Neues interpretiert, Ansätze der opera buffa sozusagen, den »galanten Stil«, der eines nicht mehr fernen Tages die gesamte Musikwelt des 18. Jahrhunderts erobern wird.

Dieses Heiter-Galante wechselt bei Leopold oft ohne Übergang ins Volkhaft-Natürliche. Er komponiert Ländler und andere Tänze und er schwenkt heute, während seine Freunde einen Ländler spielen, die Hausfrau übermütig im Kreis herum. Anna Maria tanzt bedächtig, schließlich will sie ihr ungeborenes viertes Kind nicht gefährden.

Glücklicherweise wird es diesmal ein Sommerkind werden, während der Geburt wird es nicht kalt und gefahrbringend sein. Kein Ofenfeuer wird ihm zur Unzeit erlöschen. Allein schon dieser Umstand läßt Anna Maria hoffen, ihr Kind diesmal durchzubringen.
In merkwürdiger Übereinkunft spricht man in der Familie nicht von dem bevorstehenden Ereignis, und Leopolds Freunde, unter ihnen Michael Haydn, der Bruder Joseph Haydns, haben keine Ahnung von Anna Marias Zustand. Jeder will mit ihr eine Runde drehen. Doch da wehrt Leopold fast schroff ab:
»Nicht tanzen, spielen sollt Ihr, meine Herrschaften.«
Und so übt man weiter an einer neuen Komposition des Gastgebers.
Anna Maria aber ist es übel geworden. Sie ist, wie alle Schwangeren in dieser Zeit, eng geschnürt, gilt doch die allgemeine Meinung, daß man nur so die Figur erhalten könne.
Jetzt steht sie über eine Waschschüssel gebeugt und erbricht sich. Die Thresl schilt:
»Hab' ich's nicht gesagt, Madame? Tanzen in Ihrem Zustand!« Sie schnürt Anna Maria rasch das Mieder auf und schimpft in aller Devotheit weiter: »Bei uns daheim hat sich keine Frau in der Hoffnung geschnürt, das ist bestimmt net g'sund. Ist's doch dem Würmerl da drinnen dann viel zu eng zum gehörig Wachsen. Das mein' i, Madame, ganz g'wiß mein' i das.«
Diesmal fügt sich Anna Maria Thresls Meinung. Sie schnürt sich nicht mehr, geht in den beiden letzten Monaten nicht mehr aus und verbirgt ihre unförmige Gestalt unter einer losen Mantilla, wenn es doch einen unaufschiebbaren Gang gibt. Leopold schweigt zu die-

sem ihm ungewohnten Anblick – seine hübsche Frau unkenntlich in einem häßlichen, sackartigen Kleid!

Dann ist die Zeit der Geburt da. Anna Maria sieht ihr diesmal viel gelassener als den vorherigen entgegen. Vielleicht ist es gerade diese Gelassenheit, die ihr eine unverkrampfte, leichte Entbindung beschert. Am 30. Juli 1751 schenkt sie einem wohlgestalteten Mädchen das Leben, das ohne alle Umstände die Mutterbrust annimmt, denn wieder hat sich Anna Maria zum Selbststillen entschlossen, auch wenn die Amme tief gekränkt ist.
Von Anfang an wirkt die Kleine gesünder als ihre verstorbenen Geschwister. Jemand hat Anna Maria einmal erzählt, daß Zigeunerkinder den Müttern nur ganz selten wegsterben, und sie macht sich so ihre Gedanken.
Diese Kinder der Ärmsten der Armen waren den ganzen Tag an der frischen Luft, die ihnen offensichtlich nicht schadete. Sie aber hat ihre Neugeborenen stets monatelang vor Sonne und Luft geschützt – wie es Sitte ist; diesmal will sie es anders halten. Die Kleine liegt in ihrem Körbchen am offenen Fenster und blickte in das bewegte Blättergewirr eines Baumes, still und zufrieden ...

Wie seine Mutter sollte auch das Kind Anna Maria getauft werden – die religiöse Verehrung der beiden Namenspatroninnen stand in dieser Zeit in vollster Blüte. Da es in Mozarts Familie bereits drei »Anna Marias« gab, wehrte sich seine Frau energisch. Ein Kompromiß war dann der Name Maria Anna. Doch selbst das führte zu Verwechslungen. So nannte Walter Hummel, ein Biograph Nannerls, deren Mutter Anna Maria konsequent Maria Anna, in der Annahme, sie heiße wie die Tochter. Geht man dem Irrtum nach, entdeckt man in einem Dokument tatsächlich die Verdrehung dieses Namens, doch eben nur in diesem einen Schriftstück, die Taufurkunde weist den richtigen Namen aus...

Das Glück im Hause Mozart war nun vollkommen. Das kleine Mädchen entwickelte sich gut. Sein Wachstum erfolgte nach dem geheimnisvollen, unergründlichen Plan der Natur. Alles an diesem Kind war zunächst kristallklar und einfach, bis sich plötzlich etwas Auffälliges zeigte. Schon in der Wiege äußerte Nannerl bei bestimmten Tonfolgen Freude oder Mißbehagen, und Leopold konnte sich nicht genugtun, dieses Phänomen seinen Freunden vorzuführen. Das Töchterchen lächelte und lauschte aufmerksam, selbst bei einer Bachschen Fuge, es begann aber protestierend zu schreien, spielte man ihr zum Beispiel lustige Marschmusik vor.

»Es ist ihr halt einfach zu laut«, lachte die Mutter, doch Vater Leopold war vom musikalischen Unterscheidungsvermögen seiner Tochter geradezu fasziniert und maß ihm eine besondere Bedeutung bei.

Nun da er endlich ein Kind hatte, das über die kritische Zeit hinaus am Leben geblieben war, erwartete er auch sehnlichst einen Sohn. Anna Maria mußte fast alljährlich ihre schwere Stunde durchleiden. Insgesamt sieben Kindern schenkte sie das Leben, von denen nur zwei überlebten, doch diese beiden entschädigten die Eltern für das Leid, das sie durch den frühen Tod der Geschwister ertragen mußten.

Der kleinen Nannerl gefiel besonders Pater Valentin Rathgebers »Augsburger Tafelkonfekt«, eine Serie von volkstümlich bäuerlichen und bürgerlichen Liedern und Quodlibets, erschienen bei Leopolds Augsburger Verleger Lotter. Extra für sein Töchterchen komponierte der verliebte Vater seine »Schlittenfahrt«, ein süddeutsch heiteres, leicht beschwingtes Instrumentalstück, und freute sich, wenn die Kleine sich dazu im Rhythmus drehte. Verzückt sagte die Thresl:
»Aus unserem Dirndl wird einmal eine ganz große Primaballerina.« Ja, auch die Thresl hatte sich weitergebildet und wußte sehr wohl, was eine Primaballerina war, machten doch die Wanderbühnen auch in Salzburg Halt und zeigten den biederen Bürgern, was wahre Tanzkunst bedeutete. Schon begann man nämlich in den Schauspielern und Tänzerinnen nicht mehr nur fahrendes, leichtfertiges Volk zu sehen, schon fanden diese Künstler sogar Eingang in vornehmen Bürgerhäusern. Dort war man den Freuden des Lebens gegenüber durchaus aufgeschlossen. Und Alfred Einstein schreibt:
Von seiner Mutter hatte Wolfgang Amadeus all seine naiven, lustigen, kindischen Züge geerbt, alles was in seinem Charakter als »salzburgisch« anzusprechen ist . . .

Das Nannerl geriet wohl mehr nach dem Vater. Ausgelassener Übermut lag ihr nicht. Sie ahmte schon als Vierjährige ernsthaft die Tätigkeiten der Thresl nach, die zu Anna Maria sagte:

»Das Nannerl ist aber viel braver, als Ihr es einmal wart, Madame.« Und Anna Maria konterte:
»Sie hat aber auch eine ernsthaftere Kinderfrau, als ich damals eine hatte.« Mit Nannerls Kinderfrau war Großmutter Euphrosina gemeint, die alltäglich nach ihrem Enkelkind sah, sich mit ihm beschäftigte, so als wollte sie gutmachen, was sie seinerzeit bei der eigenen Tochter versäumt hatte. Euphrosina hatte sich mit ihrem Schwiegersohn nicht nur abgefunden, sie respektierte ihn sogar und war ihm auf ihre Art zugetan. Und er selbst empfand die gebildete Schwiegermutter und ehemalige Herrin von Schloß Hüttenstein als einen Gewinn für das Ansehen seines Hauses.

Draußen schlug der Türklopfer, und die Thresl ging, den Besucher zu empfangen. Dann kam sie zurück in die Küche, fragte belustigt:
»Was meint Ihr, Madame, wer da im Vorzimmer steht? Ihr kennt ihn gut, Ihr wart mit ihm im Holz, jaja, so war's.« Anna Maria erriet den Besucher nicht, stand dann überrascht vor ihm: Fritz war es, der Sohn vom Flickschuster Hitzig, Kindheitsgefährte in schlimmen Jahren.
Er drehte verlegen die Kappe in den großen Händen, sein langes mageres Gesicht drückte dennoch keine Devotheit aus. Er war nur gekommen, sich als Kutscher und Fuhrmann vorzustellen, der bei der Frau Hofkomponistin um Kundschaft bat.
»Weißt, Fritz, wir kutschieren nicht viel in der Gegend herum, vielleicht einmal im Monat zum Robinigger Hof hinaus, aber dann werden wir an dich denken. Wie

geht's dir denn sonst, deinen Eltern und deinen Schwestern?«
Es stellte sich heraus, daß die Älteste inzwischen ein uneheliches Kind heimgebracht und sie dessen Vater nicht heiraten konnte, weil es ihr Brotgeber, der Erzbischof, nicht gestattete. Ohne daß Anna Maria danach fragte, wußte sie dennoch den Grund: Beide Liebesleute hatten zu wenig, und der Obrigkeit lag daran, keine Armeleutekinder erhalten zu müssen. Mit dem gleichen Problem hatte sich ja schon die Thresl herumschlagen müssen, auch ihrem Schorsch war nicht erlaubt worden, sie zu ehelichen. Er hatte sich leider schnell getröstet und die geheiratet, die ihm sein Brotherr vorgeschlagen hatte, eine Witwe mit drei Kindern, die sonst dem Herrn auf der Tasche gelegen hätten.

Fritz Hitzig ging, von Anna Maria freundlich verabschiedet. Er hatte zwar ein Stück bittere Kindheitserinnerung ins Haus gebracht, aber es entsprach nicht Anna Marias Naturell, deswegen betrübt zu sein. Auf Regen folgt Sonne, das war schon immer ihre Lebensphilosophie. Und im Augenblick stand sie in heller, leuchtender Sonne . . .

Das Nannerl lief schon eifrig auf strammen Beinchen durch die Welt, begrüßte den Vater mit freudigem Strahlen, wenn er zur Tür hereinkam und folgte ihm wie ein Hündchen überallhin. Dieses Überallhin endete meist am Klavier, wo der Herr Hofmusikus die Rockschöße bedächtig auseinandernahm und sich auf dem Klavierschemel niederließ. Da saß er nun, und das Nannerl zu seinen Füßen lauschte mit schiefgelegtem

Köpfchen den Tönen, die er unter seinen Händen hervorzauberte. Sie lauschte hingebungsvoll und nur, wenn der Vater, um sein Dirndl fortzuscheuchen, allzu kräftig und hart in die Tasten griff, floh die Kleine erschrocken in die Obhut der Mutter oder Großmutter.

Dann aber entdeckte sie die eigene Fähigkeit, Töne zu erzeugen, nicht nur als Kinderlied mit ihren Lippen. Sie kletterte auf den Klavierschemel und begann mit ihren kleinen dicken Fingern zu klimpern, entdeckte zusammengehörende Tonfolgen und überraschte den Vater eines Tages mit einem fehlerlos gespielten Kinderlied. Er stand sprachlos, betrachtete die Dreijährige, dann hob er sie vom Schemel, küßte sie und sagte:

»Ja Nannerl! Du kannst ja Klavier spielen!«

Und die Großmutter, sonst so zurückhaltend, behauptete flink:

»Herr Mozart, Eure Tochter ist ein Wunderkind.«

Das war die Kleine noch nicht, aber ihr Vater wollte sie nun dazu machen. Er, der erfahrene Pädagoge, erkannte sehr schnell Nannerls ungewöhnliche musikalische Begabung und begann sie konsequent zu fördern. Von sich selbst wußte er, daß ihn erst mit zwölf die Musik, vor allem das imposante Orgelspiel, ernsthaft zu interessieren begann. Dann freilich machte Leopolds Entwicklung im Musizieren rasante Fortschritte, ohne daß ihm dies besonders zu Bewußtsein kam. Wie normale Bürger mit ihren Lesekünsten umgingen, so war er imstande, Noten in Musik umzusetzen, fast auf jedem Instrument, vorzugsweise jedoch auf der Orgel und Violine. Jahre später begegnete sein Sohn in München einem alten Musiker, der ihm vom Papa berichtete, daß er ihn im Orgelspiel unterwiesen ... *»ich war baß erstaunt über seine virtuosen Fortschritte«* ...

Mit vier nahm Euphrosina das Nannerl in die Salons ihrer Freundinnen mit, wo es auf einen Klavierhocker gehoben wurde und mit ihren kleinen Händen, die kaum die Tastenbreite erreichten, vergnügt zu spielen begann. Die Damen bestaunten sie wie ein Zirkuskind. Leopold verbat sich diese Vorstellungen, doch zwei Jahre später dachte er anders. Da ließ er sein Wunderkind im Salon des Grafen Thurn und Taxis den Herrschaften vorspielen. Nannerl saß da, von der Mutter liebevoll herausgeputzt, und verblüffte die Zuhörer mit ihren fehlerlos gespielten Klaviersonaten, Kompositionen ihres Vaters für sie.
Diese frühen Erfolge ihres Lieblings konnte Euphrosina nicht mehr miterleben – sie kränkelte und war ans Bett gefesselt, von Anna Maria liebevoll betreut.
Ihr Tod war für das Nannerl eine bittere, unbegreifliche Erfahrung, denn alle Liebe und Wärme der alten Frau – jene Zuneigung, die die eigene Tochter so wenig zu spüren bekommen hatte – galt der Enkelin. Nun war eine Lücke entstanden, die Nannerl in ihrem kindhaften Unterbewußtsein tiefer empfand, als man annahm. Mehr denn je schloß sie sich jetzt dem Vater an, Anna Maria erkannte es mit einem kleinen eifersüchtigen Schmerz. Sie trug wieder ein Kind und hoffte und betete, nachdem sie nach Nannerls Geburt erneut zwei Säuglinge in der Wiege verloren hatte, daß es diesmal – es war ihr siebentes Kind – mit dem Leben davonkäme. Es würde aber leider wieder ein Winterkind werden.

Es war ein Sohn, den sie am 27. Januar 1755, einige Monate nach dem Tod Euphrosinas, zur Welt brachte. Euphrosina hatte, schon verwirrt, in der Todesstunde gesagt:
»Vielleicht seh' ich bald dein Jüngstes droben, dann werde ich es an mein Herz nehmen.«
Das schien Anna Maria ein grausames Orakel, und sie war überglücklich, daß nicht die tote Mutter, sondern sie selbst ihren kleinen Sohn ans Herz nehmen konnte. Er wurde Johannes Chrysostomus Wolfgangus Theophilus (lat. Amadeus) getauft. Seinen weltberühmten Namen Amadeus wird er nie, es sei denn im Scherz, gebrauchen.

Die kleine Nannerl stand vor der Wiege und betrachtete neugierig den Familienzuwachs, hatte ihr doch die Thresl geheimnisvoll zugeflüstert, daß ihr die Großmama im Himmel dieses Putzerl zum Trost geschickt hätte. Mehr als die anderen Familienmitglieder erkannte die brave Thresl, wie sehr Nannerl unter dem Verlust der Großmutter litt.

Und tatsächlich – der Verlust wird durch die Existenz des winzigen Wolferl, wie er genannt wird, ausgeglichen. In diesem frühen Kindheitserlebnis ist vielleicht Nannerls ungewöhnlich starke Geschwisterliebe ihrem Bruder gegenüber begründet.
Der kleine Bub ist zwar zart, aber außerordentlich beweglich, wenn er für kurze Zeit, seiner Hüllen ledig, auf dem Tisch liegt, um frisch gewickelt zu werden. Er schreit dann protestierend, und seine Schwester glaubt zu erkennen, weshalb.

»Tut's halt den Wolferl net gar so fest ins Wickelkissen eini!« fordert sie. Aber es ist Winter, der Ofen glüht zwar, doch Wärme, nichts als Wärme lautet die Devise für die damalige Säuglingspflege.
Zum Glück gibt es ein außergewöhnlich mildes Frühjahr, das Mensch und Tier, besonders gewickelten Kindern guttut. Dennoch läßt die Angst vor dem Säuglingstod Anna Maria nicht zur Ruhe kommen. Das Kind wird in der ersten eisigen Jahreszeit wie ein Augapfel vor jedem kalten Windzug gehütet.
Als Nannerl einmal vergaß, die Zimmertür zu schließen, fuhr die Mutter sie so heftig an, daß ihr, tief erschrocken, die Tränen kamen. Ihr Schluchzen aber rührte den Vater so sehr, daß er, was sonst nie vorkam, Anna Maria anschrie:
»Eine offene Tür! Ihr tut ja alle, als wäre euer Prinz aus Zucker! Dem wird der Wind noch oft genug um die Nase wehen. Komm, Nannerl, wir spielen zusammen.«
Spielen, das hieß im Haus Mozart keinesfalls mit Puppen oder Pferdchen spielen, Spielen bedeutete den Gang zum Klavier und das liebevoll einträchtige Beisammensitzen und Miteinander-musizieren.
Das Phänomen, das Leopold bei Nannerl so früh beobachtete, wiederholte sich bei seinem Sohn nicht. Klaviertöne ließen das Baby kalt, da mußte schon der schrille Ton einer Klingel herhalten, um Wolferls Aufmerksamkeit zu erregen.
Doch schon bald wurde das anders. Als er verstandesmäßig seine Umwelt erfaßte, er den immer vorhandenen mütterlichen Armen entwuchs, da zog es auch ihn zum Klavier, und er lauschte begierig dem Spiel seiner

Schwester. Sie war es, die Wolfgangs große Musikalität als erste erkannte und dem Vater berichtete:
»Wenn der Wolferl schlimm ist, da brauch' ich nur zum Klavier gehen, und er läuft mir nach und ist brav.«
Nun beschäftigte sich Leopold eingehender als seinerzeit mit Nannerl mit seinem kleinen Sohn. Von einer »Strenge und Härte«, wie später so oft behauptet wurde, konnte bei Leopolds Erziehungsmaßnahmen keine Rede sein. Sie wurden weder vom Vater noch vom Sohn so empfunden, natürlich auch nicht von Mutter und Schwester. Alle liebten das Kind, verwöhnten es, immer in der großen Sorge, es könnte das Schicksal seiner fünf Geschwister doch noch teilen müssen. Aber Nannerls kleiner Bruder und Spielgefährte war und blieb zum Glück *»lustig«*, munter und gesund, war der kleine Prinz, von allen geliebt und bewundert. Er blieb es ein Leben lang – zumindest für seine Mutter und Nannerl, auch wenn gerade sie eines noch fernen Tages unter ihrer beiderseitigen Entfremdung sehr leiden wird ...

Die Nummer 1 im Köchelverzeichnis – Auf dem Schoß der Kaiserin? – Kühne Reisepläne – Ein Kavalier für Nannerl

Die ältliche Gräfin Valsassina rümpfte ihre spitze Nase und meinte zu ihrer Nachbarin:

»Hat sich wieder einmal der Mozart angesagt und will sich mit seinen Sprößlingen produzieren. Er meint wohl, er zeugt nur Wunderkinder. Die Kleine spielt ja recht nett, und jetzt glaubt der stolze Papa, er müßt' die gleichen Lorbeeren mit seinem jüngsten Rotznaserl ernten.«

»Warten wir's doch ab«, meinte Madame Adlgasser und blickte in Richtung der doppelflügeligen Tür, aus der bald der Herr Hofkomponist Mozart, ein Freund ihres Mannes, des Domorganisten Adlgasser, hervortreten würde. Und da kam er schon, doch nicht nur sein kleiner Sohn Wolfgang, auch dessen Schwester Nannerl; beide traten nach einer allseitigen Verbeugung und einem tiefen Knicks des kleinen Mädchens an den Flügel. Zunächst spielten die Kinder völlig sicher und exakt zwei Klaviersonaten, und dann, auf Wunsch des Hausherrn Thurn und Taxis, ein Stück vom Blatt, ebenso fehlerfrei. Der vornehm verhaltene Applaus der kleinen Gesellschaft veranlaßte Leopold, zu erklären, daß sein Sohn *»drei Monate nach seinem dritten Geburtstag mir die nun folgende Komposition zudiktiert hat«*.

Das Wolferl setzte sich wieder an den Flügel – seine Beine reichten noch nicht zu den Pedalen – und spielte nicht nur exakt, sondern hörbar mit Empfindung seine Komposition, die ins Köchel-Verzeichnis als Numero 1 eingehen wird. Mit größter Fingerfertigkeit, das gepuderte Köpfchen leicht schief gelegt, fügte er dem Stück üppige Variationen bei, Variationen, die der Papa gar nicht kannte. Dann drehte er sich dem Vater zu, und dessen stolzes Lächeln und Kopfnicken veranlaßte das Kind, aufzuspringen und den Vater zu umarmen. Der wandte sich gerührt an das musikalische Publikum und erklärte:

»Was Sie jetzt gehört haben, das habe auch ich zum ersten Mal gehört.«

Jetzt war der Applaus nicht mehr verhalten, man stand auf, rief: »Bravo, bravissimo!« Und die Dame des Hauses, Gräfin Valsassina, sagte schmunzelnd zu Madame Adlgasser:

»Er hat tatsächlich zwei Wunderkinder gezeugt, der gute Mozart.«

Auf der Heimfahrt, bei der Fritz Hitzig als Kutscher fungierte, reichte das Nannerl dem Bruder ein Stück Konfekt, das sie für ihn von der Tafel aufgehoben hatte. Der Kleine war munter und übermütig, schnappte nach dem Bissen und erwischte durchaus absichtlich Nannerls Finger.

»Au«, schrie sie empört, »du bist schon wieder schlimm!«

Das Wolferl lachte:

»Hab' ich doch gemeint, er schmeckt auch süß, dein Finger. Aber das tut er nicht, er schmeckt ganz miserabel.«

»Du bist ein rechter Spitzbub«, sagte Leopold stolz. »Jetzt gibst dem braven Nannerl ein Busserl, daß sie wieder gut ist.«

Daraufhin stürzte sich Wolfgang mit heftiger Zärtlichkeit auf die Schwester, bis der Vater der Balgerei seiner Kinder ein Ende machte. Sie waren alle drei glücklich, und der Mutter daheim antwortete der Vater auf ihre bange Frage:

»Gut ist alles gegangen. Der Graf hat mir zum Wolferl gratuliert und gesagt: ›Der Bub ist wirklich ein Wunderkind‹.«

Anna Maria wollte ihr Wunderkind umarmen, aber es wehrte sich und strebte dem Nannerl nach, um sie am Haar zu ziehen, das die Thresl zu einem kunstvollen Krönchen aufgesteckt hatte. Dieser Kopfputz interessierte ihn ungemein, und es gelang Nannerl nur mühsam, den zudringlichen Lausbuben wieder loszuwerden. Es war fast Mitternacht.

Die Thresl seufzte:

»Wissen möcht' i, wann der Bub endlich müd wird.«

Aber dann ging es ganz schnell, mitten im Lachen und Schäkern fielen ihm im Bett an Nannerls Seite die Augen zu. Sie zog die Bettdecke sorgfältig über den kleinen Körper und war nach einer kurzen Weile auch eingeschlafen ...

Daß sich in Nannerl nie Eifersucht auf den Bruder regte, kam wohl daher, daß sie ihn vom ersten Lebenstag an sozusagen als ihr Eigentum betrachtete, von der Großmutter im Himmel, eigens zu ihrem Plaisier und Vergnügen geschickt. Sie war des Kleinen erste »Bezugsperson«, würde man heute sagen. Sogar jetzt noch, da er vier und sie mit achteinhalb Jahren schon ein gescheites Mädchen war, war sie ihm immer noch seine liebste Gefährtin, wobei sie sich seiner Albernheiten freilich oft nur mühsam erwehren konnte. Sie übte mit ihm am Flügel jene Noten, die der Vater einmal für sie geschrieben hatte. Dieses kindgemäße Notenbuch enthielt Leopolds Notizen über Nannerl und über Wolfgangs Fortschritte, auch seine ersten kindhaften Kompositionen.

Ein Freund Leopolds, der Hof- und Domkapellmeister Johann Ernst Eberlin, erbat sich das Nannerl für die Rolle des Pagen in seiner Oper.

Nannerl übte fleißig mit dem Meister, während Wolfgang im Hintergrund wie üblich seine Faxen machte. Gerade deklamierte er, allerdings leise:

»Der Eber ist das große Schwein, das kleine nennt man Eberlein.« Die Frechheit war zwar nicht Wolfgangs Dichtkunst entsprungen, den Spottvers hatte er von einem anderen Lausbuben aufgeschnappt, aber das änderte nichts an Papa Leopolds Zorn. Er dirigierte seinen Sprößling ins Nebenzimmer und verabreichte ihm eine saftige Ohrfeige. Nebenan sang das Nannerl einen Ton um eine winzige Nuance ungenau, und Wolfgang in seinem Zorn korrigierte lauthals. Meister Eberlin lauschte fasziniert der schrillen klaren Bubenstimme und entschied sogleich, daß Wolfgang die Partie des Pagen singen sollte. Leopold war das nicht recht – wozu die Nannerl unnötigerweise zurücksetzen? Aber da hatte sie schon – und es schien erleichtert – dem Wechsel zugestimmt:

»Der Wolferl kann's wirklich besser als ich, Papa.«

Also trat Wolfgang als Fünfjähriger in Eberlins »Sigismundus Hungariae Rex« in der Öffentlichkeit auf und erhielt, wie Leopold es stolz im von ihm angelegten Notenbuch bekundete, *einen starken Applaus.*

Nannerl im Parkett flüsterte der Mutter zu:

»Beim hohen C hätte ich gewiß gepatzt, Mama. Der Wolferl kann sogar das hohe C singen.«
Anna Maria umfaßte die magere Schulter ihrer kleinen vernünftigen Tochter und drückte sie an sich ...

Es war Meister Eberlin, der Leopold drängte, mit seinen Wunderkindern eine Reise nach München zu wagen; und für eine Einladung am Hof des Kurfürsten Maximilian III. sorgte er auch. Anna Maria zögerte, aber da war Leopolds und der Kinder Begeisterung, die Einladung vom Hof des Kurfürsten persönlich – den freilich weniger sein zweifellos vorhandenes musikalisches Verständnis als die Neugier auf die »Wunderkinder« zu dieser Einladung inspiriert hatte. Anna Maria war schließlich einverstanden und betrieb nun mit Umsicht die Vorbereitung für die kalte Winterreise. Sie wäre gern zuhause geblieben, aber das kam für Leopold nicht in Frage. Er wollte den Kindern die gewohnte Fürsorge der Mutter nicht vorenthalten, nicht auf dieser Reise und nicht auf den späteren großen. Man fuhr mit Fritz Hitzig, sein Angebot war reell und brachte gegenüber dem Postwagen manchen Vorteil – man war unter sich, konnte Wärmflaschen mitnehmen, die Kutsche war neu, Fritz ein umsichtiger und geschickter Wagenlenker.
Leopold, der Pädagoge, nützte jede sich bietende Gelegenheit, seine Kinder zu belehren, zu unterrichten – keines hat eine Schule besucht –, so auch jetzt im Wagen.
»Kurfürst Max III. Joseph«, sagte er, »ist ein sehr guter Herr, ein wahrer Segen für die Bayern. Und was glaubt ihr – er hat zur gleichen Zeit geheiratet wie eure

Mutter und ich. Seine Frau ist zwar nicht so schön wie eure Mutter, aber sie ist eine gute Prinzessin. Ihr liegen die Sorgen der Untertanen sehr am Herzen, jedenfalls mehr als Feste feiern. Das Geld gibt sie lieber den Armen in ihrem Land. Und der Kurfürst hat auch ein besonders schönes Theater, das werdet ihr noch sehen. Die Leute sagen, es sei das schönste der Welt.« (Leopold meinte das Cuvilliéstheater, das der sparsame Max III. wohl kaum gebaut hätte, wäre das alte nicht abgebrannt.)

Auch Anna Maria hörte aufmerksam zu, sie nützte jede Gelegenheit, ihre Wissenslücken zu füllen. Und was Leopold jetzt erklärte, war wohl mehr für sie als für die Kinder bestimmt.

»Vor zwei Jahren hat Max III. sehr gegen den Willen seiner jesuitischen Ratgeber die Akademie der Wissenschaften gegründet, und Eberlin sagte mir, daß er, als die Herren der Gesellschaft Jesu ihm eine Liste mit Namen von Gelehrten, die als liberal verschrien waren, vorlegten, gesagt haben soll: ›Aber das sind doch meine besten Leute!‹ Die Akademie hat die Aufgabe, das Studium der Weltweisheit von allem unnützen und unbewiesenen Schulkram zu reinigen. Und daß dies sehr notwendig ist, das weiß ich selbst am besten, weil ich dergleichen Unnützes studieren mußte.« Damit sprach Leopold aus, was viele seiner Zeitgenossen ebenso empfanden, und was ein großer Münchner Historiker rückblickend so ausdrückte:

So laut, als man in Bayern dachte, so kühn als man in Bayern dachte, so kühn als man in Bayern schrieb, ist in keinem anderen katholischen Land gedacht und geschrieben worden ...

In dieses aufgeklärte Land also reisten die Mozarts, wurden vom Kurfürsten huldvoll empfangen, der nach dem Spiel der Kinder zum Vater sagte:
»Er hat tatsächlich zwei Wunderkinder. Ich kann die Leistung beurteilen, wie Er weiß, lieber Mozart.«
Ja, Leopold wußte von der großen Musikalität des Herrn, der fast jedes Instrument hervorragend spielte, Messen komponierte und sogar persönlich im Hoftheater auftrat. Verständlich, daß Leopold auf das Lob Max III. besonders stolz war. Er hielt es sogar in seinem Tagebuch fest.
Gerade als die Mozarts in München waren, hatte es im Herbst zuvor eine Mißernte gegeben, und sie erlebten, wie Kurfürst Max seine Kornspeicher öffnen und die Vorräte an die Bevölkerung verteilen ließ. Seine eigene Hofhaltung war ansonsten so bescheiden, daß Casanova verächtlich von einer *»kleinen Residenz«* sprach, *»mit der ich nichts zu tun haben will«* (und doch froh war, daß Max III. ihm nach seiner Flucht aus den Bleikammern Venedigs Asyl gewährte.) Kurfürst Max traf es besonders, daß seine hungernden Untertanen zu Zehntausenden nach Spanien auswandern mußten. Und der Kutscher Fritz Hitzig berichtete seinem Vater nach der Rückkehr:
»Die zu München sind so arm, daß du ein Madl schon für einen halben Wecken kriegen kannst.«
Die Mozarts kamen gut und gesund wieder nach Salzburg, wo Leopold eine Rüge des Fürstbischofs entgegennehmen mußte, weil sein Violinpart bei der Trauerfreier für einen Prominenten gefehlt hatte.
»Ich hoffe, Er bleibt mir jetzt brav im Lande«, meinte der alte Herr schließlich mürrisch.

Aber gerade das hatte Leopold nicht vor. Angeregt durch die Münchner Erfolge entschloß er sich im gleichen Jahr 1761 zu einer weiteren größeren Reise. Wien sollte die erste Station sein.
Zum zweiten Mal spielten also die Kinder außerhalb Salzburgs in den Salons der Reichen und Mächtigen Wiens – wieder ernteten sie begeisterten Applaus. Die Gazetten berichteten von den Wunderkindern, sie waren das Stadtgespräch Wiens. Und nun kam der Höhepunkt des Wien-Aufenthaltes: der Auftritt Wolfgangs und Nannerls am Kaiserhof.
Sie spielten beide bravourös vierhändig, verneigten sich vor den heftig applaudierenden Zuhörern, dann trat Nannerl bescheiden zurück, denn des sechsjährigen Wolfgangs Soloauftritt kam an die Reihe. Der ging gravitätisch zum Komponisten des Klavierkonzertes, das er zu spielen gedachte, zu. G.Ch. Wagenseil, der unter den Zuhörern saß, und bat ihn höflich, ihm die Notenseiten umzublättern. Der Meister blickte zunächst recht konsterniert, aber dann stellte er sich doch gutmütig ans Klavier. Wolfgang nahm seine kleinen seidenen Rockschöße auseinander, setzte sich nieder, blickte ernsthaft in die Runde und legte dann die Kinderhände auf die Tasten. Die Töne rauschten auf, jedes Gespräch in der Runde verstummte, die Kaiserin nahm ihr Lorgnette und fixierte den kleinen Herrn in seiner Miniatur-Erwachsenentracht, der dadurch wie ein Zwerg wirkte. Aber der Bub konnte wahrhaftig Klavier spielen, weit besser als ihre eigenen prinzlichen Sprößlinge, leider viel besser, mußte sie feststellen.
Daß Kaiserin Maria Theresia Wolfgang vor lauter Begeisterung auf den Schoß genommen und geherzt hat,

das ist eine der liebenswürdig-rührseligen Anekdoten. Dazu war sie viel zu wenig impulsiv und kinderfreundlich, auch zu wenig musikalisch. Sie ließ den Kindern Gala-Kleider zuschicken, von denen Leopold bekundete:
Für Nannerl ein Kleid, von dem man leider nur das Leiberl verwenden konnte, dem Wolfgang sein Gewand aber paßte.
Es waren abgelegte Kleider der Kinder Maria Theresias und keineswegs eigens für die Wunderkinder angefertigt, wie es später in die Fama einging.

Leopold hatte seine Familie in Wien in einem gutgeführten Gasthaus untergebracht. Nach dem Auftritt vor der Kaiserin – die Kinder nebenan schliefen schon – umarmte er seine Frau und sagte:
»Du hast bei Hofe eine gute Figur gemacht, Annerl. Ich bin stolz auf dich.«
(Brief an Hagenauer, den Hausherrn Leopolds)
Anna Maria sah ihn freundlich an. Sie wußte, wie immer, was ihn jetzt bewegte: Sie sollte nicht glauben, seine Wunderkinder bedeuteten ihm mehr als sie, deren Mutter. Sie war eine immer noch schöne, ansehnliche Frau. Das sagte ihr der Spiegel, aber es tat wohl, dergleichen von Zeit zu Zeit auch von ihrem Ehemann zu hören.
»Hast du wieder etwas Neues komponiert?« fragte sie ihn jetzt. Das gleiche hatte ihn gestern auch Nannerl gefragt und den Vater gemahnt, endlich wieder ein Stück zu schreiben:
»Weil es sich halt gar so gut spielt und so schön ist . . .«
Sie spielte dem Vater seine eigenen Kompositionen gern als erste vor; dann saß er da und betrachtete ge-

rührt seine Tochter, bei der er spürte, daß sie ihm in Charakter und Wesen mehr nachgeriet als Wolfgang mit seinem grandiosen absoluten Gehör, seiner Begabung, seinem Übermut und seinen Albernheiten, die der Vater oft nicht verstand. Der Kleine hing besonders an seiner Mutter, *die er liebte, immer lieben wird – und nicht den geringsten Respekt vor ihr hatte* – wie es einer der Biographen Mozarts, Wolfgang Hildesheimer, ausdrückte ...

»Nannerl erspart mir eine zweite Dienstmagd«, pflegte Anna Maria mehr als einmal lobend zu sagen. Die jetzt Neunjährige war ihr, trotz vieler Übungsstunden am Klavier, eine echte Hilfe. Sicher, sie hatte Vaters Wesen und Charakter geerbt, aber auch Anna Marias Tüchtigkeit und Umsicht. Was Anna Maria seinerzeit der Thresl abgeschaut hatte, das tat jetzt Nannerl, mit der Mutter als Vorbild. So waren die meisten Freunde der Familie der irrigen Ansicht, Mozarts Tochter schlage in allem der Mutter nach.

Leopold hatte seit längerem nichts mehr komponiert, seine letzte Symphonie aber, die »Kindersymphonie«, war von solcher Qualität, daß die Nachwelt sie lange Zeit Joseph Haydn zuschrieb. Mit dessen Bruder Michael, Mitglied des Salzburger Hoforchesters, verband Leopold eine herzliche, lebenslange Freundschaft. Haydn gehörte zu den »Stammgästen« im Hause Mozart. Und er war es auch, der Wolfgangs Musikalität andern gegenüber stets hervorhob, und in der musikbegeisterten Gesellschaft Salzburgs vehement für das Kind warb. Leopold selbst, der begabte Hofkomponist, aber trat immer mehr in den Schatten seines Sohnes zurück. Als Achtunddreißigjähriger – Wolfgang war gerade ein Jahr – wird noch über sein Schaffen berichtet:

Er komponiert für die Kirche und für die Kammer, eine große Anzahl von Sinfonien, teils nur à 4, teils aber mit allen nur immer gewöhnlichen Instrumenten, er hat außerdem viele Conzerte komponiert, sonderlich für die Flötenversiere, Oboe, Fagott, Waldhorn und die Trompete, auch 12 Oratorien und eine Menge von theatralischen Sachen, sogar Pantomime verfertigt, alsdann eine Soldatenmusik mit Trompeten, Pauken, Trommeln und Pfeifen, nebst den gewöhnlichen Instrumenten, auch eine türkische Musik, von Märschen, Operntänzen und dergleichen nicht zu reden ...

Also ein vielseitiger, fleißiger Komponist, solange es keinen Sohn Wolfgang gab. Immerhin ebnete Leopold seinerzeit dieser kompositorische Fleiß die Wege ins fürsterzbischöfliche Hoforchester und verschaffte ihm die Hochachtung seines Vorgesetzten, des Fürstbischof Sigismund von Schrattenbach, der allerdings von Leopolds Reiseplänen keineswegs begeistert war. Vor Antritt dieser Wienreise hatte er sich mißmutig erkundigt, wie lange wohl Monsier Mozart wieder fortzubleiben gedenke. Leopold war der Frage mit dem Hinweis ausgewichen, man wisse es nicht, es hinge alles von den Kindern ab, inwieweit sie die Reisestrapazen aushalten würden. Die Heimkehr könne also bald sein oder auch später. In jedem Falle habe er, Leopold, doch für würdige Vertretung gesorgt. Ja, das hatte er. Michael Haydn hatte sich erboten, für den Verreisten im Orchester einzuspringen ...

Eine ganze Weile sind Mozarts nun schon in Wien. Leopold sitzt am Tisch und berichtet bereits in einem dritten Brief seinem Freund und Hausherrn Lorenz Hagenauer von den Wiener Eindrücken, von Wolfgangs Erfolgen, daß ihm die Kaiserin übers Haar gestrichen, man dem Nannerl gar eine zierliche Brosche als Dank angesteckt habe.

Meine Kinder setzen alles in Verwunderung, sind von den Majestäten außerordentlich gnädig aufgenommen worden, daß, wenn ich es Ihnen erzählen werde, man es für eine Fabel halten wird . . .

Und Leopold schreibt auch, man habe die Absicht, in zwei Tagen nach Preßburg weiterzureisen. Doch dazu kommt es zunächst nicht, Nannerl erkrankt. Sie fiebert hoch, und der Arzt stellt Scharlach fest.

Man weiß zwar, daß diese gefährliche Kinderkrankheit ansteckend ist, doch wie Wolfgang vor dieser Ansteckung bewahren, ihn von Nannerl fernhalten? Die beiden Gaststuben lassen dergleichen nicht zu, und Nannerl in ein Hospital zu stecken, bringen die Eltern nicht übers Herz. Also geschieht, was vorauszusehen war, auch Wolfgang erkrankt und schwerer als Nannerl. Die ist völlig verstört, weicht nicht vom Bett des Bruders. Sie fühlt sich schuldig an seiner Krankheit:

»Wenn ich doch nur ins Spital gegangen wäre!«

Selbst noch nicht völlig geheilt, pflegt sie Wolfgang und sträubt sich, diese Pflegedienste an die Mutter abzutreten, schläft neben ihm und tröstet ihn, wenn er jammert und stöhnt. (Später werden Mozart-Biographen dieser frühen Kinderkrankheit die Schuld an seinem allgemein labilen Gesundheitszustand geben.)

Auch Leopold ist deprimiert, macht sich ebenfalls Verwürfe, daß er die Kinder den Strapazen dieser Reise ausgesetzt hat, und seine Stimmung sinkt auf den Nullpunkt, als er vom getreuen Lorenz Hagenauer Nachricht erhält, daß Fürstbischof Schrattenbach schwer leidend sei. Leopold fürchtet – und das mit Recht, wie sich schon bald herausstellen wird – einen Obrigkeitenwechsel in der Salzburger Residenz, was ihm gar nicht gelegen käme. Schrattenbach war ihm immer wohlgesinnt.

Man muß wegen der Kinder noch drei Wochen in Wien bleiben. Dann bricht die Familie nach Preßburg auf. Dort erholt sich Wolfgang sichtlich, trotz der kalten Jahreszeit, die aber im südlichen Preßburg angenehmer als in Salzburg ist.

Die Kinder treten wieder auf, spielen viel umjubelt vierhändig; Wolfgangs Solo unterbleibt jedoch, Leopold möchte ihn schonen.

Aber man muß wieder heim, eine neue unangenehme Nachricht bewirkt den raschen Aufbruch. Leopolds Freund und Vorgesetzter, Erster Hofkapellmeister Eberlin, ist gestorben, und Leopold hofft, trotz seiner Trauer um den Freund, daß er sein Nachfolger wird, vom Zweiten Kapellmeister zum Ersten aufrücken kann. Er irrt sich. Ein anderer wird ihm vorgezogen, einer, von dem ganz Salzburg weiß, daß er an Musikalität und Können Leopold Mozart weit unterlegen ist.

Vielleicht ist durch diese Enttäuschung Leopolds Reiselust zu erklären, vielleicht auch durch den Obrigkeitswechsel nach Schrattenbachs Tod.

Nun ist man also wieder daheim in Salzburg, und es gibt viel zu erzählen. Nannerl berichtet ihrer Freundin

Ursel Hagenauer, Tochter von Lorenz Hagenauer, in dessen Haus die Mozarts wohnen:
»Weißt Ursel, der Kaiserin ihre Finger sind ganz dick vor lauter Ringen. Ob sie denn mit denen überhaupt arbeiten kann?«
Die Ursel ist schon gescheit genug, der Freundin zu erklären, daß eine Kaiserin nicht zu arbeiten braucht – weder kochen, noch handarbeiten, noch sonst etwas.

Die fast zwölfjährige Nannerl versteht des Vaters Gekränktsein wegen der Zurücksetzung und tröstet ihn:
»Papa, schau, als Vizekapellmeister kannst du mit uns wieder reisen. Wenn du Erster wärst, ginge das doch nicht.«
Diese halb unbewußte Äußerung Nannerls gibt den Ausschlag für Leopolds weitere kühne Reisepläne.
Fürstbischof Firmian, der Nachfolger Schrattenbachs, erteilt Leopold, freilich nur sehr widerwillig, einen natürlich unbezahlten Reiseurlaub auf unbestimmte Zeit.
Schon werden eifrig Vorbereitungen getroffen, da aber zeigt sich ein Reisehindernis.
Nannerl sorgt sich um Wolfgang – er schläft so unruhig an ihrer Seite, wacht in der Nacht oft plötzlich auf und schreit. Sie glaubt, ihn plagen Angstträume, will ihn beruhigend umfassen, aber er schreit auf und stößt sie von sich: »Du tust mir weh, tust mir ja weh!« Sie weiß sich keinen Rat, verschweigt zunächst vor der Mutter Wolferls nächtliche Unarten. Doch da treten die Schmerzen auch tagsüber auf, und der Arzt erkennt, daß es sich um »Gliederreißen«, eine Art Gelenkrheumatismus, handeln muß. Das Kind kann seine Fingerchen nicht mehr zum Üben gebrauchen, und

Leopolds Ängste um sein Wunderkind steigern sich von Tag zu Tag. Der Arzt weiß sich keinen Rat mehr, seine Medizinen helfen nicht. Da befolgt Anna Maria einen Rat der Thresl und macht ihm ein heißes Bad, so heiß, daß er sich sträubt, sich in den Bottich heben zu lassen. Jetzt ist das kleine Genie nichts anderes als ein armes, von unerklärlichen Schmerzen geplagtes Kind. Nannerl steigt, um ihm Mut zu machen, zuerst in den Bottich, und Anna Maria hebt den Buben zu ihr ins heiße Wasser. Siehe da, schon nach kurzer Zeit bäumt sich sein Körperchen nicht mehr in heftiger Abwehr auf, liegt es eine Stunde lang still im Arm der Schwester. Im Abstand von einigen Tagen werden die Bäder wiederholt, jetzt schon ohne Nannerls Hilfe. Und nach zehn Tagen ist Wolfgang gesund, die Reisevorbereitungen werden wieder aufgenommen.

Anna Maria fügt sich Leopolds Plänen und Anordnungen, weil sie erkennt, daß er dem neuen Fürstbischof und ganz Salzburg beweisen will, wie alle Welt seinen Kindern in Bewunderung zu Füßen liegt.

Die Reise soll nach Paris und London gehen, und Fritz Hitzig wird als »Leib-Kutscher« engagiert. So kann man, anders als in einer öffentlichen Reisekutsche, zu Übungszwecken auch ein kleines Klavichord mitnehmen, was die Kinder entzückt, Anna Maria aber seufzt:

»Als ob's ein Klavier nicht fast in jedem Gasthof gäbe, Leopold.« Doch darauf will sich der Dirigent dieser Reise nicht verlassen.

Ursel Hagenauer weint ein paar Tränen, als die Freundin Abschied nimmt. Es ist die schönste Zeit im Jahr, dieser Juni 1763, und die Ursel sagt:

»Aber zu Weihnachten bist wieder daheim, Nannerl, ganz gewiß, gelt?«
Leopold drängt ungeduldig:
»Nannerl wird dir schreiben, Ursel! Jetzt müssen wir aber losfahren.«
Dann rumpelt die Kutsche über das holprige Pflaster der Getreidegasse davon, und Ursels kleine Gestalt am Straßenrand wird klein und kleiner.
Leopold berichtet Lorenz Hagenauer wieder gewissenhaft über die Reisestrecken und Erlebnisse, weiß er doch, daß der Freund sie an entsprechende Stellen, so den Stadträten, Hofmusikern und in der Hofkanzlei mündlich weitergeben wird. Darauf vor allem kommt es ihm ja an. Wir Nachgeborenen verfügen so über großartige authentische Berichte über die Reisen der Mozarts. Außerdem veranlaßt Leopold das Nannerl ein Reisetagebuch zu schreiben.
»Das Gedächtnis ist unzuverlässig, Nannerl, das braucht später eine Stütze.«
Dem Freund berichtet er aus München:
Die Nannerl hat mit den größten Applausen sowohl beim Churfürsten als beim Herzog gespielt . . .
Aus Schwetzingen schreibt er.
. . . meine Kinder haben ganz Schwetzingen in Bewegung gesetzt und die Churf. Herrschaften hatten ein unbeschreibliches Vergnügen an ihnen und alles geriet in Verwunderung . . .

Ja Schwetzingen! Das Städtchen blieb Nannerl lebenslang in Erinnerung. Sie wurde von den hohen Herrschaften hofiert, als wäre sie eine der Ihren, eine kleine Prinzessin, wurde eingeladen, auch ohne Eltern und

Bruder. Mit ihren beinahe zwölf Jahren fast schon eine junge Dame, verstand sie es, in einen graziösen Hofknicks zu versinken, den Damen und älteren Herren die Hand zu küssen und bescheiden und aufmerksam Konversation zu machen. Ein Franzose am kurfürstlichen Hof, weißhaarig, mager, klein und drahtig, mit einem ernsten, faltendurchfurchten Gesicht, nahm sich Nannerls besonders an. Er war ein »interessanter Mensch«, wie Leopold ihn nannte, ein Oberst, der in Indien stationiert war. Er besuchte die Familie Mozart in ihrem Gasthof, und Nannerl betrachtete ihn neugierig, wenn er vom Wunderland Indien zu erzählen begann.

Monsier Laroche wußte von Maharadschas und Maharanis, ihren sagenhaften Palästen und prächtigen Festen mit bengalischem Feuerwerk zu berichten, von Blumenteppichen mit den herrlichsten, akkurat ausgelegten Mustern.

»Aber sie müssen ja alle verwelken!« rief Nannerl.

»Ja, das tun sie und in der heißen Sonne Indiens leider besonders schnell.«

Man spürte Nannerls heftige Kritik. Der Oberst faßte nach ihrer Hand und schmunzelte:

»Ich werde dafür sorgen, daß man dergleichen künftig unterläßt. Es ist wirklich schade um die schönen Blumen und ein trauriger Anblick, wenn man sie verwelkt zusammenkehrt.«

Er ließ ihr zum Trost einen riesigen Blumenstrauß zusenden, den sie ins Wasser stellen und sich so lange an ihm erfreuen konnte.

Auf einem Ausflug mit einer kurfürstlichen Kutsche in die sommerlich schöne Umgebung Schwetzingens

führte der Oberst Nannerl galant am Arm in den Anlagen umher, setzte sich später mit ihr auf eine Marmorbank, nahm ihre Hand und steckte ihr einen Ring an den Finger.
»Damit du hin und wieder an den alten Papa Laroche denkst«, sagte er. Und Leopold berichtete begeistert nach Salzburg.
Ein französischer Oberst, der beständig in Indien gedient hat, verehrte dem Nannerl ein Ringel, das etwas mehr als einen Louisdor wert sein mag ...

Man reiste weiter durch die blühende Landschaft Deutschlands nach Frankfurt. Dort wurde, wie Leopold stolz mitteilte, das Konzert der Kinder gleich dreimal wiederholt. Und im selben Brief findet sich ein bedeutsamer Satz:
Die Nannerl leidet durch ihren Bruder nicht mehr, indem sie so spielt, daß alles von ihr spricht und ihre Fertigkeit bewundert ...

Wohl nicht nur ihre Fertigkeit, ihr Spiel hatte an Ausdruck und Innigkeit gewonnen, da sie selbst sich allseits bewundert und geliebt wußte. Wer hätte sich auch dem ernsten Charme und dem Liebreiz dieses Kindergesichtes entziehen können? Johann Wolfgang von Goethe, gerade vierzehn Jahre, hörte am 18. August die beiden Wunderkinder in einer »Akademie«. (So bezeichnete man ausgeschriebene Konzerte, die Eintritt kosteten, der den ausführenden Musikern zugute kam.) Sie waren für Leopold besonders wichtig, denn außer Applaus und eventuell einer geldlichen »Anerkennung«, die sich sehr im Rahmen hielt, brachten Auf-

tritte vor den hohen Herrschaften nichts ein. Also mußte man sich an das bürgerliche, »gemeine« Publikum wenden.
Auf so einer »geldlichen Akademie« also begegnete Goethe den Mozarts und erinnerte sich noch im Alter *des kleinen Mannes in seiner Frisur und Degen*. Mehr allerdings hatte er über das Genie dieses Kindes nicht zu sagen. Nannerl erwähnte er gar nicht, sei es aus Arroganz, sei es, weil sie in späteren Jahren nicht mehr im Gedächtnis der Menschen und Goethes lebendig war.

Nannerl erzählte im Tagebuch von den weiteren Stationen der Reise, per Schiff auf dem Rhein, mit der Post nach Köln und Aachen, von der Prinzessin Amalie, Friedrich des Großen Schwester, und von der Reise durch die damals österreichischen Niederlande.

Brüssel. Leopold hatte nicht die Absicht gehabt, hier länger zu bleiben, hatte auf eine baldige Einladung durch den Prinzen Karl von Lothringen, den Statthalter, gehofft, doch eine Woche nach der anderen verging.
»Was hat er gegen uns?« fragte er sich unruhig. »Sind wir nicht Landsleute, deren er sich doch nicht zu schämen braucht?«
Ja, das war eben das Problem. Die Mozarts reisten wie Fahrende durch die Lande, was ihrem Ansehen schadete, auch wenn sie in guten Gasthöfen Quartier nahmen. Aber Leopold rührte die Werbetrommel wie die Schauspieler mit ihrem Theaterkarren, mußte es tun, wie sonst sollte man auf seine Kinder in der Fremde aufmerksam machen? Vielleicht störte sich

Karl von Lothringen an dieser Art Werbung für eine Sache, die doch edle Kunst war, kein Possenreißen eines Hanswursts.
Der Prinz als Statthalter ließ also nichts von sich hören, doch der Adel interessierte sich sehr für die Darbietungen der beiden Salzburger Kinder. In ihre Häuser wurden die Mozarts eingeladen, auch in die der hohen Geistlichkeit, und die Kunst der Kinder gebührend und begeistert gewürdigt. Der Ursel berichtete Nannerl:
Vom Erzbischof habe ich gar schöne Spitzen bekommen, die reichen für zwei Kleider.
Also auch als Präsent für die Ursel daheim. Und Leopold vermerkt ebenfalls:
Das Mädel hat niederländische Spitzen vom Erzbischof, von anderen Kavalieren Saloppenmäntel und so weiter erhalten . . .

Doch alle Aufmerksamkeiten des Adels machten die Enttäuschung nicht wett, die Prinz Karl durch seine Nichtbeachtung den Mozarts zufügte. Da mischte sich ein eigentlich nur flüchtig Bekannter, der Graf Turin, ein und beendete den Affront des Hauses Prinz Karl. Die Einladung erfolgte endlich, und der Hausherr zeigte sich sogar sehr generös, übergab Leopold durch einen Diener einen Beutel mit einer wesentlich größeren Geldsumme, als sonst üblich war, die den Hausvater wieder versöhnte.
»Das hat uns die drei Wochen Wartezeit an Unkosten wieder wettgemacht«, meinte er trocken.

Wieder ist man auf der Landstraße unterwegs. Es ist ein heißer Tag, die Sonne brennt auf das Kutschendach, die

Reisenden lehnen müde auf der hartgepolsterten Lederbank, nur Wolfgang rutscht unruhig hin und her, flüstert der Schwester allerlei Unsinniges zu, kratzt sich plötzlich ungeniert am Kopf und verlangt, Nannerl möge bitte nachsehen, ob ... Leopold sitzt in seiner Ecke, in eine Partitur vertieft, beachtet seine Sprößlinge nicht, nur die Mama wirft Wolfgang strafende Blicke zu. Bis sich ein älterer Fahrgast räuspert und scharf erklärt:

»Möge sich der Knabe gefälligst eine Perücke aufsetzen, damit wir von seinen Inwohnern verschont bleiben.« Wolfgang guckt nur einen Moment verdutzt, dann schüttelt er seine kleine weiße Perücke, die auf dem Schoß lag, sorgfältig aus, daß der Puder stiebt, und setzt sie sich verkehrt herum auf. Alles lacht, als das Zöpfchen über seiner Nase baumelt. Schnell ergreift die Schwester das Schwänzchen und drückt ihm den Kopfschmuck ordnungsgemäß aufs Haupt. Ein Fräulein greift in ihren Pompadour und gibt dem Buben Kandiszucker – der griesgrämige Fahrgast schließt die Augen, und Wolfgang freut sich, als ihn eine Fliege hartnäckig belästigt.

Irgend jemand der Reisegesellschaft hat herausbekommen, daß der kecke Bub das Wunderkind Mozart ist, also muß Wolfgang in der nächsten Herberge auf einem verstimmten Klavier ein paar Musikstücke zum Besten geben. Er tut es voll Übermut, hämmert in die Tasten, daß der Wirt erschrocken Einspruch erhebt. Doch siehe da, der griesgrämige Alte zieht einen Goldgulden aus seiner Geldkatze und steckt sie dem Vater zu.

»Kauf Er seinem Buben ein hübsches Spielzeug, Herr

Mozart, und vergesse er nicht, daß er noch ein Kind ist ...«

Paris. Von den Kindern sehnsüchtig erwartet, fährt die Postkutsche nun in die kunstsinnige Metropole Frankreichs ein. Der Gasthof allerdings erweist sich als wenig einladend. Als erstes fordert Anna Maria ergrimmt Eimer und Wischtuch und beginnt mit Nannerls Hilfe nach deutscher Gründlichkeit die beiden Stuben zu säubern, während Leopold unbehaglich in der auch nicht gerade sauberen Wirtsstube sitzt und seine Französischkenntnisse auffrischt. Die sonderbaren Herrschaften werden von den Wirtsleuten verlegen und neugierig angestaunt. Vermutlich wurde Anna Marias Französisch nicht genau verstanden, als sie ruhig, aber bestimmt erklärte, sie brauche ein Mittel gegen die Wanzen in den Betten. Erst als sie ein solches Exemplar der Wirtin vor die Nase hält, begreift man. Mit einer Kerze werden die Tierchen aus ihren Verstecken gelockt und sterben den Feuertod. Auch die Bettwäsche wäscht Anna Maria eigenhändig, die zum Glück in der milden Herbstsonne bis zum Abend trocknet.
In Paris sucht Leopold die Bekanntschaft mit bedeutenden Musikern und Komponisten, so auch mit Jean Schoberth, dem Kammercembalisten des Prinzen de Conti. Der noch junge, aber mißmutige kränkliche Mann sieht in Nannerl eine Konkurrentin, weil man rühmt, sie spiele seine, Schoberths, Kompositionen besser als er selbst. (Immerhin galt Schoberth auch als der beste Pianist der Pariser Salons.) Begeistert schreibt denn auch der Sekretär des Herzogs von Orleans Friedrich Melchior Grimm in einer Gazette:

Herr Kapellmeister Mozart ist hier mit zwei ganz allerliebsten Kindern eingetroffen. Seine elfjährige Tochter (Leopold hatte Nannerl ein Jahr jünger gemacht) spielt das Clavier auf brillante Manier. Mit einer erstaunlichen Präzision führt sie die größten und schwersten Stücke aus …

Leopold schickt dieses Feuilleton an Hagenauer und fügt hinzu:
… der niederträchtige Schoberth kann seine Eifersucht und Neid auf die Nannerl nicht verbergen …

Nannerl, erschreckt durch solch ungewohnte Kühle und Zurückhaltung von einem, dem sie durch ihr Können doch eine Freude machen wollte, fühlt sich zugleich in des Vaters Zorn über soviel Ungerechtigkeit verstanden und geborgen. Leopold hat Angst, Nannerl könnten solche Erfahrungen die Freude am Spiel nehmen, er schätzt sie ein, wie er selbst sich kennt: Eine ungerechte Kritik schmerzt ihn mehr als zehn begeisterte Stimmen wiedergutmachen können.

Am Hof von Versailles wurden der Vater und die Kinder huldvoll mit Applaus und Anerkennung bedacht. Sie spielten am Weihnachtsabend, und Zuhörer und Ausführende spürten den besonderen Zauber dieses Konzertes. König Ludwig der XV. und Marie Antoinette, die Gattin des Dauphins, beschenkten die Kinder großzügig, über Madame Pompadour aber ärgerte sich Leopold, deren Benehmen unterscheide *sich sehr von dem der Kaiserin Maria Theresia*; wie er in einem Brief betonte.
Nannerl und Wolfgang erlebten auch den Frühling in

Paris, in den Salons der Reichen immer noch gefeiert, und in den Akademien von den einfachen Leuten bestaunt, bewundert und geliebt.
Neben Paris war das Hauptziel dieser langen, drei Jahre dauernden Reise London. In weiser Voraussicht hatte Leopold immer wieder wochenlange Ruhepausen in kleineren Orten eingelegt, in denen die Kinder sorgfältig im Lesen, Schreiben und Rechnen unterrichtet wurden, Auftritte meist nur in den jeweiligen Gasthöfen am frühen Nachmittag stattfanden, Auftritte, die nichts anderes als Übungsstunden waren, doch immerhin einiges Geld einbrachten.
Ausgeruht und gespannt auf das Neue trafen die Mozarts dann in London ein. Mit einem eigens gemieteten kleinen Schiff hatten sie den Kanal überquert, was Leopold allerdings hinterher bedauerte: Alle wurden sie seekrank, so daß die Freude, die der Papa seinen Sprößlingen mit dieser Schiffsreise bereiten wollte, buchstäblich ins Wasser fiel. Er entschädigte die Kinder dann durch verschiedene Exkursionen, von denen Nannerl auch im Tagebuch berichtet:
... In London habe ich gesehen einen Esel, der hat weiße und kaffeebraune Striche und so gleich, daß man es nicht besser malen kann ...
Das Zebra hatte auf sie also mehr Eindruck gemacht als Londons Kathedralen, Brücken und Palais ...

Freudestrahlend schwenkt Leopold ein Papier.
»Was glaubst du, was das ist?« fragt er Anna Maria. Es ist die Einladung an den englischen Hof, kaum drei Tage nach ihrer Ankunft. Der musikbegeisterte König Georg III. und seine mecklenburgische Prinzessin

Charlotte Sophie hatten die Mozart-Kinder schon erwartet – anders als die hohen Herrschaften zu Brüssel oder Paris.
Und Freund Hagenauer erhält einen langen Brief, dessen Inhalt in Salzburg bald die Runde macht:

... Wir waren also schon den 5. Tag nach unserer Ankunft bei Hofe. Die Gnade, mit welcher sowohl Sr. Majestät der König als die Königin uns begegneten, ist unbeschreiblich. Kurz zu sagen: beider Umgang und beider freundliches Wesen ließ uns gar nicht mehr denken, daß dies der König und die Königin von Engelland wären. Man ist uns an allen Höfen noch ganz außerordentlich höflich begegnet, allein diese Art, die wir hier erfahren, übertrifft alle die andern ...

London wurde also für die Familie Mozart ein voller Erfolg, den man auch weidlich auskostete. Die Bekanntschaft mit Johann Christian Bach führte zu einer sehr herzlichen, Jahre währenden Freundschaft. Besonders mit Nannerl unterhielt und beschäftigte sich der jüngste Sohn des großen Sebastian gern. Sie fragte ungeniert, wie Kinder es tun, nach seinem Vater und wieso er in London lebe und nicht in Deutschland. Lächelnd erzählte er ihr von seinem Halbbruder Friedemann, der ihn als Kind zu seinem strengen Bruder nach Berlin gebracht hätte.
»Der hat mich recht kujoniert, und ich war froh, daß ich zum Grafen Litta entweichen konnte, der mich in Mailand in seine Hauskapelle aufnahm. Italien ist schön, Mademoiselle Nannerl, so schön ...« er stockte, und Nannerl fragte schnell:
»Warum sind Sie denn nicht dort geblieben?«

Die Antwort kam zögernd:
»Wir Musiker rennen immer nur dem Ruhm nach. Sie werden es schon auch noch merken.«
Später erklärte ihr der Vater, daß Johann Christian Bach nach jahrelangem Aufenthalt in Italien hier in London einen so ausgezeichneten Ruf genieße, daß er von der Königin zum »Master of Music« ernannt wurde, der höchsten Auszeichnung überhaupt.
»Kann man sich dabei einen bescheideneren und liebenswürdigeren Menschen vorstellen?« fragte Leopold.
Nannerl und Johann Christian, auch sie werden sich ein Leben lang in Freundschaft zugetan bleiben – vielleicht weil sie beide von ähnlicher Art waren, trotz aller Erfolge: liebenswürdig und bescheiden ...
Diese Eigenschaften, die er an anderen so schätzte, ließ Leopold in London allerdings vermissen, wenn es um den Ruhm seiner Sprößlinge ging. So ließ er auf eine Anzeige zum ersten großen öffentlichen Konzert – daß es diese Art von Darbietungen überhaupt gab, verdankten die Londoner übrigens auch Johann Christian Bach, der sie als erster einführte – drucken:

... Es wird diese Gelegenheit ergriffen, dem Publikum das größte Wunder vorzustellen, dessen sich Europa und die Menschheit überhaupt rühmen kann ...

Nun, geschadet hat diese Großsprecherei nichts, wohl weil die Zuhörer erkannten, daß, was die beiden Kinder an Fingerfertigkeit und Wohlklang boten, wirklich ans Wunderbare grenzte. Und die Gazette »Public Advertiser« bestätigte:

»Miß Mozart, 11 Jahre alt, und Master Mozart, 7 Jahre alt, beide Wunder der Natur ...« (Leopold hatte ja das Alter der beiden um ein Jahr heruntergestuft.)

London wurde für Nannerl und Wolfgang zum Höhepunkt ihrer jugendlichen Karriere: Man schrieb Gedichte über sie, feierte sie in enthusiastischen Festreden, malte sie, besang sie. Am 24. Juni 1763 trennte man sich endlich von London – Johann Christian Bach stand am Herbergstor und winkte zum Abschied. Familie Mozart ging von Calais aus in die Niederlande, Gent, Antwerpen, Rotterdam. Das war Nannerls spezieller Wunsch gewesen, hatte sie doch im Salon einer Miß Miller Bilder und Ansichten von Holland gesehen; schmucke Häuserzeilen an den Grachten, hübsche Mädchen in großen weißen Trachtenhauben, Windmühlen, die sich unter weißblauem Himmel drehten ...

Ein nasses Abenteuer – Joseph II. und Nannerl – Vom glücklichen Tod überzeugt – Pfänderspiele

Die Augusthitze ist unerträglich. Die Eltern schlafen hinter herabgelassenen Jalousien im blitzsauberen Gastzimmer ihren Mittagsschlaf, und Nannerl schlendert mit dem Bruder am Ufer der Gracht entlang.

»Ich halt's nimmer aus«, sagt das Wolferl. »Ich zieh' mich jetzt aus und geh' baden.«

»Das ist verboten«, belehrt die Schwester, »der Papa hat's gesagt.«

Aber da steht das Wolferl schon in Unterhosen an einer seichten Stelle der Gracht im Wasser. Nannerl hebt erschrocken ihren Rock hoch und watet ihm nach. »Komm zurück, hörst, Wolferl, gleich!« Aber die nasse Kühle tut gut. Plötzlich donnert vom Ufer her eine Stimme. Den Wortlaut versteht Nannerl nicht, wohl aber den Wortsinn. Tief erschrocken läßt sie den Rock fallen, er taucht ins Wasser und sie selbst dazu, in der Absicht sich zu verstecken. Aber die Stimme am Ufer bellt weiter, also entschließen sich die Kinder zum Rückzug, stehen dann angstschlotternd vor einem großen, vierschrötigen Herrn, der in den Missetätern verblüfft zwei Kinder erkennt. Da findet er zu seiner Menschenfreundlichkeit zurück, grinst breit und schenkt ihnen goldbraunen Kandiszucker. Dann stutzt er, streicht dem Nannerl über die aufgelöste Frisur und fragt:

»Seid ihr zwei nicht die Wunderkinder, die im Schloß musiziert haben?« Nannerl nickt erleichtert, Wolfgang macht dem Herrn in seinen nassen Unterhosen einen

Diener. Da greift der Herr in seine Geldkatze und fingert zwei Goldgulden hervor.
»Für den Schreck, meine Kleinen.«
Triefend naß kommt Nannerl im Gasthof an, die Eltern schlafen noch. Lange müssen sie warten, die nassen Kleider gegen trockene aus der Schlafkammer zu vertauschen. Mitten in Vater Leopolds Donnerwetter wegen des Ausflugs der Sprößlinge erscheint die Wirtin und meldet, Mynher van Straaten hätte für die Familie Mozart einen Korb voll Eßwaren geschickt.
»Zwei herrliche Kapaune sind dabei, Monsieur Mozart«, und sie überreichte dem Familienoberhaupt eine Einladung, mit seinen Kindern im Herrenhaus van Straaten zu musizieren.
Solche und ähnliche Einladungen flattern den Mozarts oft ins Haus. Sie sind willkommen, weil sie die notwendigen Einkünfte mehren. Bei Akademien treten die Geschwister manchmal wie kleine Zauberer auf, spielen auf verdeckten Klaviertasten, spielen nach unbekannten mitgebrachten Noten, variieren ein neues Musikstück mit Bravour.

Dem heißen August waren ein immer noch heißer September und ein goldener Oktober gefolgt, doch der November in Den Haag zeigt sich schon winterlich, mit Schneefällen und großer Kälte. Die Wirtsstuben sind schlecht geheizt. In der Nacht beginnt Nannerl zu husten, weckt Wolfgang auf.
»Was hast denn?« fragt er ungnädig.
»Hörst es doch«, keucht sie. »Verkühlt hab' ich mich.«
Doch die Erkältung erweist sich einige Tager später als eine schlimme Lungenentzündung.

Anna Maria hat schlaflose Nächte, der Arzt macht die Eltern nach acht Tagen auf das Schlimmste gefaßt, er weiß sich keinen Rat mehr.
In ihrer Verzweiflung läuft die Mutter ins Schloß, in dem die Kinder vor der Prinzessin Amalie musiziert hatten. Eine freundliche Gouvernante empfängt Madame Mozart und hört sich ihren von Schluchzen unterbrochenen Bericht an.
»Ich werde mit Ihrer Durchlaucht sprechen«, sagt sie voll Mitleid. »Und ich werde für Ihre Tochter beten.«
Inzwischen hat Leopold sein Nannerl mit den Sterbesakramenten versehen lassen, kniet an ihrem Bett, hält ihre zuckende Kinderhand und weint. Qualvolle Stunden vergehen. Nannerl liegt nach jedem Hustenanfall bleich auf ihrem Lager, Wolfgang starrt sie entsetzt an. Da meldet sich eine fremde Stimme von der Tür her, spricht Deutsch und sagt, er sei Prinzessin Amalies Leibarzt und geschickt, das kranke Kind zu behandeln.
In einem Brief an Hagenauer schildert Leopold die ganze Situation.
... Ich mußte wider meine Neigung nach Holland gehen, um allda meine arme Tochter, wo zwar nicht zu verlieren, doch fast schon in den letzten Zügen zu sehen. Und wer trieb mich nach Holland zu gehen als meine Tochter? ...
Mein armes Kind sah die Gefahr selbst und empfand ihre Schwäche. Ich bereitete sie zur Resignation in den göttlichen Willen vor. Sollte jemand unsere Unterredung, die wir drei, meine Frau, ich und meine Tochter manchen Abend zusammen hatten, und wo wir die Nannerl von der Eitelkeit dieser Welt, von dem glücklichen Tode der Kinder überzeugten, gehört haben, der würde ohne nasse Augen es nicht angehört

haben, während Wolfgangerl im anderen Zimmer sich mit seiner Musik unterhielt ...

Natürlich hatte man Wolfgang (der Wolferl gerufen wurde, in Briefen und Berichten aber das Wolfgangerl war) nichts von Nannerls lebensbedrohender Krankheit gesagt. So saß er selbstvergessen am Klavichord und spielte. Nannerl nebenan hörte die Töne im Fieber wie von weither und vermeinte, es seien schon die himmlischen Sphärenklänge, so wie der Vater sie ihr beschrieben hatte.

»Bin ich schon im Himmel?« fragte sie. Und Leopold schreibt abschließend:

... der nun herbeigekommene ehrliche alte Professor Zwenck, den die Prinzessin von Weilburg geschickt hatte, änderte die Behandlung vollständig, und zwar mit Erfolg ...

In den Konzerten in Amsterdam am 29. Jänner und 26. Februar 1766 konnte Nannerl schon wieder auftreten, und in Paris schrieb Baron Grimm, Nannerls Bewunderer, in einem Feuilleton:

... Mademoiselle Mozart, jetzt dreizehn Jahre alt, übrigens von der Natur sehr begünstigt, hatte die schönste und gelungenste Ausführung auf dem Claviere ...

Inzwischen war es wieder Sommer geworden, und am 9. Juli nahm Familie Mozart Abschied von Paris, von einem Publikum, das nicht genug bekommen konnte von der exquisiten virtuosen Musizierkunst der Geschwister. Inwischen waren es schon Wolfgangs eigene Kompositionen, die er, aber auch Nannerl spielten.

Man fuhr durch Burgund nach Dijon und Lyon. Der Reisewagen schaukelte wieder über die Landstraßen,

die hier in Burgund besser und gepflegter waren als anderswo, die Reise deshalb auch angenehmer. Wenn nur der Staub nicht gewesen wäre, der Kutsche und Fahrgäste in eine graue Wolke hüllte! Die Damen drückten deshalb häufig ein Tüchlein vor die Nase, dem ein angenehmer Duft entströmte. Dem Postillion machten Staub und Dreck wenig aus. Sein Gesicht sah nach einiger Zeit wie eine Maske aus, über die in Rinnsalen der Schweiß lief. Man atmete auf, wenn ein kurzer Regen den schlimmsten Staub auf einige Zeit löschte – dann war die Fahrt ein Vergnügen, besonders für Nannerl und Wolfgang. Sie schoben die Ledervorhänge auseinander und guckten hinaus in die Landschaft. Wolfgang winkte den Kindern am Straßenrand zu, die meist zu verblüfft waren, sofort zu reagieren.
»Es sind rechte französische Depperln«, meinte er geringschätzig. Beide, Wolfgang und Nannerl, besonders aber Wolfgang, waren ausgesprochen sprachbegabt. Sie hielten sich ja meist nur wenige Monate in den fremden Ländern auf, sprachen aber im Handumdrehen Englisch und parlierten auf französisch. Wolfgang rief den Kindern immer wieder ein paar Worte zu, und der Papa, der sich im stillen über so manche spitzen Bemerkungen der Fahrgäste ärgerte, ließ ihn gewähren.
»Ist das eine Art«, hatte gestern ein altjüngferliches Frauenzimmer gebrummt, »mit so einem zarten Buben eine so lange, anstrengende Reise zu tun!« Der zarte Bub drehte hinter ihr eine lange Nase, und das freute diesmal den Papa.
»Es gibt ein Unwetter«, meinte der Postillion und überlegte, ob man nicht lieber auf der Station bleiben sollte.

Aber die Fahrgäste drängten weiter. Also fuhr man trotz der immer düsterer werdenden Wolken weiter. Ein Passagier meinte:
»Dergleichen Wetterwolken kenne ich. Das ist nur Wind, der tut uns nichts.«
Doch der Wind wuchs sich zu einem bedrohlichen Sturm aus. Man suchte in einem Wäldchen Schutz, doch als hinter der Kutsche ein Baum krachend niederbrach, trieb der Kutscher die verstörten Pferde zur Weiterfahrt an. Hinter dem Wald auf freiem Feld fegte der Sturm so heftig über das flache Land, daß der Kutscher befahl, alle Fahrgäste müßten im Wagen bleiben, damit ihn eine Windböe nicht umwerfe. Er selbst spannte die Pferde aus, stand zwischen ihnen und hielt sie fest am Zaum.
»Er hat aber Mut«, stellte Wolfgang fest und wäre dem Postillion am liebsten zu Hilfe gekommen.
Der Sturmregen peitschte durch die Ledervorhänge ins Wageninnere und man bedauerte, daß man wegen der Hitze die Fenster herausgenommen und auf dem Dach verstaut hatte. Ein beherzter junger Fahrgast holte die Rahmen mit den Scheiben vom Dach herunter und riegelte sie ein. Man atmete auf und war nun einigermaßen geschützt. Allerdings bot so der Postwagen dem Sturm auch eine bessere Angriffsfläche – der Wagen schwankte und knarrte bedrohlich, und Anna Maria begann leise zu beten. Nannerl drückte sich schutzsuchend an sie, Leopold wollte Wolfgang an sich ziehen, aber der wehrte ab. Mit glänzenden Augen summte er ein paar Takte, und man sah ihm an, daß sich in ihm das Erleben in Töne umsetzte.

Durchnäßt, aber sonst heil kam man auf der nächsten Poststation an, wo man sich »restaurierte«. Nur Wolfgang hockte über ein Notenblatt gebeugt und schrieb, daß der kratzende Federkiel Tintenspritzer verteilte...

Man fuhr durch die Schweiz über Genf nach Lausanne. Überall wurden ausgezeichnet besuchte Konzerte gegeben, die Kinder wie *»Potentaten«* gefeiert. In Lausanne rief ein Festredner:
Was kann es für den Vater Angenehmeres geben, als zwei liebenswerte Kinder zu sehen, viel vergnügter über seine Gutheißung, welche sie mit einer zärtlichen Unruhe in seinen Augen suchen, als über den Beifall der ganzen Welt!

Was für ein wahres Wort für das Verhältnis zwischen Vater und Kindern! Nannerl und Wolfgang war ein knappes Lob Leopolds tatsächlich wertvoller als der ja in jedem Fall aufrauschende Beifall. Hatten sie gepatzt, gab es keine Schelte, der Vater schwieg, aber es war ein beredtes Schweigen, das beide mehr niederdrückte als heftige Worte...

Nach dreieinhalb Jahren kehrte Familie Mozart nach Salzburg zurück. Anna Maria fühlte sich sofort wieder zuhause. Da war die vor Wiedersehensfreude schluchzende Thresl, die Hausherrin Madame Hagenauer mit ihrer Begrüßungsjause – Gugelhupf und Schokolade – da waren die neugierigen Freundinnen, die die Hagenauerin geladen hatte, die Madame Mozart mit Fragen bestürmten. Mit Fragen, die sie gern beantwortete.
Anders die empfindsame Nannerl. Sie war als Kind

von hier fortgegangen und kehrte als junge Dame – in diesem Alter empfindet man es so – zurück, angefüllt mit so vielen Erlebnissen. Auch die Freundinnen hatten sich verändert: Barbara von Mölk hatte sie nun in der Größe eingeholt, Ursula Hagenauers Sommersprossen waren verschwunden. Zunächst standen sich die Mädchen fast fremd gegenüber, bis die übermütige, immer zu Schabernack aufgelegte Kathl Glikowski rief:
»Ja Nannerl, du hast ja schon einen richtigen Busen!«
Nannerl wurde rot und fand Kathl recht albern, aber der Bann war gebrochen, man lachte gemeinsam, und die Vielgereiste wurde wieder in den Kreis der Freundinnen aufgenommen.

Später taucht auch Barbara von Mölks Bruder Joseph auf, betrachtet Nannerl überrascht. Sie ist »französisch« gekleidet, was sie älter als ihre Freundinnen in ihren schlichten Jungmädchentrachten erscheinen läßt. Sie ist sehr hübsch, findet er.
»Was hast du denn, Joseph?« ruft die vorlaute Kathl. »Du starrst ja die Nannerl an wie der Ochs den Berg.«
Kein sehr sinniger Vergleich. Kathl erntet einen rügenden Blick ihrer besten Freundin, einen zornigen des jungen Herrn von Mölk. Dann muß Nannerl weitererzählen, von Fürsten und Herzögen, Königinnen und Prinzessinnen, vor allem von Madame Pompadour.
»Sie hat nicht mit uns gesprochen, hat mit ihren behandschuhten Händen nur dreimal geklatscht, während der König ganz närrisch applaudiert und uns zu sich hat kommen lassen. Später hat er dem Papa eigenhändig eine gestickte Geldbörse übergeben.« (Deren Inhalt allerdings recht mager war.)

Nannerl erzählt flüssig und selbstsicher und hat dabei ein paar Augenblicke lang den Eindruck, sie sei diesen harmlos netten Mädchen davongewachsen.
Wolfgang erscheint, mit Begeisterung begrüßt. Jünger als die kichernden Damen sind die sogleich seinem Übermut ausgesetzt. Er attackiert Barbaras Frisur und reißt der Ursel die Schärpenbänder auf, verschwindet jedoch schnell, als der Vater nach ihm ruft – die Übungsstunden beginnen.
Leopold empfindet seinen Kollegen gegenüber eine gewisse Fremdheit, wundert sich über deren Desinteresse, was seine Reiseerlebnisse anbelangt, bis er merkt, daß sein Brieffreund Hagenauer – wie erhofft – die Werbetrommel für ihn sehr eifrig gerührt hat: Alle im Orchester wissen schon von seinen, beziehungsweise der Kinder, Erfolgen im Ausland.

Wenige Tage nach seiner Rückkehr wird Leopold zum Erzbischof Firmian gerufen. Er bestellt von Wolfgang eine Messe und weitere Kirchenmusiken und gedenkt so seinen reiselustigen Kapellmeister gehörig in die Pflicht zu nehmen – schließlich ist der lange genug in der Welt herumvagabundiert. Firmian ist weit entfernt davon, so etwas wie Stolz auf seinen inzwischen berühmt gewordenen Kapellmeister samt Sprößlingen zu empfinden. Er sieht wohl – wie auch andere – in Leopold lediglich einen Ehrgeizling. Darin tut er seinem Kapellmeister unrecht. Leopold, selbst ein hochbegabter Musiker und Komponist, sieht seine einzige Lebensaufgabe darin, den Sohn zu fördern, wo immer das möglich ist. (Nannerls Können und Karriere muß hierbei zwangsläufig in den Hintergrund treten.) Doch sein

Einsatz für den Sohn verträgt sich nicht immer mit seinen Berufspflichten. Anna Maria muß ihn mehr als einmal mahnen, die nicht zu vernachlässigen. Er fährt sie an:
»Davon verstehst du nichts. Wichtiger als alles andere ist nur Wolfgangs Ausbildung. *Was ich hier versäume, ist nie wieder gutzumachen. Jetzt, nur jetzt ist der richtige Zeitpunkt dazu.*«
»Und Nannerl?« fragt Anna Maria. »Ist sie nicht genauso begabt wie Wolfgang?«
»Sie ist nur ein Mädel«, ist Leopolds unwirsche Antwort.
»Immerhin hat man sie in Festreden und Gazetten als beste Pianistin Europas gefeiert«, sagt Anna Maria.
»Ja, ja, das ist sie auch. Und damit hab' ich erreicht, was ich mit ihr vorhatte.«
Anna Maria glaubt sein »Punktum« zu hören, auch wenn er es nicht ausspricht. Und Nannerl selbst? Sie findet es ganz in Ordnung, daß der geliebte Vater nunmehr vor allem für seinen Sohn da ist. Es gibt Zeugnisse in Form von Briefen, in denen er seine Zukunftsgedanken, seine Lehrziele prägnant zum Ausdruck bringt. Und es gelingt diesem Vater tatsächlich, neben der Musikausbildung, seinen Kindern auch den Wert solcher Tugenden wie Standhaftigkeit, Wahrheitsliebe, Toleranz und Fleiß zu vermitteln.

Wolfgang hat in London und Den Haag begonnen, Symphonien zu schreiben, er komponiert in Salzburg eifrig weiter. Für ihn, das geniale Kind, ist das eine Art Denken in Musik, Bilder sehen in Musik, Lebensempfindungen in Musik ausdrücken.

»Laß mich«, wehrt er manchmal ab, *»es musiziert in mir.«*
Seine Biographen sind überzeugt, daß Mozart jederzeit, in jeder Situation in der Lage war, zu komponieren. Er brauchte weder Intuition noch Erleben, er brauchte lediglich einen Gedanken, und schon war der in Noten umgesetzt.
Er spielte diese Noten Nannerl vor, und ihr Urteil war ihm fast so kompetent wie das vom Vater. Erst wenn sie mit seinem Erzeugnis zufrieden war, ging er damit zu Leopold.

Es war nicht allein der Erfolg der großen Europareise, die Leopold schon bald neue Reisepläne schmieden ließ, es war vor allem der Ärger mit seinem Dienstherrn Fürstbischof Firmian. Das neue Reiseziel sollte wieder Wien sein, wo die Mozarts vor fünf Jahren ihre ersten großen Triumphe feierten. Man hoffte bei der Hochzeit einer kaiserlichen Prinzessin musizieren zu dürfen.

Am 15. September trafen die Mozarts in Wien ein, stiegen diesmal in einem besseren Gasthof als das letzte Mal ab und wunderten sich aber über den merkwürdigen Empfang der Wirtin:
»Sie kommen nach Wien, Monsieur Mozart? Und die Wiener gehen scharenweise von hier fort. Haben S' denn nicht gehört, daß ...«
»Was denn gehört, Frau Wirtin?«
»Die Blattern gehen doch in Wien um, am Kaiserhof liegen s' reihenweise krank.«
Als sich die Nachricht verbreitete, daß eine Tochter

Maria Theresias an den Blattern gestorben war, entschloß sich Leopold spontan zur Flucht nach Olmütz in Mähren. Schon während der Fahrt aber begann Wolfgang zu fiebern. Mit dem kranken Kind fanden sie kein Quartier, die Schreckensbotschaft von der Blatternepidemie in Wien hatte auch Olmütz erreicht. Schließlich erbarmte sich der Domorganist und verschaffte der berühmten Familie Mozart eine Unterkunft. Der herbeigerufene Arzt sprach es aus, was alle befürchtet hatten: »Das Kind hat die Blattern.«
Anna Maria sorgte in Angst und Verzweiflung für ihn und versuchte alles, ihre Tochter vor diesem schrecklichen Würgeengel zu bewahren, doch es gelang ihr nicht. Nannerl erkrankte, wie nicht anders zu erwarten war, schon wenige Tage später.

Auch in Olmütz schleicht also die Seuche von Haus zu Haus, verbreitet Schrecken und Todesangst. Nannerls Fieber steigt höher als das des Bruders. Der Arzt erklärt in ängstlicher Hast den Krankheitsverlauf – die nötigen Anwendungen gelten für die Schwester gleicherweise wie für Wolfgang – und verabschiedet sich rasch. Anna Marias Wadenwickel senken das Fieber bei Nannerl ebensowenig wie bei Wolfgang, die heiße stickige Luft des Krankenzimmers läßt die Patienten kaum atmen. Dazu kommt der Qualm der Räucherkräuter, denn im Wirtshaus wird nun jedes Zimmer vorsorglich ausgeräuchert, ist man doch der Überzeugung, sich nur so einigermaßen gegen Ansteckung schützen zu können. Gelüftet wird also nicht, der Seuchenhauch könnte ja sonst von draußen in die Stuben der noch Gesunden dringen.

Als der Arzt wieder nach den Kindern sieht, will er Nannerl zur Ader lassen, aber die Mutter wehrt sich energisch.

»Sehen Sie sie doch an, trotz des hohen Fiebers ist sie ganz blaß. Sie hat nicht zuviel Blut.«

»Es geht hier nicht ums Zuviel, es geht darum, die schlechten Säfte aus dem Körper zu entfernen, und die sind im Blut«, ist des Arztes kategorische Antwort. Doch er geht schließlich, als Anna Maria ihm den Eingriff weiterhin energisch verwehrt. Er erklärt nur noch – schon an der Tür –, es wären die schwarzen Blattern, die bösartigste Form, an der die Kinder erkrankt seien. Nannerls Gesicht schwillt auf, es bedeckt sich mit häßlichen dunklen Geschwüren, und Anna Maria weint verzweifelt. Ihr Kind, ihr schönes Kind, wenn es überlebt, wie wird ihr Gesicht hinterher aussehen! Aber daran will sie nicht denken, das wichtigste ist, Nannerl stirbt nicht.

Es scheint etwas Wahres an der Theorie zu sein, daß in Familien mit hoher Kindersterblichkeit – und bei Mozarts starben fünf von sieben – die Überlebenden gegenüber Krankheiten besonders widerstandsfähig sind. Nannerl und Wolfgang erkranken häufig, vor allem an Bronchitis und Grippe, die sie alljährlich heimsuchen, aber auch an Scharlach, Lungenentzündung und jetzt gar die Blattern, später auch noch an Typhus – also tödliche Krankheiten –, aber sie überleben alles. So schließlich nach bangen Wochen auch die schwarzen Blattern.

Leopold schreibt nach Salzburg:

... Gott sei es gedankt! Meine Tochter hat die Blattern glücklich überstanden! Sie hatte die Blattern so glücklich,

daß Sie ihr gar nichts, dem Wolfgangerl aber nur wenig ansehen werden.
Doch ganz so war es nicht, Nannerls Gesicht wurde tatsächlich wieder »rein«, doch Wolfgangs Kindergesicht blieb »zerrissen«, pockennarbig und entstellt.
Anna Maria tröstete sich: Ein Bub mit Pockennarben ist nichts Schlimmes, bei einem Mädel aber wäre das eine Katastrophe gewesen . . .

Als die Kinder endlich am Wiener Hof auftreten konnten, war Nannerl frisch und hübscher denn je. Das merkte auch der junge Kaiser Joseph II. Von ihm heißt es in einer Biographie:
Er unterhielt sich mit Vorliebe mit dem reizvollen Mädchen Nannerl und zeichnete sie, so oft sie bei Hofe erschien, in jeder Weise aus, neckte sie und scherzte mit der klugen und humorvollen Salzburgerin. (Walter Hummel)

Nannerl war glücklich. Das Schicksal entschädigte sie für das lange Krankenlager durch Josephs II. Freundlichkeiten. Sie spürte natürlich, daß er ihre Nähe suchte, und war fast mehr als Wolfgang – den sein entstelltes Gesicht unsicher gemacht hatte – Liebkind bei den Herrschaften. Sie zeigte den Prinzessinnen auf Wunsch der Majestäten während der Übungsstunden ihre eigene Fertigkeit, mühte sich allerdings, während des Unterrichts nicht allzu virtuos zu spielen.
Mutter Mozart erholte sich langsam von den Strapazen der Pflege und ihrer Angst in den vergangenen Wochen, sie fand ihre Heiterkeit und ihren Charme wieder. Und Leopold berichtet stolz dem Freund Hagenauer:

... Überhaupt muß ich nur sagen, daß Sie sich unmöglich vorstellen können, mit was für einer Vertraulichkeit Se. Mayestät die Kayserin mit meiner Frau sprach und sich theils wegen den Umständen unserer großen Reise und den Krankheiten etc. unterhielt, ihr über die Wangen strich und die Hände drückte ... und der Nannerl war sie auch so gütig, was ihr oft die Röthe ins Gesicht trieb.

Noch öfter als die Güte Maria Theresias waren es Josephs Komplimente, halb im Scherz, halb im Ernst gemeint, die Nannerl erröten ließen. Einmal sagte er:
»Was soll denn das für einer sein, den die Demoiselle einmal heiraten will?« Das war für Nannerl wieder ein Grund, rot zu werden, aber sie war schlagfertig genug, zu erwidern:
»Ich heirat' nicht, Majestät. Wer nimmt denn auch eine, die mit dem Klavichord und dem Cembalo verheiratet ist?«
Nannerl spielte fast jedes gängige Musikinstrument.
»Soll ich Ihr einen suchen helfen, den solche Rivalität nicht stört?« schmunzelte Joseph. Eine solche Aufgabe würde leichtfallen bei soviel Anmut, Liebenswürdigkeit und Bescheidenheit des Objektes ...

Die Monate, in denen Nannerl am Hofe verkehrte, werden ihr neben den Londoner Tagen ein Leben lang die liebsten Erinnerungen sein, der glanzvollste Abschnitt ihrer Karriere, die sich jedoch mit der Wienreise bereits dem Niedergang zuneigte. Ihr Können war nicht mehr steigerungsfähig, das Wolfgangs immer noch im Wachsen.

Wolfgang Amadeus Mozart ist der Strahlende, sein Werk, seine Persönlichkeit überblenden Eltern und Schwester, tauchen Freund und Gegner in die Flut seines Glanzes, ja überstrahlen sogar das tragische Dunkel seines eigenen, allzufrüh vollendeten Schicksals. (Hans Schurich)

In Wien hatte Wolfgang wieder eifrig komponiert: die Opera buffa »La finta semplice« und das Singspiel »Bastian und Bastienne«, letzteres wurde im Herbst im Gartentheater von Dr. Franz Anton Mesmer, einem Freund, aufgeführt. Nannerl sang und spielte die weibliche Titelfigur. Nach der Aufführung wurde auf der Terrasse getanzt. Wolfgang hofierte seine Tänzerin Nannerl übermütig, war der kleine vollendete Kavalier, und sie die junge schöne Dame. Dabei flüsterte er ihr zu:
»Nannerl, ich kann mir alle Damen und Herren hier mit Eselsköpfen vorstellen, du auch? Schau nur, wie den Herrn Doctores die langen Ohren wackeln, und der Frau Hofrätin schauen sie ja unter der Frisur hervor!«
»Und deine, Wolferl, hängen dir bis zur Nase herunter«, erwiderte Nannerl und gab ihm einen Nasenstüber. »So, jetzt sind sie beiseite, deine Eselsohren.«
Von solchen Gesprächen ahnte niemand etwas, man flüsterte einander zu:
»Was für ein reizendes Paar! Und wie gut sie sich verstehen, eine Idylle!«
Im Grunde hat Wolfgang vor seiner Schwester mehr Respekt als vor der Mama; Nannerl ist und wird das kompetente, ausgleichende Element zwischen Vater und Sohn bleiben ...

Allmählich wurde es höchste Zeit, an die Rückreise zu denken, also fuhr die Familie im Dezember 1768 von Wien ab und kehrte am 5. Januar 1769 heim. Wieder war man fünfzehn Monate unterwegs gewesen ...

Allzu enttäuscht ist Nannerl nicht, als der Vater ihr vorsichtig mitteilt, die nächste Konzertreise – sie soll im Dezember nach Italien gehen – wolle er mit Wolfgang allein unternehmen.
»Sie kommt uns so billiger, Nannerl, das wirst du sicher einsehen.«
Ach, Nannerl weiß, daß es nicht allein das Geld ist. Sie selbst kann sich mit Wolfgang im Spiel, in der Musiktheorie und im Komponieren nicht mehr messen, ihr Virtuosentum verblaßt neben dem Wolfgangs immer mehr, auch wenn sie natürlich nach wie vor eine ganz hervorragende Pianistin ist.
»Wir machen es uns hier inzwischen gemütlich, gelt, Nannerl«, tröstet Anna Maria die Tochter.
Die Gemütlichkeit besteht darin, für die Freunde kleine Feste zu arrangieren, bei denen nicht die Musik, sondern die Geselligkeit das Wichtigste ist. Diesmal findet so ein Abend im Haus des Hofrats von Mölk statt. Pfänderspiele sind sehr beliebt. Wer bei irgendeinem der harmlosen vorangehenden Spielchen verloren hat, muß ein Pfand geben, das später ausgelöst werden muß. Mit dem Spruch:
»Wem gehört das Pfand in meiner Hand, was soll mit ihm geschehen?« verhängt die Tischrunde verschiedene Strafen, man muß ein Lied singen, sich selbst siebenmal als Esel bezeichnen, jemanden küssen, was bei weitem die beliebteste und meistverhängte Buße ist.

Ursel Hagenauer hält ein Haarband in der verschlossenen kleinen Faust und schlägt vor, die Besitzerin soll Herrn von Mölk küssen. Der protestiert zunächst über dergleichen Willkür, wird aber still, als Nannerl sich zu ihrem Pfand bekennen muß. Beide sind verlegen, Joseph läuft rot an, und Nannerl gibt ihm schnell einen Kuß auf die Wange.
»Das gilt nicht!« rufen die anderen im Chor. »Das war kein Kuß, das war nur ein Busserl.«
Josephs Kuß auf den Mund ist Nannerl unangenehm, Joseph offensichtlich nicht. Ursel flüstert Barbara zu:
»Er hat ein Froschmaul gemacht, hast du's gesehen?«
Barbara von Mölk, die Schwester Josephs, aber ist bemüht – aus welchem Grund auch immer –, den beiden »Liebenden« weitere galante Gelegenheiten zu verschaffen. Der nächste Pfandbesitzer – es ist Joseph – wird verurteilt, Nannerl heimzubringen.
Es ist ein stürmischer Novemberabend, der Wind fegt um die Ecken, und Nannerl ist bemüht, ihr Paraplue festzuhalten. Joseph hilft ihr dabei. So gehen beide unter dem Regenschirm die Gassen entlang. Joseph macht Konversation, fragt Nannerl nach Einzelheiten ihrer weiten Reise und bringt das Gespräch auf Kaiser Joseph.
»Ist es denn wahr, daß er dir den Hof gemacht hat? Wie ist er denn? Er soll doch recht eigensinnig sein und der Kaiserin Schwierigkeiten machen.«
Nannerl nimmt den Mitregenten Maria Theresias in Schutz:
»Aber man muß ihm auch seine eigenen Ideen lassen, er ist doch alt genug dazu. Und das sollte die Kaiserin auch bedenken.«

»Wie schaut er denn wirklich aus, der Kaiser? So wie auf den Bildern?«
»Ja«, erwidert Nannerl einsilbig.
Der junge Herr von Mölk verabschiedet sich vor Mozarts Wohnung von Nannerl, möchte ihr zu gerne einen kleinen Abschiedskuß geben, doch der Regenschirm erweist sich durch Nannerls geschickte Taktik als Hindernis, Mölk muß seine heimlich Angebetete ungeküßt entlassen.
Die Mutter spart nicht mit Andeutungen, ihr und Leopold wäre Herr von Mölk als Schwiegersohn durchaus willkommen, schließlich ist Nannerl mit ihren achtzehn Jahren schon im heiratsfähigen Alter. Die ist aber jetzt gewarnt und weicht Josephs Freundlichkeiten aus. Natürlich bleibt das weiterdauernde Intermezzo zwischen den beiden – Joseph macht ihr stürmisch den Hof – nicht verborgen, sie werden geneckt und gehänselt ...

Mit den Italienreisenden Wolfgang und Leopold steht Nannerl in regem Briefwechsel, berichtet auch in ihrer knappen Art von geselligen Freuden daheim und erzählt von einer lustigen Schlittenpartie. Vom Verehrer der Nannerl weiß Wolfgang, hat sich ihm Joseph doch noch vor seiner Abreise »eröffnet«.
Der Bruder schreibt übermütig:

... mich freut es recht von ganzem Herzen, daß du bey dieser Schlittenfahrt dich so ergötzt hast, und ich wünsche dir tausend Gelegenheiten zur Ergötzung, damit du recht lustig dein Leben zubringen mögest, aber eines verdrießt mich, daß du den Herrn von Mölk so unendlich seufzen und leiden hast

lassen, und daß du mit ihm nicht Schlitten gefahren bist, damit er dich hätte umschmeissen können. Wieviel Schnupftüchel wird er selbigen Tags gebraucht haben, vor lauter Weinen ...

Nannerl liest diesen Brief, lächelt, aber ihr ist nicht wohl zumute. Nach wie vor begegnet die Mutter dem jungen Mölk, dem reichen Hofratssöhnchen allzu freundlich. Immer wieder kehrt sie dessen vielerlei Vorzüge hervor. Ach, die kennt Nannerl ja selbst: Joseph ist klug, treu wie Gold, ihr völlig ergeben – aber sie liebt ihn eben nicht. Sie erinnert sich an die Worte Kaiser Josephs. Was würde er wohl zu dem häßlichen, kleinwüchsigen Herrn von Mölk sagen? Er ist sicher nicht von der Art, wie sich der junge Kaiser einen Partner für die hübsche Salzburgerin vorgestellt hat. Ob Kaiser Joseph manchmal an sie denkt? Wohl kaum, ihn bewegen andere Gedanken und Sorgen, von denen auch Nannerl weiß.
Jener Olmützer Wirt, der den Eltern in der Pflege der Kinder so treulich beigestanden hatte, schrieb und berichtete der Familie Mozart von der schlimmen Hungersnot, die das Land plagte:

So ist unser hochverehrter Landesherr Kaiser Joseph II. persönlich zu uns gekommen, hat unseren geizigen Herren Gutsbesitzern die Kornspeicher aufgetan sowie die Vorräte und Magazine des Kriegsministeriums. Also ward die ärgste Noth schnell gelindert. Hat die Mayestät auch aus dem eigenen Säckel 60000 Gulden für unsere Stadt und Mähren gestiftet ...

Nicht nur aus diesem humanen Grund beschlossen die Olmützer, dem Kaiser ein Denkmal zu setzen, doch der lehnte ab: *»Nach meinem Tode, liebe Leute, nach meinem Tode.«*
Man mußte also mit diesem Denkmal bis zum Jahr 1790 warten.

Später fand man in Nannerls Schatulle folgenden Nachruf:

Seine Majestät der Kaiser war ein schöner Mann, von mittlerer Größe, lebhaftem Temperament, mit hoher Stirn und blauen seelenvollen Augen, voll des edelsten Willens und der reinsten Absichten. Er wollte die Völker seiner Staaten mit einem Schlage in den Besitz verbesserter Einrichtungen setzen ... Seine rastlose Tätigkeit, die Einfachheit seines Wesens, die Menschenfreundlichkeit und Leutseligkeit, die jedem Unterthan Zutritt gestattete, und seine Regentensorgfalt machten ihn zum Muster eines Fürsten ...

Hauptmann d'Yppold: Beginn einer Freundschaft fürs Leben – Maskenschlittenfahrt – Ein hartnäckiger Verehrer – Nannerl komponiert, und Wolfgang lobt

Das neugierige Nannerl weiß es möglichst oft so einzurichten, daß der Postbote ihr unterwegs begegnet und ihr als erste die Briefe der Italienreisenden aushändigt. Der Vater schreibt nach wie vor eifrig, und Wolfgang fügt seine übermütig witzigen Anmerkungen hinzu. Italien wird noch öfter ihr Reiseziel sein, die Erfolge und Triumphe werden sich wiederholen, ja steigern, doch diese Konzertreise ist eben die erste ohne sie.

Aus Mailand und Bologna kommen Briefe. In einem erzählt der Vater von Wolfgangs Begegnung mit dem jungen englischen Wunderknaben Thomas Linley, und Nannerl ahnt Wolfgangs Freude an dieser Bekanntschaft. Endlich kein Erwachsener! Es gibt sonst keinen Gleichaltrigen, der Wolfgang an Talent halbwegs ebenbürtig wäre. So entwickelt sich auch tatsächlich eine tiefe Freundschaft zwischen den beiden vierzehnjährigen Buben, die bis zum frühen Tod Linleys dauern wird. Er stirbt schon 1778, jetzt schreibt man das Jahr 1770, das auch für Nannerl Bedeutung haben wird. Während der Vater bei einer Wagenfahrt verunglückt ist und Nannerl jetzt tief erschrocken seinen Bericht liest, führt ihr das Schicksal einen Menschen zu, der sie bei der Lektüre dieses Briefes – sie hat ihn eben auf dem Krautmarkt vom Postboten erhalten – beobachtet.

»Ist Ihnen nicht gut, Demoiselle?« fragt er das blasse Nannerl und führt sie zu einer Bank. Sie sieht ihn geistesabwesend an, liest dann weiter – und ist erleich-

tert. Vaters Verletzungen, ein lädiertes Bein und Schmerzen im Brustkorb, scheinen schon am Ausheilen zu sein, denn er nimmt an der päpstlichen Audienz am 8. Juli 1770 teil. Und am Ende des Briefes macht sich der Lausbub Wolferl darüber lustig, daß er ein goldenes Kreuz und Degen und Sporen als Insignien eines päpstlichen Ordens verliehen bekam:
Fehlt mir aber das Roß noch zum Reiten . . .
Des Vaters Stolz über die Auszeichnung – Wolfgang kann sich nun »Ritter von Mozart« nennen, tut es aber nicht – teilt Nannerl und strahlt den Fremden auf der Bank neben sich jetzt an.
»Es standen zuerst schlechte Nachrichten in meinem Brief, aber zuletzt auch gute.«
»So ist es glücklicherweise oft im Leben, auf Regen folgt Sonnenschein«, erwidert der fremde Herr und stellt sich vor: Hauptmann Franz d'Yppold. Er bittet Nannerl, sie heimbegleiten zu dürfen. Natürlich kennt er Nannerl Mozart – wer in Salzburg kennt die Familie nicht? – und ist glücklich darüber, jetzt ihre nähere Bekanntschaft zu machen.
Auf dem Nachhause-Weg fragt d'Yppold sie weltmännisch, ob er der Frau Mutter an einem der nächsten Tage die Aufwartung machen dürfe. Also meldet die Thresl am darauffolgenden Sonntagvormittag:
»Madame, es ist ein Herr gekommen.«
Anna Maria empfängt den Offizier freundlich, wie es ihre Art ist. Sie weiß bereits von ihm, Nannerl hat ihr von der Begegnung erzählt. Gar so jung ist Herr d'Yppold aber gar nicht, erkennt die erfahrene Anna Maria, jedenfalls älter als Nannerls sonstige Freunde, Joseph von Mölk eingeschlossen. Herr d'Yppold ist noch

Junggeselle und zum Zeitpunkt der Bekanntschaft mit Nannerl beruflich nicht sonderlich erfolgreich. Er steht als Erzieher der Hofkapellknaben im Dienst des Erzbischofs. Dergleichen aber interessiert Nannerl wenig – sie ist von ihrem neuen Bekannten sehr angetan, der das einige Zeit später beglückt erkennt.
Für Nannerl beginnt eine *freudenreiche* Zeit, wie sie es in einem Brief an den fernen Bruder ausdrückt. Anna Maria sieht verwundert, wie ihre Tochter geradezu aufblüht, lebhaft wird, wieder sehr oft am Klavier sitzt und spielt. Franz d'Yppold begleitet sie auf der Violine, und Anna Maria erkennt ebenso wie Nannerl, daß er ein guter Musiker ist. Das wird dem Papa gefallen, überlegen beide, dem Papa und auch Wolfgang.
Weshalb Nannerl so sicher ist, daß es Franz d'Yppold »ernst« meint, das weiß sie selbst nicht. Aber sie vermutet richtig: Ihr neuer Verehrer strebt nach einer dauerhaften Bindung mit dem liebenswürdigen, bescheidenen Mädel aus guter Familie. Aus einer solchen stammt auch er, aber seine Familie ist verarmt, und Mutter und zwei Schwestern sind von ihm abhängig. Diesen dreien möchte er Nannerl vorstellen und arrangiert für den nächsten Sonntag eine Landpartie mit einer gemieteten Kutsche. Franz' Schwestern sind wesentlich älter als er, seine Mutter eine immer noch ansehnliche, stolze Frau, die Nannerl kritisch betrachtet. Allerdings – auszusetzen hat sie an ihr wenig. Des Sohnes Bekannte ist freundlich und zuvorkommend, stets aufmerksam bereit, Madame d'Yppold gefällig zu sein.
Als die Kutsche um die Mittagszeit an einem bekannten Landgasthof vorbeifährt, fragt sich Nannerl, wo man wohl einkehren wird, um zu speisen. Doch man

kehrt nirgends ein. Unter einer großen Buche breitet eine der Schwestern, Luisa, die jüngere, ein weißes Tuch aus und beginnt aus einem Korb den Proviant hervorzukramen: bereits reichlich trockenes Brot und Hühnerfleisch, dem man geschmacklich die Hitze des Tages anmerkt. Eine Flasche lauwarmer Holundersaft ersetzt den Wein.
Kaum hat man sich um das Tischtuch gruppiert, erkennt Schwester Luisa verärgert, daß ihr Bruder eine Ameisenkolonie als Rastplatz gewählt hat.
Hastig wird das Tischtuch samt Gedecken an einen anderen Platz befördert, nicht ohne böse Blicke von seiten der eifersüchtigen Schwestern auf ihren verliebten Bruder. Nannerl beobachtet aufmerksam, erkennt, daß in dieser kleinen Familie drei Frauen Ansprüche an ihren Freund stellen, daß sie ihnen als ein Eindringling erscheint, und bedrückt spürt sie auch, daß ihr sanfter Liebhaber im Leben keinen leichten Stand hat.
Zu allem Überfluß ziehen am Horizont Gewitterwolken auf, und Madame d'Yppold drängt zu raschem Aufbruch. Das Gewitter bleibt zwar aus, doch da ist man schon wieder vor dem Stadttor Salzburgs, und Franz bringt Nannerl nach Hause. Dann sitzen beide an der gemütlichen Mozartschen Kaffeetafel und die Erinnerung an die unangenehme Landpartie mit einer stolzen alten Dame und zwei altjüngferlichen Demoisellen verblaßt allmählich. Franz forscht unsicher:
»Sind Sie von meinen – meinen Angehörigen sehr enttäuscht, Nannerl?«
Sie sieht ihn freundlich an.
»Man liebt Sie sehr, Franz. Also kann ich doch nicht enttäuscht sein.«

Eine diplomatisch kluge Antwort, denkt er.
Franz wird auch von Mutter Mozart geschätzt. Alle mögen Herrn d'Yppold, in Nannerls Freundeskreis, in den sie ihn schon bald einführt, ist er sogleich beliebt. Und die *»gschußlate«* Kathl Glikowski, *»die immer auf der Jagd nach einem Bräutigam ist und interessanten Stadtklatsch ins Haus bringt«* (Dr. Breitinger über Nannerls Freundinnen), seufzt:
»Ein Glück hast du, Nannerl! So einen wie den Herrn d'Yppold hätt' ich halt auch gern.«
Nannerls Freundinnen sind, außer der Kathl und der Ursel, die Töchter von Leopolds Musikerkollegen und allesamt sehr musikalisch: Waberl Eberlin, die Nannerl bildungsmäßig, was Musik und Literatur anbelangt, am nächsten steht, die Adlgasser Viktorl, die sich, wie die Ursel Hagenauer, gut aufs Frisieren versteht und deshalb der Nannerl hilfreich sein kann. Denn die gute Thresl, die zwar noch Mutter Anna Maria brav zu frisieren versteht, ist der neuen Haartracht mit den turmhohen Aufbauten nicht mehr gewachsen. Anders als seinerzeit Anna Maria, legt Nannerl aber Wert auf eine modische Frisur. Und dank der Künste ihrer Freundinnen gilt sie in der Stadt als tonangebend in puncto Mode. Niemand weiß, daß sie selbst ihre Roben nach französischem Vorbild schneidert, und auch die ihrer Freundinnen.
Dies wissen natürlich auch die Damen d'Yppold nicht, die ihren geliebten Franz vor der Modepuppe Nannerl Mozart warnen:
»Du hast doch nicht etwa wirklich ernsthafte Absichten, Franz? Ein Mädchen wie sie kannst doch du gar nicht ernähren.«

Ach, was wissen die d'Yppoldschen von Nannerls Sparkünsten! Leopold war sehr erfreut, als sie ihm brieflich mitteilte, daß sie nun Klavierunterricht gebe. Er hatte vorher den Lieben daheim geschrieben:
... Thut mir das Geld sparen, denn Geld müssen wir haben, wenn wir eine Reise machen. Mich reut jeder Kreuzer, den wir in Salzburg ausgeben ...
Und Nannerl spart. Jetzt allerdings nicht nur für die Familie, sie spart auch für ihre Aussteuer, denn die – das weiß sie – wird mager ausfallen. Und sie hat des Vaters Stimme noch im Ohr, als er ihr einmal voll Unbehagen sagte:
»Weißt du, Nannerl, du wirst ja sicher einmal einen heiraten, der wohlhabend genug ist, auf eine Mitgift zu verzichten ...« Damals hatte sie genickt, aber heute?
Von all den wohlhabenden Söhnen der Bekannten Leopolds, denen aus der Schützengesellschaft, dem Kegelverein, dem Gemeinderat, will Nannerl nichts wissen. Sie nimmt zwar deren Huldigungen freundlich und wohlerzogen entgegen, macht aber keinem der jungen Herren auch nur die geringsten Hoffnungen. Ebenso verhält sie sich in den vornehmen Bürger- und Adelshäusern, in denen sie als sehr erwünschter Gast musiziert. In ihrer Bescheidenheit erklärt sie sich sogar bereit zu »akkompagnieren«, nicht als Solistin aufzutreten, sondern nur zu begleiten. In diesen vornehmen Kreisen findet sie Verehrer. Nicht verwunderlich, tritt sie doch weltgewandt und mit ausgezeichneten Manieren auf, stets adrett und nach der Mode gekleidet. Sie hat des Vaters stolzen Sinn geerbt, den man, trotz ihrer Bescheidenheit, auch spürt. Jedenfalls ist sie alles andere als »hausbacken«, wie Wolfgang Hildesheimer sie in

den wenigen Zeilen, die er ihr überhaupt widmet, charakterisiert. Sie ist zu ihrer Zeit eine in Salzburg sehr bekannte und beliebte Persönlichkeit. Daß sie später, nach ihrem Tod, in Vergessenheit geriet, bedeutet nicht, dieses Schicksal auch zu verdient zu haben. Sie war in Wolfgangs Jugend seine hervorragendste »Bezugsperson«, und dies allein sollte ihr eigentlich schon die verdiente Anerkennung sichern ...

»Es kommen die ersten Herbstnebel heuer früher als sonst. Meinst, daß wir heizen sollen?« fragte Nannerl und zog ihr Umschlagtuch fester um sich. Sie fror leicht, während die Mutter die »Hitzen« spürte und ihr Brusttuch des öfteren am Tage aufknotete und ablegte.

»Nein«, erwiderte Anna Maria, »Papa merkt, wenn wir schon jetzt den Holzstapel anbrechen.« Und sie erinnerte sich an Schuster Hitzigs Holzstoß und ihren aufregenden kleinen Holzdiebstahl um Mitternacht.

Merkwürdig – das Elend und die Bitterkeit dieser Jahre traten in der Erinnerung immer weiter zurück, und es blieb nur das Heitere: als Fritz Hitzig als wandelnder Eiszapfen heimwärts trabte und sich später als Kavalier erwies. Selbst die schreckliche Krautsuppe hatte im Erinnern ihren unangenehm säuerlichen Geschmack verloren. Anna Maria stand auf, ging in die Küche und fragte die Thresl:

»Weißt du noch? Wie du mir immer Fleischbrocken vom Tisch der Aniserin brachtest? Einmal bin ich fast erstickt, weil ich sie zu gierig hinunterschlang. Und weißt du noch, wenn wir bei Tante Aniser in der Kammer hockten und wußten, daß sie im Besenwinkel lauschte?«

Die Thresl wunderte sich. Was hatte die Madame, daß sie so mit ihr sprach?

Ja, was hatte sie. Sehnsucht, einfach Sehnsucht nach ihrer Jugend und Leopold, der nur noch eines kannte, den Ruhm des Sohnes zu mehren, und darüber sie vergaß, hintenan stellte wie die Tochter Nannerl.

Die Nebel verdichteten sich in den folgenden Tagen, die Sonne schimmerte nur noch als bleicher Schatten am Himmel, die Geranien am Fenster bekamen einen leichten Frost und ließen ihre herrlichen Blütenköpfe hängen. Zu früh, fand Anna Maria. Der Herbst würde kommen, und dann der Winter. Der zweite ohne Leopold.

»Was hast du, Mama?« fragte Nannerl besorgt. Die Mutter stand schon so lange Zeit am Fenster – ein ungewohnter Anblick. »Wartest du auf jemanden?« Sie schüttelte den Kopf und strich mit einer müden Gebärde ihr Haar zurück.

Mein Gott, es ist ja ganz grau geworden«, dachte die Tochter erschrocken. Und in ihrem nächsten Brief an den Vater schrieb sie:

Mama wartet schon sehr auf Eure Heimkehr – möchte das der Papa bedenken.

Ein zweiter Winter ging ins Land, und Leopold hatte keine Gelegenheit, den Holzstapel zu inspizieren. Die beiden Frauen, die eine aufgehend in ihrer ersten großen Liebe, die andere sich nach ihrem Ehemann verzehrend, verbrachten die kalte, trübe Zeit in großer Zurückgezogenheit. Es störte sie beide nicht, denn

Franz d'Yppold war häufiger und lieber Gast, und die Wohnung erfüllt mit den Klängen Mozartscher Musik . . .

Nach zweijähriger Abwesenheit kehrten Vater und Bruder, von Nannerl stürmisch, von Anna Maria zu Tränen gerührt begrüßt, wieder heim. Lange hatte die Mutter überlegt, ob sie ihrem von den Reisestrapazen müden Mann über Nannerls Verehrer d'Yppold berichten sollte. Sie tat es nicht, sollte er doch selbst darauf kommen. Allerdings hatte sie die Rechnung ohne ihren Sprößling Wolferl gemacht. Der Sechzehnjährige hatte schärfere Augen als der Papa, der sofort nach seiner Heimkehr in die täglichen beruflichen Pflichten eingebunden wurde. Der Nachfolger von Erzbischof Firmian, Hieronimus Graf Colloredo, ließ Leopold zu sich kommen und bedeutete ihm, daß er die Reisen seines Zweiten Hofkapellmeisters zwar nicht billige, ihm aber dennoch gewogen sei. Das möge er aus seiner Absicht erkennen, Sohn Wolfgang zum besoldeten Konzertmeister zu ernennen. Das kam Leopold natürlich sehr gelegen, und er stattete seinen Dank in Form einer Uraufführung von Wolfgangs »Il sogno di Scipione« zu Ehren Colloredos in der Salzburger Residenz ab.
Es wurde ein glänzender Abend. Auch Anna Maria und Nannerl waren geladen, saßen auf den Ehrenplätzen, und Franz d'Yppold in seiner rückwärtigen Reihe erkannte einmal mehr den Rangunterschied zwischen sich und Nannerl, zumindest im öffentlichen Ansehen. Später nahm Nannerl seine Hände in die ihren:
»Warum bist du denn so kleinmütig, Franz? Muß ich

dir erst sagen, wie beliebt du überall bist? Daß mich alle Freundinnen um dich beneiden? Du könntest jedes Mädchen bekommen ...«

Das stimmte, der hochgewachsene Offizier machte eine gute Figur und hätte in jedem reichen Bürgerhaus freundliche Aufnahme gefunden. Genau das erhofften sich ja auch seine Mutter und Schwestern. Nannerl spürte deren Abwehr und wußte, daß die gespreizte Freundlichkeit der Damen nur Heuchelei war. Sie ließ sich im Haus der d'Yppolds nicht mehr blicken, was die Damen zu dem trügerischen Schluß kommen ließ, die »Affäre« ihres Franzl sei vorüber. Das war sie keinesfalls, und eines Tages machte Wolfgang dem Vater gegenüber entsprechende Andeutungen. Leopold fiel aus allen Wolken, wünschte in einer Aussprache Näheres von Nannerl zu erfahren. Dann stand sie rot und aufs äußerste verlegen vor ihm.

»Deine Mutter und ich dachten immer nur an Herrn von Mölk als deinen ernsthaften Verehrer. Und jetzt ist es dieser – dieser Habenichts von d'Yppold! Ich kenne ihn als Erzieher der Chorknaben, mußte schon des öfteren feststellen, daß er keine pädagogische Begabung hat. Ja, ist dir denn klar, was eine Verbindung mit ihm für dich bedeutet? Er ist doch der Versorger seiner Familie – was bleibt denn da noch für dich?«

»Er wird Karriere machen«, wagte Nannerl zu erwidern.

»In welcher Richtung denn? Dein Herr Hauptmann d'Yppold hat das Ende seiner Karriere schon erreicht. Laß diesen Herrn eine gute Partie machen und behindere ihn nicht, Nannerl. Letzteres wäre sehr egoistisch von dir.«

Sie erkannte sehr wohl, *wer* hier egoistisch handelte. So arm war der sparsame Vater nicht, daß er ihr nicht eine seinem Stand entsprechende Mitgift hätte geben können, die ihr und dem Geliebten über die schwierigen Anfangsjahre hinweggeholfen hätte. Dieses Geld hätte vor allem ihr Ansehen in den Augen der d'Yppold-Damen gehoben, deren ganzes Sinnen und Trachten ja einer »guten Partie« für ihren Franzl galt.

Aber eine Mitgift gedenkt Leopold seiner Tochter nicht zu geben. Statt dessen plant er schon seit längerem, sein Geld für eine neue, größere Wohnung anzulegen. Davon weiß man in der Familie allerdings noch nichts.

Die Aussprache mit dem so geliebten Vater hat Nannerl tief enttäuscht. Immerhin hat Anna Maria erreicht – wenn sie etwas ernsthaft will, setzt sie sich Leopold gegenüber immer noch durch –, daß Herr d'Yppold weiterhin im Haus Mozart verkehren darf. Er bereichert durch sein gutes Violinspiel jene kleinen Kammermusikabende im Wohnzimmer, die Leopold sehr wichtig sind, geben sie ihm ja die Gelegenheit, Wolfgangs neue Kompositionen zu spielen.

Wolfgang ist fleißig, und das Komponieren macht ihm nach wie vor die größte Freude. Es entstehen Streichquartette, Divertimenti, Bläser-Divertimenti und Sinfonien, darunter auch die berühmte g-Moll-Sinfonie. Und am 12. Dezember 1773 gibt Wolfgang in großem Rahmen sein Klavierkonzert D-Dur (Köchelverzeichnis 175) im Saal der Residenz. Diesmal sitzt Nannerl neben Franz d'Yppold und lauscht aufmerksam des Bruders virtuosem Spiel. Der jetzt Siebzehnjährige wirkt am Instrument älter, spielt mit gesammeltem Ernst und einer Fingerfertigkeit, die fast an Zauberei grenzt. Der Applaus ist nicht nur wohlwollend freundlich, er ist stürmisch, selbst der Fürstbischof bewegt eifrig seine weißbehandschuhten Hände. Franz drückt Nannerl stumm die Hand, und seine Augen leuchten. Sie ist glücklich – nicht nur weil der Bruder gefeiert wird, auch darüber, daß der Vater erlaubt hat, daß Franz, fast wie ein Familienangehöriger, an ihrer Seite sitzen darf. Leicht ist Leopold dieser Entschluß allerdings nicht gefallen, aber wieder hat Anna Maria ihn umgestimmt:

»Wenn Nannerl ihn schon nicht heiraten darf, mußt du ihr die Freude machen und ihn wenigstens als Freund des Hauses akzeptieren. Glaube mir, das ist klüger, als die zwei durch ein Machtwort zu trennen.«

Also geht Franz im Hause Mozart ein und aus, und die Liebenden können einander wenigstens sehen und sich nahe sein. Mehr freilich nicht, doch beide hoffen auf die Zukunft, auf ein Einlenken des Vaters. Bis dahin gedenken sie eifrig zu sparen. Nannerl gibt Klavierstunden, die mehr einbringen, als sie anfangs dachte . . .

Beschwingt durch Wolfgangs Konzerterfolg sagt Leopold, als man daheim mit einem Glas Wein nachfeiert:

»Was würdet ihr sagen, meine Lieben, wenn ich das Tanzmeisterhaus mieten würde?« Zunächst versteht man nicht recht. Mieten? Wofür? Auf wie lange? Bis Leopold erläutert: »Für ständig natürlich, der Tanzmeistersaal wäre der ideale Rahmen für Konzerte größeren Stils. Und die Wohnung darüber ist schöner, sonniger, größer als unsere.«

Nannerl erkennt sofort die Bedeutung dieses Vorhabens: Alles gesparte Geld würde für die neue Wohnung gebraucht werden. Sie sitzt blaß, stumm und starr – Leopolds vom Wein beflügelte Worte gehen an ihrem Ohr vorbei. Anna Maria beobachtet sie unruhig und geht später, als Nannerl mit einer gemurmelten Entschuldigung verschwindet, ihr nach in die Kammer. Sie findet die Tochter weinend, ihrem Trost nicht zugänglich – so hat Anna Maria sie noch nie erlebt.
»Nun ist alles aus, Mama! Ja, sag nichts, ich weiß, jetzt ist alles vorbei. Von einer Mitgift für mich kann keine Rede mehr sein. Aber ich bräuchte sie ja gar nicht, ich kann doch arbeiten. Nur die Erlaubnis zur Heirat will ich. Ich bin jetzt zweiundzwanzig – soll ich eine alte Jungfer bleiben, Mama?«
»Kind, da sind doch noch andere, da ist . . .«
»Ich will keinen anderen.« Sie sagt das so abschließend fest und düster, daß Anna Maria darauf nicht antwortet. Sie zieht Nannerl in einer kurzen Umarmung an sich und geht.
Ihr langes Gespräch mit Leopold endet anschließend mit seinem zornigen:
»Es bleibt dabei! Das Tanzmeisterhaus wird nicht lange frei sein. Ich wäre ein Esel, wenn ich nicht zugreifen würde.«

Nannerl und Franz sitzen am Sonntag beieinander in der Wohnstube, Leopold ist bei seinem geliebten Scheibenschießen im Tanzmeisterhaus. Auch Franz ist wegen der neuen Lage bedrückt, doch zeigt er es nicht, versucht die Geliebte aufzuheitern.
»Es gibt für uns noch viele Wege, Nannerl, wir müssen

nur Geduld haben. Denk doch an deine Eltern, wie spät die geheiratet haben. So gesehen haben wir noch fünf Jahre Zeit.« Ach, ihr ist das ein geringer Trost, aber sie nickt Franz zu und streichelt seine Hand, die er ihr entgegengestreckt hat …

Es schneit in großen, wässrigen Flocken, und Nannerl streift sie von ihrer Kapuze. Wieder einmal hat sie den Postboten abgefangen, der freundlich in seiner Tasche kramt und nach einem Brief des Herrn Hofkapellmeisters Mozart sucht. Der ist mit seinem Sohn schon seit ein paar Wochen in München und plant dort die Uraufführung von Wolfgangs opera buffa »La finta giardiniere« (Gärtnerin aus Liebe, Köchelverzeichnis 196). Der Brief findet sich, und Nannerl begibt sich in einen »Durchgang« (überdachte Einfahrt zu Hinterhäusern), wo sie hastig den Brief entsiegelt. Ja, hier steht schwarz auf weiß, was sie erhofft hat, daß sie, *unsere brave, fleißige Nannerl*, nur ruhig nach München kommen möge, er, der Papa, wird ihr noch den besten Termin mitteilen, *damit sie auch ein wenig Faschingsfreuden erleben kann …* Ein Fußgänger schaut verwundert, als die junge Dame plötzlich einen freudigen Luftsprung tut.

Später ruft sie der Mutter entgegen:

»Denk dir, Mama, ich darf nach München, der Papa hat's grad geschrieben.«

Anna Maria steht am Herd und streicht sich eine Strähne aus der erhitzten Stirn. Sie freut sich mit Nannerl, auch wenn ihr deren Arbeitskraft fehlen wird.

Nannerl bereitet eifrig alles für die Reise vor, das bedeutet auch, einige Küchen- und Hausarbeiten im voraus zu erledigen, Brot zu backen, die Wäsche zu bügeln und gründlich zu putzen. Alles blitzt und ist blank, aber sie wartet immer noch auf eine konkrete Einladung des Vaters. Da kommt sie endlich. Der Vater schreibt, daß Wolfgang erkrankt sei und die Schwester um sich haben möchte. Also reist Nannerl am 20. Dezember 1773 in Sorge um Wolfgangs Gesundheit nach München. Aber der Patient begrüßt sie lachend und sagt leise:

»Was krieg' ich dafür, daß ich so brav krank für dich gespielt hab'? Wer weiß, ob sonst unser Herr Papa auf die Einladung am Ende nicht gar vergessen hätte.« Was durchaus möglich gewesen wäre, denn Nannerls Aufenthalt und Reise kosten ja kostbare Gulden.

»Danke«, sagt Nannerl und fährt dem Bruder über das zerzauste Haar. Wie erwachsen er schon ist, der »Hanswurst«, wie sie ihn in Briefen oft nennt und noch nennen wird. Ja, das ist er, fast erwachsen, und immer noch ein Kasperl, mit nichts als Flausen im Kopf, wenn er nicht gerade im Galafrack als Klaviervirtuose brilliert. Er ist so schnell gesund, daß der Papa doch ein bißchen mißtrauisch wird.

»Scheint's«, sagt er, »daß die Nannerl eine Wunderdoktorin ist!«

Aber auch er freut sich über ihr Hiersein und schreibt der daheimgebliebenen Mutter:

... Nun hat Nannerl eine Wohnung bei der verwitweten Frau von Durst. Sie bekommt ein eigenes Zimmer zum Schlafen, zwar etwas finster, allein die übrige Zeit wird sie bei der gnädigen Frau in deren Zimmer zubringen ... Nan-

nerl wird also das Klavier recht exerzieren, insbesondere die Sonaten von Paradies und Bach, und das Konzert von Lucchini spielen ...

Aber es kommt zu keiner öffentlichen Konzertaufführung. Zum Glück kostet der Aufenthalt bei Frau von Durst fast nichts – die Dame ist eine Verwandte des Herrn von Mölk und hat Nannerl herzlich eingeladen. Die schreibt der Mutter, *daß ich bei der Frau von Durst wohnen darf, zu welcher Herr von Mölk so oft hingefahren ist ...*
Der hat die Hoffnung, Nannerl zu erobern, keineswegs aufgegeben und das Wohnungsarrangement mit Bedacht getroffen: Auch er logiert bei dieser Dame, und eine ständige Begegnung mit Nannerl ist von ihm eingeplant.
Das indes stört Nannerl wenig, denn auch Franz d'Yppold ist zur Münchner Uraufführung gekommen, zusammen mit Salzburger Freunden der Mozarts. Außer der Absicht, »Wolfgang recht fleißig zu applaudieren«, lockt sie der berühmte Münchner Fasching mit seinen ebenso berühmten Maskenschlittenfahrten, den Tanzfesten und Maskenbällen in den Redoutensälen.

Mozart mag in seiner übersprudelnden Laune gar oft mit dem unglücklich verliebten Herrn von Mölk seine Späße getrieben haben ... meint Walter Hummel.
Ja, das tat das Wolferl, bis ihm Nannerl dergleichen energisch verbot.
»Sonst kannst du dir die Billetts selbst zum Fräulein Sedlmeier tragen.«
Nannerl fungierte als postillon d'amour und brachte

Kartenbriefe zu einer kleinen Sängerin, die Wolfgang unverhüllt Avancen machte. Sie war mager und zart mit großen, merkwürdig hellen Augen, und erinnerte Wolfgang an die von ihm so verehrte Schwester seines liebsten Musikfreundes Thomas Linley. Auch hieß die Kleine wie Thomas' Schwester Elisabeth, nannte sich allerdings Lisette. Es gelang Wolfgang, dem Vater weiszumachen, daß er mit dem Fräulein Sedlmeier üben müsse, weil sie ihre Partie nicht engagiert genug singe. Wolfgangs Begeisterung für die Sedlmeier aber erlosch schnell, hatte sie doch nur dann eine gewisse Ähnlichkeit mit der zarten Engländerin, solange sie nicht den Mund auftat. Vor ihrem breiten, kaum verständlichen Münchnerisch hätte er am liebsten seine empfindlichen Ohren verschlossen. Im Gegensatz zu Leopold liebte er das Volkstümliche weder in der Musik noch im persönlichen Umgang. Seinem Bäsle in Augsburg wird er einmal schreiben, sie möge ihm ein Bild schicken, aber bitte in »französischer« Tracht, und nicht etwa in der ordinären schwäbisch-augsburgischen . . .

Dem Doppelportrait, das Gainsborough von Linley und seiner Schwester Elisabeth gemalt hat, entnehmen wir, daß dieses Geschwisterpaar von aristokratischer, beinahe ätherischer Schönheit war . . . (Hildesheimer)

Nun, Fräulein Sedlmeiers Ähnlichkeit bestand vor allem in einer gleichen gepuderten Perücke, und ihre Magerkeit war nicht auf die aristokratische Abstammung zurückzuführen, sondern auf Hungerperioden, die München immer noch nach jeder Mißernte heimsuchten.

Wolfgang war von kleiner Statur, Lisette auch, so paßten sie eigentlich gut zusammen, stellte Nannerl während eines Redoutenballs fest. Leopold sah es nicht gern, wenn sein Sohn durch dergleichen Feste abgelenkt wurde, aber der Bruder mußte ja wohl die Schwester begleiten, das war einzusehen. So half ein Geschwister dem andern, denn Nannerl traf hier ihren Franz und konnte durch die eigene Maskierung Joseph von Mölk entkommen.
Franz erschien als flotter Jägersmann, der Nannerl stets auf der Spur blieb. In einem verschwiegenen Winkel eines Seitenraumes lachte sie ihn an:
»Ach, Franz, wenn doch dieser Abend nie zu Ende ginge!«
Aber er ging zu Ende, und Herr von Mölk durfte Nannerl später heimbegleiten.
»Wo hast du denn nur den ganzen langen Abend gesteckt?« wollte er wissen.
Nannerl verriet ihm nichts, lachte nur:
»Mitten drin im Gewurl (Durcheinander). Da hat ja keiner den anderen erkannt.«
Joseph von Mölk, der sich für diese Faschingstage so viele Hoffnungen gemacht hatte, war tief enttäuscht. Nannerl wußte ihm immer wieder mit Geschick auszuweichen, und Wolfgang spottete seiner auch noch. Herr Mölk war zwar ein wenig zu klein geraten, aber das war ja Wolfgang auch, und mit dessen blatternnarbigem Gesicht und der zu großen Nase konnte er es wohl allemal aufnehmen! War Wolfgangs Nase zu groß, war die seine, Josephs, zu dick geraten, *»grobkörnig«* nannte Walter Hummel sein Äußeres.

Leopold drückte in diesen Tagen, wenn auch widerwillig, beide Augen zu: Wolfgang suchte sein Vergnügen, und er ließ ihm diese Freiheit. Mit Wohlgefallen aber sah er es, wenn Nannerl mit Herrn von Mölk an Frau von Dursts Kaffeetafel saß. Er ahnte nicht, wie sehr Nannerl jede Minute bedauerte, die sie in Mölks Gesellschaft vertrödeln mußte, während Franz schon sehnsüchtig im Café »Odeon« auf sie wartete, manchmal vergeblich, weil sie sich aus der Gesellschaft Frau von Dursts nicht lösen konnte.

In diesen Wochen fühlte sich Leopold wohl und schob die Heimreise immer wieder hinaus – sehr zu Nannerls Freude. Hildesheimer vermutet richtig, wenn er meint, *Leopolds Wunsch, so oft als möglich Salzburg den Rücken zu kehren, beruhte auf der Spannung zwischen Stellung und Streben. Die Tatsache, daß er sein Leben lang am Salzburger Hof nur Vicekapellmeister blieb, grämte ihn, versetzte seinen Sohn jedoch in Wut, weil die ›Welschen‹ bei Hofe den ›Teutschen‹ vorgezogen wurden ...*

Auch Nannerl war der Meinung, dem Papa würde bei Hofe die ihm gebührende Ehre und Anerkennung versagt. Objektiv gesehen aber mutete Leopold seinem Dienstherrn allerhand zu, allein schon durch seine vielen Reisen und seine zeitraubenden Ambitionen, die mit seinem Beruf als Kapellmeister nicht vereinbar waren.
In München zeigte sich Leopold dank der Unterstützung des Kurfürsten großzügig. Sie hatte die Unkosten der Reise reichlich wettgemacht und ließ Leopold heiter und ausgeglichen sein. Den inneren Zwiespalt,

auch durch die Sorge um die Zukunft Wolfgangs bedingt, spürte er in diesen Tagen nicht. Er beteiligte sich sogar an der Maskenschlittenfahrt der Salzburger Freunde, allerdings nur, weil er mit einem Münchner Mäzen zu sprechen hoffte.

Nannerl hatte es kühn so einzurichten verstanden, daß sie in einem Schlitten neben Franz zu sitzen kam, warm vermummt, denn es blies ein eisiger Ostwind. Ihre beiden Hände fanden sich unter dem Schlittenpelz, die Finger umschlangen sich. Hinter ihren Masken waren nur die Augen lebendig, aus ihnen leuchtete das Glück dieser Stunden. Jetzt hatten sie den Wind angenehmerweise im Rücken, er konnte ihnen durch die hohe Lehne wenig anhaben. Das Gebimmel der Pferdeglocke klingelte durch die stille weiße Winterlandschaft, sie saßen im letzten Schlitten, die anderen hörte man nicht mehr. Der Kutscher war ein junger Bursche, der den Schlitten gemächlich dahinbummeln ließ. So hatten Nannerl und Franz viel Zeit, einander Liebes zu sagen und sich unter hochgehobenen Masken zu küssen.
Sacht fing es zu schneien an, doch das störte die Liebenden nicht, ihnen war warm und leicht zumute, und der verhangene Winterhimmel hing ihnen voller Geigen.
Geigentöne empfingen sie, als sie, sehr verspätet, in dem Landgasthof auftauchten, wo die anderen schon munter das Tanzbein schwangen. Vater Leopold saß in regem Gespräch mit dem bewußten Münchner Herrn bei einem Glas Rotwein. Nannerl streifte an ihm vorbei, um zu demonstrieren, daß sie da war. Erleichtert stellte sie fest, daß er ihr Ausbleiben gar nicht bemerkt

hatte. Diese Schlittenfahrt war für Nannerl einer der besonderen Höhepunkte in ihrer Liebe zu Franz ...

Leopolds Sinnen, Trachten und Sorgen gilt bei diesem Münchenaufenthalt und auch an jenem Nachmittag seinem Sohn, von dessen alles überragender Genialität er überzeugter ist denn je. Er versucht das seinem Gesprächspartner, der gute Beziehungen zum Hof hat, zu erklären.
»Mein Sohn würde dem Münchner Hof zu einer Zierde gereichen, um die der Kurfürst von allen europäischen Residenzen beneidet würde.«
Der Herr verspricht, sich für den jungen Tonkünstler einzusetzen. Vielleicht hat er es auch getan, doch ohne Erfolg. Der Historiker Rudolf Reiser schreibt:

Eine echte Leidenschaft sind dem Kurfürsten in diesen Notzeiten die Noten. Er kann geradezu virtuos auf den Streichinstrumenten spielen, komponiert Messen und spielt selbst im Hoforchester mit. Eines können die Feuilletonisten von damals und heute dem Kurfürsten nicht verzeihen, sie meinen, man hätte den Salzburger Wunderknaben sofort in München behalten sollen.

Dem Kurfürsten aber lag eben doch die Not der Untertanen noch mehr am Herzen als seine geliebten Noten. Ein weiterer Kapellmeister hätte zusätzliche Kosten verursacht.

»Ja, liebes Kind, es ist keine Vakatur da. Mir ist leid, wenn nur eine Vakatur da wäre.«

Darauf Mozart:
»Ich versichere Euer Durchlaucht, ich würde München gewiß Ehre machen.«
Des Kurfürsten Antwort:
»Ja das nutzt alles nichts. Es ist keine Vakatur da.«
Während des kurzen Gesprächs sah der Kurfürst geflissentlich an Wolfgang vorbei, und Leopold glaubte den Grund zu wissen: Wolfgangs blatternnarbiges Gesicht erinnerte den Herrn fatal an seine panische Furcht vor den Blattern. Vielleicht wollte er auch kein so gezeichnetes Gesicht in seiner ständigen Nähe haben?

Mit der Ablehnung mußte sich Leopold bescheiden. Aber er ist in München zugleich voll Zuversicht. Wolfgang ist noch jung, und eines Tages würde für ihn wohl eine »Vakanz« frei sein. Zunächst ist Wolfgang ja durch seine Kapellmeisterstelle beim Erzbischof versorgt, und in den nächsten Jahren würde sich sein Ruhm sicherlich steigern, damit auch sein Stellenwert. Diesen Ruhm zu festigen, dienten ja die vielen Konzertreisen. Die kosteten freilich Geld; Geld, das Nannerl mit verdienen hilft. Selbst hier in München gibt sie neben dem eifrigen Üben für ihr Konzert Klavierstunden. Und ist für jede Gegenleistung in barer Münze dankbar.
Sie spielt auf einem recht guten Flügel bei der Familie Straub, die sie durch die Vermittlung Frau von Dursts kennengelernt hat. Franz wird von Madame Straub als »Notenumblätterer« akzeptiert.
Dann aber erlebt Nannerl eine herbe Enttäuschung. Der Vater kommt zur Begutachtung ihres Spiels in den Salon, nimmt in einem Sessel in ihrer Nähe Platz, so daß sie sich von Angesicht zu Angesicht in die Augen

sehen können. Immer noch ist für Nannerl der Vater – wie in ihrer Kinderzeit – der einzig kompetente Kritiker und Berater, immer noch ist ihr sein zustimmendes Kopfnicken wichtiger als der heftigste Applaus. Leopold hört mit schiefgelegtem Kopf zu. Nannerl spielt das Konzert auswendig, nur beim schwierigen Allegro wirft sie hin und wieder einen Blick in die Noten. Da unterbricht Leopold mit ärgerlicher Stimme:
»Aber Nannerl, du mußt das Allegro doch schon auswendig können!«
»Ich kann es, Papa, aber ich möchte sicherheitshalber die Noten vor mir haben.«
Er steht auf, knöpft den Frack zu:
»Das ist ausgeschlossen, Nannerl. Mir scheint auch, daß dein Spiel im allgemeinen nicht sicher genug ist.«
Er geht und läßt sie völlig verunsichert zurück. Franz versucht sie zu trösten:
»Schau, er hat doch soviel im Kopf, da kann er schon mal ein bisserl ungehalten sein. Das ist morgen wieder vergessen.«
Aber das ist es nicht. Vorsichtig versucht Leopold der Tochter klarzumachen, daß man ihr Konzert werde nicht bringen können.
»Der Saal ist anderweitig besetzt, außerdem finden so viele Veranstaltungen in diesem Fasching statt, daß zu befürchten ist, daß du vor leeren Sesseln spielen mußt.«
Nannerl hat mit Ähnlichem gerechnet und ist deshalb nicht so sehr enttäuscht, wie Leopold befürchtet hatte.
»Genieße München, Nannerl! Schau dir die herrliche Stadt gemütlich an.«
Das tut sie, und Franz ist ihr Begleiter, auch wenn das

dem Vater wenig gefällt. Aber er schweigt, sogar als Nannerl ihn um Geld für einen »Fiaker«, eine Kutsche, bittet. Er schweigt und kramt drei Gulden aus seiner Geldkatze, das ist mehr, als Nannerl erwartet hatte.

Nun ist sie mit Franz unterwegs nach Nymphenburg. Es ist ein milder Februartag, fast ist schon ein Hauch von Frühling in der Luft. Der Kutscher Jean ist ein redseliger, doch höflicher Mensch, der seine Fahrgäste mit Münchner Geschichten unterhält. Er rät ihnen, auch Schloß Amalienburg zu besichtigen, um, wie sich später herausstellt, seine pikanten Informationen loszuwerden. Es ist ein wunderschönes Schlößchen, Nannerl steht davor und staunt. Sie, die schon so viele Schlösser auf ihren Reisen gesehen hat, ist begeistert. Kein Wunder, der wohl bedeutendste Baumeister seiner Zeit, François Cuvilliés, hat es erbaut. Sie besichtigen das Juwel, und Nannerl steht ehrfürchtig vor dem Bett der Kurfürstin Amalie und später in der kleinen Küche. Die Küsterin erzählt, daß die Madame, wenn sie in dem Lustschloß weilte, dort eigenhändig gekocht hätte. Das imponiert Nannerl, der jungen Hausfrau. Sie bewundert den runden Spiegelsaal, von einer Hundekammer umgeben – Amalie war eine begeisterte Hundefreundin –, den Schlafraum mit seinem großen brokatseidenen Betthimmel.

»Der Kurfürst muß sie sehr geliebt haben, daß er ihr ein so schönes Schlösserl gebaut hat«, sagt sie später zu Franz. Da räuspert sich der Kutscher.

»Erlauben die Herrschaften«, sagt er, »daß ich ein wenig korrigiere?« Er spricht ein gut verständliches Deutsch, hat er seinen Fahrgästen doch auch schon verraten, daß er bei der Gräfin Solms-Rödelheim lange Zeit in Dien-

sten war. Er weiß genau über die früheren höfischen Verhältnisse in München Bescheid und erzählt von dem sehr leichtlebigen Kurfürsten Karl Albrecht, der in Nymphenburgs »Badenburg« wohl auch badete, in erster Linie aber in Gesellschaft schöner Damen seinen galanten Leidenschaften frönte. »Es hat der hohe Herr an die vierzig illegitime Kinder«, behauptet Jean jetzt grinsend.
»Und was sagte die Kurfürstin Amalie dazu?« fragt Nannerl entsetzt.
Jean macht ein scheinheilig-mitleidiges Gesicht.
»Was konnte sie dagegen tun? Ach, die arme fromme Amalie! Alle hatten sie gern, und bei ihrem Begräbnis waren soviel Leute, daß sie sich gegenseitig auf die Füße traten. So viele waren es beim Hofbegräbnis ihres Gatten nicht. Er hat sie drangsaliert, gewißlich. Und meine alte Gnädige, die hatte einen Schatulle voll von ausgerissenen Haaren der Kurfürstin. Und kein anderer hat sie ihr ausgerissen als der Herr selbst, wenn er wütend war.«
Der sonst so zurückhaltende Franz meint sarkastisch:
»No ja, da hatte der Herr Gemahl wohl auch allen Grund, ihr ein so feines Schlößl zu schenken.«
Beide sprechen noch eine ganze Zeitlang vom Vater des jetzigen Kurfürsten, der so ganz anders geartet ist, der seine Frau liebt und achtet und sich gesträubt hat, dem Rat seiner Freunde zu folgen und sich scheiden zu lassen, weil sie keine Kinder bekommen konnte. Er verbot seinen Räten *bey meiner höchsten Ungnade, jemals davon zu sprechen ...*

Und dann ist man wieder daheim, der Alltag umfängt Nannerl, die Faschingstage in München sind Vergangenheit, von denen sich nur noch träumen läßt, aber dazu hat sie wenig Zeit. Man lebt nun im Tanzmeisterhaus, das mehr hausfrauliche Arbeit beansprucht als die Wohnung in der Getreidegasse. Anna Maria war bis zuletzt gegen die Übersiedlung:
»Leopold, wir haben es doch wirklich nicht mehr nötig, um unser Ansehen in der Stadt besorgt zu sein, wir haben es ja längst. Die neue Wohnung ist für uns vier viel zu groß. Und wenn Nannerl heiratet und Wolfgang außerhalb Salzburgs eine Stelle bekommt, dann erst recht.«
Aber Leopold war fest geblieben.
»Bei Wolfgang wird es noch sechs, sieben Jahre dauern, bis er seinen eigenen Hausstand gründet. Und bis dahin müssen wir dafür sorgen, daß *er* einen gründen *kann*.«

Alles Sinnen und Trachten dreht sich nach wie vor um Wolfgang. Ihm ist es recht, er hat sein Lebenselixier, die Musik, und die Liebe der Seinen, mehr braucht er nicht. Seine neuen Kompositionen spielt er immer noch zuerst der Schwester vor oder er überläßt ihr nur die Noten dazu. Und sie gibt ihr unbestechliches Urteil ab. Wenn Nannerl auch des öfteren bescheiden erklärt: »Ich bin nur die Schülerin meines Bruders«, so ist sie doch weit mehr als das: Ihr Sachverstand über die Kompositeurkunst ist so groß, daß Wolfgang ihr einmal aus Neapel 1773 bescheinigt:
Das zwölfte Menuett von Haydn, das du mir geschickt hast, gefällt mir wohl, und den Baß hast du unvergleichlich dazu komponiert, ohne mindesten Fehler.

Ebenso lobt er ein Lied von ihr, schon 1770

... ich habe mich sehr gewundert, daß du so schön componieren kannst, mit einem Wort, das Lied ist schön. Und probiere öfter so etwas.

Sie probiert es wirklich, überrascht die Freunde mit ihren kleinen Kompositionen, so auch heute, da sie allesamt auf dem Robinighof zu Gast sind. Dieses besonders reizvoll gelegene kleine schloßähnliche Hofgut in Schallmoos ist ein beliebtes Ausflugsziel der Freunde der Familie Robinig, zu denen auch die Mozarts gehören. Jetzt sitzt Nannerl am Flügel und spielt. Es ist ein Stück, das alle aufhorchen läßt, es klingt süß wie ein inniges Liebeslied. Und die Viktorl Adlgasser sagt:
»Ah, das ist hübsch. Was ist denn das, Nannerl?« Nannerl antwortet nicht, wird aber rot. »Gesteh's nur, es ist von dir! Oder hast du es dem Wolfgang aus dem Schubladl genommen?«
Da gibt Nannerl die Urheberschaft preis und wird sogleich stürmisch gelobt.
»Und für wen hast du das komponiert?« fragt die vorlaute Glikowski Kathl jetzt, »für unseren Joseph?«
Herr von Mölk ist natürlich mit von der Partie und wird prompt rot. Nannerl aber klappt den Klavierdeckel zu.
»Ihr seid's mir zu neugierig«, sagt sie und läßt sich nicht erweichen, weiter zu spielen.
Joseph aber versucht, sich ihr später, als man im Park mit Gelächter und Gelärme »blinde Kuh« und andere sinnige Gartenspiele spielt, zu nähern. Jetzt ist Nannerl mit verbundenen Augen »die Kuh«, und in stillem Einverständnis bemüht sich die Schar, Joseph in ihre Nähe

zu dirigieren. Die »blinde Kuh« erfaßt ihn schließlich auch und muß den Gefangenen laut Spielordnung küssen. Sie nimmt die Augenbinde ab, erkennt Joseph und weigert sich, es zu tun.

»Spielverderberin«! tönt es ihr übermütig entgegen.

Nannerl ist verstimmt. Sie ist die Älteste in diesem Freundeskreis, hat aber bisher alle harmlos kindischen Albernheiten mitgemacht. Jetzt auf einmal ist ihr dergleichen nicht mehr nur gleichgültig, sie empfindet es als peinlich. Vielleicht spüren das die andern und dringen nicht weiter in sie. Am späten Nachmittag kommt die Probe zu einem Singspiel an die Reihe: »Bastien und Bastienne« in vereinfachter Version. Es ist das Werk, das Wolfgang in Wien als Zwölfjähriger komponiert hat. Bei diesem Vorhaben ist Nannerl tonangebend und ihren Mitspielern fällt die Probenarbeit leicht. Der Hausherr steht an der Tür und applaudiert Beifall.

»Ihr müßt das unbedingt vor einem größeren Publikum aufführen«, meint Herr Robinig von Rottenfeld.

Und so geschieht es auch. Ein Gartentheater in Salzburg, von den Mädchen liebevoll herausgeputzt, ergibt die Kulisse zu dieser – heute würde man sagen – Freilichtaufführung. »Bastien und Bastienne« wird also einem auserwählten Salzburger Publikum vorgeführt, und Nannerl brilliert als gute Sängerin.

Wolfgang und Leopold sind wieder auf Reisen, können Nannerl also nicht loben, das aber tun andere desto ausgiebiger. Nach der Vorführung stellt Herr von Robinig Nannerl und ihrer Mutter einen Herrn Berchtold

von Sonnenburg und seine Gattin vor. Der Herr macht Nannerl ein wenig hölzern Komplimente und versichert, daß seine Gattin eine besondere Verehrerin ihres Herrn Bruders und seiner Kompositionskunst sei.
Anna Maria sieht dem Fremden neugierig ins nicht gerade hübsche Gesicht und bekommt dann bestätigt, was sie vermutete, daß dieser Herr der zweite Nachfolger ihres Vaters, des seligen Pflegkommissars Pertl zu St. Gilgen ist. Das weiß aber auch Herr Johann Baptist Berchtold, so daß sich mit Madame Mozart sogleich ein Gesprächsthema ergibt. Nannerl hört interessiert zu und wundert sich, wie geläufig und lebhaft die Mutter plaudert. Sie erzählt von einer Puppe, ihrer Puppe, die in die Hände eines kleinen Mädchens gewandert ist, das vermutlich Herrn Berchtolds Kusine war.
Inzwischen unterhält sich Nannerl mit der liebenswürdigen, sanften Frau des untersetzten, eher derb wirkenden Herrn Pflegers von St. Gilgen. Als man mit dem Kutscher Fritz Hitzig wieder heimfährt, hat sich ein weiterer Freund und Bewunderer Wolfgangs (und seiner Familie), Herr Johann Baptist Berchtold von Sonnenburg, im Bekanntenkreis der Mozarts eingefunden. (Er wird später, wenn er Salzburg besucht keine Gelegenheit versäumen, den Damen seine Aufwartung zu machen.)

Auf Karl-Valentinsche Art – »... da wär die Nannerl heut' so berühmt wie er« – Närrische Briefe – Das Bäsle

Immer noch, auch drei Jahre nach jenem Münchenaufenthalt im Fasching 1775, sind sich die beiden Liebesleute Nannerl und Franz unverändert zugetan. Den Segen der Mutter haben sie, und sie ist es auch, die ihnen Mut zuspricht und immer wieder sagt:

»Nehmt euch ein Beispiel an uns, auch wir haben lange Geduld haben müssen.«

Desto unverständlicher ist den Liebenden die Haltung des Vaters – hat er nicht auch am eigenen Leib erfahren, wie es ist, wenn man jahrelang auf die Erfüllung seiner Träume warten muß?

Nannerl hat in dieser Zeit viele Verehrer, einer von ihnen ist der Hofbeamte Johann Adam. Ihr war er gleichgültig, und Wolfgang spottete über ihn. Gewissenhaft führt Nannerl Tagebuch, in das Wolfgang, respektlos ihren trockenen, knappen Stil nachahmend, einmal übermütig folgendes schreibt:

... den 12. um halb neun in der Kirche, hernach bei Lodrin und Mayer. Nachmittag Kathl bei uns und Fiala, ein Donnerwetter und stark geregnet.

... den 13. um zehn Uhr in der Kirche in der Messe, dann bei der Kathl. Herr Wirtenstädter Bestgeber (beim Kartenspiel), *die Rasierkathl* (Glikowski) *gewonnen. Mit den Tarockkarten Karten gespielt. Um 7 Uhr im Mirabellgarten, wie man im Mirabellgarten spazieren geht, spazieren gegangen, wie man spazieren geht, gegangen wie man geht. Regnerisch, doch nicht geregnet.*

... den 14. um neun Uhr im Dom, beim Hagenauer, dort gegessen, derweil der Papa und Bruder beim Antretter gespeist. Nach Tisch zur Jungfrau hinauf, um halb sechs Uhr Hansel mich nach Haus geführt.

... den 16. um halb sieben in der Kirche, zum Mayrischen, doch gleich wieder zurück, weil nichts gewesen wegen dem Nichtzuhausesein, hernach beim Oberbereiter seiner nicht jetzigen, letzten, nämlich dritten, sondern vorletzten, nämlich zweiten – auch nicht, sondern ersten Frau, ihrer Tochter gewest ...

In dieser Art geht es in typisch Wolfgangischem Kauderwelsch, in dem er ja auch einige seiner »Kasperlbriefe« geschrieben hat, weiter.
Mit *um halb sechs Uhr Hansel mich nach Haus geführt ...* meint Wolfgang Nannerls jüngsten Verehrer, eben den *»Leib- und Seel-Kammerdiener«* und Truchseß Johann Adam, der stürmisch Nannerl den Hof macht und nach kurzer Zeit auch zum Herrn Vater spaziert, um ihm in feinster Seidenrobe die Aufwartung zu machen und um die Hand seiner Tochter anzuhalten.
Mit diesem Filou als zukünftigen Schwiegersohn war Vater Leopold jedoch noch weniger einverstanden als mit d'Yppold. *Er verbat sich kurzerhand seine Besuche, damit Nannerl nicht der Stoff einer Stadtgeschichte werde.* (W. Hummel)

Da faßt Nannerl wieder einmal den von der Mutter so oft beschworenen Mut und fragt den Vater, ob er denn nicht doch endlich in eine Heirat mit d'Yppold einwilligen möchte. Er sieht sie zuerst unbehaglich, dann zornig an und donnert schließlich:

»Ja, hängst denn du immer noch an dem Habenichts? An dem Habenichts mit seinen drei Anhängseln?«
Nannerl sagt leise: »Madame d'Yppold ist im Herbst leider gestorben, Papa.«
»So! Dann fehlt diesem Herrn jetzt auch noch die Pension seiner seligen Mutter. Nannerl, wo bleibt denn dein Verstand! Willst du dein Leben mit zwei dummen, eifersüchtigen alten Jungfern verbringen?«
Und er wettert in diesem Ton weiter. Sein Lieblingskind – denn das ist Nannerl – sitzt mit gesenktem Kopf vor ihm auf einer Stuhlkante und kämpft verzweifelt gegen Tränen der Enttäuschung und des Zorns. Leopold merkt das nicht, glaubt, ihre demütige Haltung bedeute ihr Einsehen, ihr Resignieren. Doch darin täuscht er sich, fester denn je halten die Liebenden zusammen. Sie suchen und finden immer wieder eine Gelegenheit, sich zu treffen – auch wenn Nannerl das nicht gerade ihrem Tagebuch anvertraut ...
Wolfgang und Nannerl haben keine Geheimnisse voreinander. Wolfgang, jetzt zwanzig, zeigt sich jungen Damen, auch den Freundinnen Nannerls gegenüber, als Kavalier und verehrt mal die flotte »Rasierkathl«, Katharina Glikowski, Tochter eines Friseurs und Baders, dann wieder die Viktorl Adlgasser, die besonders musikalisch ist. Viktoria ist ein zartes, hübsches, kleinwüchsiges Mädchen, keine so vorwitzige Spottdrossel wie die Kathl, Nannerls gute Freundin.
Natürlich komponiert er eifrig weiter, es entsteht die 1. Lodronsche Nachtmusik, Köchelverzeichnis 247.
Mit der Salzburger Adelsfamilie Lodron sind die Mozarts befreundet, und Nannerl ist von der Komposition sehr angetan.

»Wolfgang, da ist dir etwas Schönes gelungen.« Wenn die Schwester Kritik übt – ob positiv oder negativ – nimmt sie Wolfgang begierig entgegen. Für ihn ist Nannerl die beste Ratgeberin. Er ist der Meinung, daß es keinen Menschen gibt, der ihn, seine Musik, die ja auch Ausdruck seines innersten Wesens ist, besser versteht als die Schwester, die von der gleichen hochmusikalischen Art wie er selbst ist. Einmal sagt die gute alte Thresl in schöner Offenheit:
»Wenn dazumal unser Wolfgangerl am Scharlach ein Engerl worden wär, da wär die Nannerl heut' so berühmt wie er.«
»Aber Thresl!« ruft Anna Maria erschrocken, »an so etwas darf man doch nicht einmal denken!«
»Warum denn net? Ich merk' keinen Unterschied, ob der Wolfgang am Klavier sitzt und spielt oder die Nannerl.«

In diesen Sommermonaten des Jahres 1777 wird in der Familie Mozart ein Entschluß gefaßt, gegen den die Thresl sofort opponiert:
»Wird doch net die Madame mit dem Wolfgang allein nach Paris fahren! Ein Jahr mit drei Siebenern – das bringt Unglück!«
»Thresl, unke nicht«, sagt Leopold streng. »Dieses ist ein Jahr wie jedes andere, und sogar ein besonders gutes.« Er meint damit das gute, ausgeglichene Wetter.
Natürlich hätte er selbst gern mit Wolfgang die Parisreise angetreten, aber der Erzbischof verweigert ihm kurzerhand den Urlaub. »Ihr habt genug von der Welt gesehen, und Euer Sohn ist inzwischen Manns genug, allein zu fahren.«

Diese Meinung teilt Leopold nicht. In erster Linie befürchtet er, Wolfgang würde mit dem mitgegebenen Salär nicht auskommen, womit der Vater nicht unrecht hat – mit Geld konnte und kann Wolfgang nicht umgehen, er leistet und kauft sich, was ihm behagt, auch wenn er sich notfalls das Geld dazu leihen muß.

Anlaß zu dieser Reise war Wolfgangs Mißvergnügen an seiner Stellung am Hof des Erzbischofs. Im vergangenen Jahr hatte er fleißig zahlreiche Kirchenmusiken, Serenaden und auch die heute so berühmte Haffner-Serenade, Köchelverzeichnis 250, geschrieben, zu der Nannerl ihn beglückwünschte, aber er erwiderte mürrisch:
»Hatte gar nicht die Absicht, dem Haffner was Besonders zu schreiben, hat er mich doch beim Karteln dreimal verlieren lassen.«
(Siegmund Haffner von Imbachhausen, Salzburger Kaufmannssohn und später Bürgermeister von Salzburg, Freund der Mozartfamilie.)
Den ganzen Sommer lang war die Familie im Zwiespalt. Leopold versuchte, Wolfgang in Salzburg zu halten, sah aber ein, daß seinen Sohn, der zwar noch jung, aber schon sehr welterfahren war, die Enge Salzburgs und die unguten Zustände in der Hofkapelle bedrängen mußten. Wolfgang hatte seinen Stolz geerbt, das wußte Leopold. Und Eifersucht und Neid seiner älteren Kollegen bedrückten ihn. Er hoffte auf das Ausland, auf ein Unterkommen in Mannheim oder Paris.
Also sollten Mutter und Sohn am 23. September 1777 auf die große Reise gehen. Leopold umarmte seine

Frau abschiednehmend. Er hatte ihr in ausführlichen Gesprächen alle nötigen Instruktionen gegeben und sagte jetzt nur:
»Für dich, Mama, ist das ja alles nichts Neues. Hab nur eine feste Hand mit dem Wolfgang, du kennst ihn ja.«
Natürlich kannte sie ihren Sprößling, der jetzt so wohlgemut an ihrer Seite saß, in der festen Überzeugung, mit der Mama »schon zurechtzukommen«. Das probierte er sogleich in Augsburg aus, wo man bei Verwandten ein Quartier bezog, das Mutter und Sohn nichts kostete. Außerdem war da das »Bäsle«, wie sie sich dem jungen Mozart vorstellte:
»Ich heiße Thekla und als Ihr Bäsle heiße ich Sie hier herinnen recht willkommen, die Frau Tante und den jungen Herrn.«
Natürlich imponierte ihr der berühmte Vetter in seiner feinen »französischen« Kleidung, in Seidenfrack und Spitzenjabots. Sie selbst war »altfränkisch« gekleidet in schwäbischer Tracht, wie es eben einem Mädchen ihres Standes geziemte.
Wolfgang betrachtete sie wohlgefällig, erkannte hinter der simplen Schale ein recht gescheites, munteres Geschöpf.
Die Frau Tante beobachtete allerdings mit wachsender Sorge die allzu freie Vertrautheit ihrer Nichte mit ihrem Sohn, und sie nahm Wolfgang ins Gebet:
»Willst du die Thekla ins Gerede bringen? Du gehst mit ihr hier daheim und auf der Gasse so ungeniert um, als wäre sie deine Braut.«
Nun ja, das lebenslustige Bäsle hatte viele Freunde, denen sie stolz den Vetter, den berühmten, präsentierte.

»Er hat schon vielen Königinnen die Hand geküßt und die Kaiserin hat ihn auf den Schoß genommen.« Das imponierte dem Bäsle wohl am meisten, auch wenn es nicht ganz der Wahrheit entsprach.

Nannerl bekam von Wolfgang in Form von Nachschriften, Mutters Briefen beigefügt, ausführliche Berichte. Über sein Musizieren, aber auch über sein Pläsier mit dem Bäsle. Hat er sich halt wieder einmal verliebt, dachte Nannerl belustigt. Der Papa runzelte die Stirn und schrieb der Mama nach Augsburg, sie möge ein schärferes Auge auf den Sohn haben, er sei nicht zum Poussieren in Augsburg, sondern um zu musizieren und zu lernen. Nannerl aber hatten Wolfgangs übermütige Zeilen aufgeheitert – ihr war der Abschied von Mutter und Bruder nicht leichtgefallen. Der Vater schrieb nach Augsburg am 23. September 1777, also kurz nach der Abreise der beiden:

... die Nannerl weinte ganz erstaunlich, und ich mußte mir alle Mühe geben, sie zu trösten. Sie klagte über Kopfweh und Grausen im Magen, endlich kam ein Erbrechen und sie spie tapfer. Ich band ihr den Kopf ein, legte sie ins Bett und ließ die Fensterläden zumachen. Der betrübte Pimpes (Nannerls Hündchen) lag zu ihr ... Den Abend aber war Nannerl gesund und hungrig ...

Leopold schilderte so konkret eine Migräne ...

Anna Maria hatte vorgesorgt, damit ihrer Tochter die Arbeit in Haus und Hof nicht über den Kopf wachse. Nandl, ein neues Mädchen, war eingestellt worden – Dienstmägde kosteten ja nur wenig –, und Rosalie, eine Freundin von Madame Mozart, das Sallerl, hatte versprochen, des öfteren nach dem Rechten zu sehen. So blieb Nannerl trotz der Hausfrauenpflichten Zeit zum Musizieren und zum Stundengeben. Ihr Vater vermerkte stolz, daß sie zehn Gulden im Monat verdiene. Zehn Gulden, die sie heimlich sparte und nicht, wie Leopold vermutete, für Kleider und Putz ausgab. Ihrem Liebsten war sie schön genug und einem anderen brauchte sie nicht zu gefallen.

Nannerl empfand Anna Marias Abwesenheit auch deshalb besonders schmerzlich, weil nun der Mensch fehlte, der sie gedeckt hatte, wenn sie sich mit Franz traf. Im Elternhaus war dergleichen nun nicht mehr möglich, weil weder das neue Mädchen, noch die Sallerl verschwiegen genug waren. Aber es gab trotzdem Gelegenheiten, sich zu sehen, sich gegenseitig Mut zu machen und zu versichern, daß man aufeinander warten würde, was auch immer kommen möge.

In einem Brief an die Mutter nach Augsburg unterzeichnete Leopold als *der alte verlassene Einsiedler mit seiner Hauserin Mozart.* Diesen Brief versah Nannerl wie üblich mit einem Nachsatz:

Daß die Mama und der Hanswurst lustig und wohlauf sind, habe ich mit Vergnügen gehört. Aber wir armen Waisen müssen halt Trübsal blasen und Langeweile geigen.

Nein, Langeweile hatte der Bruder in Augsburg nicht, dafür sorgte schon das Bäsle und ist dadurch in die Musikliteratur eingegangen. Mozarts Biograph Wolfgang Hildesheimer charakterisiert sie:

Sie war wohl ein simples Geschöpf, das unsere Hochachtung auf anderem als geistigem Gebiet verdient. Mag sein, daß ihr Gefühlsleben nicht allzutief verankert war, wie hier – und immer, wenn die Konstellation der Beziehungen Mozarts es gebot, den Partner in seiner Bedeutung herabzusetzen. Sie schenkte ihm, was sie eben zu schenken hatte, und dies mag Mozart einiges bedeutet haben ...

Nannerl kennt das Bäsle von einem früheren Aufenthalt im Haus des Bruders ihres Vaters, einem wohlsituierten Druckereibesitzer. Onkel Alois hat einige Mühe, seine »lustige« Tochter in Zaum zu halten, über die Wolfgang heiter Vater und Schwester berichtet:

Den 17. Oktober 1777 in der Frühe schreibe und beteuere ich, daß unser Bäsle, schön, vernünftig, lieb, geschickt und lustig ist. Und das macht, weil sie brav unter die Leute gekommen ist. Sie war auch einige Zeit in München. Das ist wahr, wir zwei taugen recht zusammen, denn sie ist auch ein bißchen schlimm, wir foppen die Leute miteinander, daß es lustig ist ...

Daran zweifelt Nannerl nicht. Manchmal wundert sie sich doch, daß ihr Bruder, der vor kurzem sein großartiges Es-Dur-Klavierkonzert (Köchelverzeichnis 271) geschrieben hat, solche Freude an derart kindischen Späßen haben konnte. Er schreibt die lächerlichsten Passagen, über die Nannerl nur den Kopf schüttelt. So bekommt der Papa einen Brief aus Augsburg:

Nun Addio, ich küsse dem Papa nochmalen die Hände und meine Schwester umarme ich. Und auf das Haisel nun begebe ich mich, und einen Dreck vielleicht scheisse ich. Und nämlicher Narr bleibe ich, Wolfgang et Amadeus Mozartich, Augsburg, den 25. oktobrich, 1700 Siebenzich.

(Nur in so närrischen Briefen übrigens nennt er sich Amadeus) Und als Antwort auf des Papas Vorhaltungen, sich ernsthafter und zielbewußter zu geben, schreibt er wieder eine übermütige Nachschrift. Ihn ärgert die Unsitte der ellenlangen Grußliste in jedem Brief an Bekannte und Freunde, und er findet eine alphabetische Reihenfolge der zu Grüßenden.

An die Adlgassrische, Andretterische, Arko (Graf) bis B.C.D.E. und so weiter. Bei N. schreibt er: ... *den Narren Pater Florian, die Nannerl, alle Nachtwächter Salzburgs* ... endet mit Y und läßt alle grüßen, deren Namen mit einem Y anfangen, darunter Franz d'Ypold, und setzt noch hinzu:
Ich kann gescheit heit' nichts schreiben, der hapa (Papa) *üble es mir nicht. Ich so halt mein Paben, ich helf' mir nicht können, wohlen sie leb', ich gute eine wünsche nacht, sunden sie geschlaf. Werden nächste ich schon schreiben gescheiter* ...

Nannerl lacht und lacht und kann sich kaum fassen. Auch der Papa verzieht mehr mißmutig als heiter seine Miene zu einem sauren Lächeln.
Wolfgang Hildesheimer meint, diese *gewaltsame Alphabet-Orgie* sei ein Zeugnis der Verdrängung unangenehmer Erlebnisse. Eher ist aber Nannerl zu glauben, die schlicht sagt:
»Der Wolfgang hat vom Ribislwein des Herrn Onkels zuviel geschluckt.«
Sie selbst hat auch noch ein Zeugnis solch brüderlichen Humors in ihrer Schublade. Als Sechzehnjähriger schrieb er ihr am 14. August 1773:

Ich hoffe, meine Königin, Du wirst den höchsten Grad der Gesundheit genießen und doch dann und wann, oder vielmehr zuweilen, oder noch besser qualche volta, wie der Welsche spricht, von Deinen wichtigen und dringenden Gedanken, welche allzeit aus der schönsten und sichersten Vernunft kommen, die Du nebst Deiner Schönheit besitzest, obwohl in so zarten Jahren und bei einem Frauenzimmer fast nichts von Obgesagten verlangt wird, Du Königin auf solche Art besitzest, daß Du die Mannspersonen, ja sogar die Greise beschämest, mir etliche davon aufopferst (vermutlich Gedanken) *Hier hast Du was Gescheites! Wolfgang Mozart*

Gar so »gescheite«, Wolfgang schreibt »gescheute«, Gedanken waren es wohl nicht, die Nannerl bewegten. Es war damals die Zeit ihrer ersten großen Liebe zu Franz d'Yppold.
Jetzt ist er aber selbst von solchen Gedanken umfangen, denn das Bäsle ist nicht nur lustig, es ist auch zur Liebe mit dem Vetter bereit. Und er ist ihr dankbar dafür . . .

Anna Maria sitzt mit dem Schwager Alois am wohlgedeckten Abendbrottisch, während die »Kinder« zum »Tänzlefest« unterwegs sind. Augsburg ist eine zwar altfränkische, wie Wolfgang sagt, aber auch heitere Stadt mit schwäbischer Herzlichkeit. Vetter Wolfgang und Base Thekla sind nicht nur nahe Verwandte dem Blut, sondern offensichtlich auch dem Gemüt nach. Das hat gerade der Herr Buchdrucker Mozart gesagt, und Anna Maria nickt besorgt:
»Wenn er die Thekla nur nicht ins Gerede bringt, Herr Schwager.«

Alois schmunzelt:
»Da ist nicht viel ins Gerede zu bringen, unsere Thekla schert sich nicht drum. Und ich meine, sie hat recht. Die Leut' reden immer – so oder so.«
Was meint er denn? fragt sich Anna Maria konsterniert. Wie anders ist Alois im Vergleich zu ihrem Leopold! Und sie wünscht sich, ihr Mann hätte einiges vom Schwager, seine gemütliche Gelassenheit, Ausgeglichenheit, der jeder Ehrgeiz fehlt. Sie spürt, Alois ist stolz auf die Salzburger Verwandtschaft, stellt sie haushoch über die eigene »Wenigkeit«, wie er immer wieder sagt. Dabei ist der Drucker intelligent, bildungsmäßig dem Bruder zwar unterlegen, aber gesunden Menschenverstand hat er zur Genüge, und im allgemeinen auch genügend Selbstbewußtsein. Er hat sich offensichtlich vorgenommen, die Schwägerin zu unterhalten, und erzählt lebhaft und humorvoll vom jungen Leopold, als sie beide noch zusammen in einem Bett geschlafen haben.
»Schon damals war der Leopold ein Besonderer. Das hat als erste die Mutter erkannt – sie hat ihn strenger angefaßt als uns. Er hat immer erst Geige spielen dürfen, wenn er ihr das Holz kleingemacht oder auf der Schule gutgetan hat. Und hat er das nicht, hat sie ihm die Geige versteckt. Aber meistens hab' ich sie gefunden. Und dann ist der Leopold mit seiner Geige auf den Kornspeicher und hat gefiedelt, derweil ich für ihn das Holz gehackt hab'.«
Anna Maria faßt nach dem Weinglas, hält es dem braven Bruder entgegen.
»Ohne dich wäre er also heute kein so großer Künstler«, sagt sie – die sanfte Ironie merkt Alois nicht. Aber er

merkt Anna Marias Freude an dem Erzählten. Es lenkt sie von ihren Sorgen ab, denn Wolfgang und seine Zukunft machen ihr ernsthaft Kummer. Nicht daß sie sich ihrer eigenen Aufgabe nicht gewachsen gefühlt hätte, sie wird mit dem Sohn schon zurechtkommen – aber sie vermißt Wolfgangs eigenes Streben nach einem konkreten Ziel. Offensichtlich weiß er selbst nicht, was er will, weshalb er eigentlich auf diese Reise ging, und sollte es doch wissen: Eine Lebensstellung zu finden, eine, die den Salzburgern zeigt, was für ein Kerl er wirklich ist und was zu leisten er imstande ist. Der Vater hat ihm alle Lebenswege geebnet, Wolfgang braucht doch nur zielstrebig darauf weiter zu spazieren. Aber was tut er? Verliebt sich in das erstbeste Mädel, flaniert herum, statt zu üben, übt sich statt dessen in Liebeständeleien. Die Mutter hört oft beide im Kabinett nebenan kichern und lachen, und sein Bett in ihrer Kammer bleibt so manche halbe Nacht leer.
Alois merkt jetzt, daß die Gedanken der Schwägerin nicht mehr bei seinen Schmunzelgeschichten sind, er faßt nach ihrer Hand.
»Es macht sich die Madame Mozart zu viele Kümmernisse. Laß Sie doch der Jugend ihren Lauf, Anna Maria. Ich meine, es hat ihm in der Beziehung sein Herr Vater allerhand vorenthalten. Wenn er jetzt einiges nachholt und ein bißl über die Stränge schlägt, sollte man es ihm gönnen.«
Alois gibt sich im Umgang mit Anna Maria stets Mühe, gut verständlich Hochdeutsch zu sprechen, bis sie ihm einmal lächelnd erklärt, er wisse doch, daß sie mit einem Schwaben verheiratet sei.
»Und wenn sich mein Leopold ärgert, dann redet er

Schwäbisch. Anfangs, damit ich sein Schimpfen nicht verstehe – aber inzwischen bin ich im Schwäbischen perfekt.«

Ja, im Sprechen schon, aber die Gemütsart ihrer lustigen Verwandtschaft verwundert sie immer wieder. So auch jetzt, als Alois sagt:

»Weiß Sie, was wir jetzt tun? Zum Tänzlefest gehen.«

Wolfgang und Thekla schauen verblüfft, als sie das alte Tanzpaar entdecken. Und einmal mehr sagt Wolfgang anerkennend:

»Es gibt keine Bessere als meine Frau Mama.« Die aber weint zornig ein paar Tränen, als ihr Sprößling die ganze Nacht nicht heimkehrt – und sie nimmt sich vor, morgen energisch auf die Weiterreise zu drängen.

Vom 11. bis 26. Oktober 1777 weilten Mutter und Sohn in Augsburg, hatten die Weinlese erlebt, das ausgelassene »Tänzlefest«, eine Art Erntedankfeier, hatten ein paar Kirchenkonzerte besucht, und komponiert hatte der Wolfgang auch, war also nicht immer mit dem Bäsle beschäftigt gewesen. Seine Briefe nach Salzburg waren nun durchaus verständig, und Leopold zeigte sich zufrieden. Immerhin hatte Wolfgang ein paar einflußreiche Herren besucht und sich ihres Wohlwollens versichert. Vor allem aber hatten die Augsburger Tage den Hausvater Leopold nichts gekostet. Doch nun galt es, Abschied zu nehmen vom gastfreundlichen Haus und die Weiterreise nach Mannheim anzutreten. Von dort schreibt Wolfgang Thekla den ersten der später so berühmten »Bäslebriefe«. Sie alle sind von manchmal kindischem, oft auch von deftigem Humor erfüllt, von verblümten und unverblümten Zweideutigkeiten, die nur die beiden zur Gänze zu verstehen scheinen. Wie alle Briefe, läßt Wolfgang auch diese Liebesbriefe offen herumliegen, bevor sie mit der nächsten Post befördert werden. Also liest Anna Maria jetzt neugierig:

... und die Jüngere, nämlich die Fräulein Josepha bitte ich halt recht um Verzeihung, warum nicht? Warum sollte ich sie nicht um Verzeihung bitten? ... Curios! ich wüßte nicht warum nicht? – ich bitte sie halt recht sehr um Verzeihung, daß ich bishero die versprochene Sonata noch nicht geschickt habe, aber ich werde sie, sobald es möglich ist schicken. Warum nicht? – Was – warum nicht – warum soll ich sie nicht schicken? Warum soll ich sie nicht übersenden – warum nicht? Curios! ich wüßte nicht warum nicht? – Nu also, diesen Gefallen werden Sie mir tun; – warum nicht – warum sollen Sie mir's nicht tun? – warum nicht, Curios! Ich thue Ihnens ja auch, wenn Sie wollen, warum nicht? Warum soll ich es Ihnen nicht tun? Curios, warum nicht? vergessen Sie auch nicht von mir ein Compliment an den Papa zu entrichten, denn das ist grob gefehlt, wenn man Vater und Mutter vergessen tut sein müssen lassen haben ...

Anna Maria also liest kopfschüttelnd das Kauderwelsch und spürt Unbehagen, ahnt, daß dies ein ganz besonderer Liebesbrief ist. Man muß sich ja nur bei dem so oft wiederholten Wort »schicken« einen weitern Buchstaben, ein s hinzu denken, dann hat man den österreichischen Ausdruck für ein leichtes Frauenzimmer. Das *»Frln. Josepha«*, Theklas Freundin, war die etwa auch in Wolferls Liebeständeleien verwickelt? Hatte er ihr deswegen eine »Sonata« versprochen? Und das ständig wiederkehrende »Warum nicht«? Anna Maria seufzt, sie

ahnt, daß diese Frage am Anfang der Beziehung der beiden eine Rolle gespielt haben mochte, und weiß plötzlich auch, daß sich die zwei bis zur letzten Konsequenz nahe gekommen sind. O Gott, doch hoffentlich nicht auch noch mit Josepha? Wie gut, daß man jetzt endlich weit genug von diesem Sündenpfuhl entfernt ist!
Anna Maria liest einige Zeit später einen weiteren »Bäslebrief« ihres Sohnes und ist noch mehr schockiert. Da steht sehr deutlich:

... Apropos seit ich von Augsburg weg bin, habe ich nicht die Hosen ausgezogen, außer bevor ich nachts ins Bett gehe ...
Ein Treuebekenntnis à la Wolfgang.

Aloisia Weber – Die Bäslebriefe – Zwei im Heu – Anna Maria krank in Paris

In Mannheim war manches anders als in Augsburg. Hier war Wolfgang fleißig, gab Unterrichtsstunden, lernte einflußreiche Leute kennen, vor allem auch ausgezeichnete Musiker, und wiederum eine Demoiselle, die es ihm sofort angetan hatte: Ach, was war das Bäsle im Vergleich zu ihr!

Natürlich blieb Anna Maria die Schwärmerei des Sohnes für die hübsche sechzehnjährige Sängerin Aloisia Weber nicht verborgen, auch diesmal war Wolfgang weder verschwiegen noch vorsichtig. Er galt im Bekanntenkreis als Aloisias Lehrer, aber auch als ihr stürmischer Verehrer.

»Sie hat eine unvergleichliche Stimme und ist aus dem Holz, aus dem Primadonnen geschnitzt sind«, erklärte der selbsternannte Herr Lehrer Wolfgang Mozart den beglückten Eltern seiner Angebeteten, aber auch dem Papa in Salzburg.

Da sich jedoch seine Liebe zu Aloisia ohne weiteres mit seinen sonstigen musikerfüllten Pflichten vereinbaren ließ, gab es für Anna Maria keinen Grund, den Sohn zu rügen – im Gegenteil, sie bestätigte Wolfgangs Berichte an den Vater und Nannerl von seinen Aktivitäten und interessanten Bekanntschaften, darunter der Familie des Mannheimer Kapellmeisters Cannabich mit seinen Töchtern.

Wolfgang war voll Enthusiasmus und Eifer, beides aber war, was Leopold nicht wußte und ihm der Sohn auch lange Zeit geschickt verheimlichte, die Frucht seiner ersten großen, leidenschaftlichen Liebe zu der angehenden Primadonna Aloisia Weber …

Anna Maria fühlt sich in Mannheim, im Kreis der neugewonnenen Freunde, die ihr Respekt und Hochachtung entgegenbringen, sehr wohl. Ihr Wolfgang ist lustig, liebenswürdig, erfüllt von rastloser Schaffenskraft. Für so hervorragende Mannheimer Instrumentalisten wie J.B. Wendling, F. Ramm und P. Ritter schreibt Wolfgang Kompositionen, die die Herren begeistern. Wolfgang läßt sich sogar auf sogenannte »Wettspiele« mit den beiden Virtuosen Abbé Vogler und J.F.X. Sterkel ein. Und gewinnt sie. Doch dergleichen Dinge gefallen dem Vater wenig, auch daß er wieder um Geld bittet.
Nach Weihnachten, am 28. Dezember 1777 – das »Unglücksjahr« ist nun bald abgelaufen – bekommt Nannerl vom Bruder ein Gedicht als Neujahrsglückwunsch:

Mein liebstes Sallerl, mein Schatzerl, tituliert er die brave Rosalie in schon fortgeschrittenem Alter, *meine liebste Nannerl, mein Schwesterl!*
Ich tu mich halt bedanken für Deinen Glückwunsch, Engel,
und hier hast ein' vom Mozart, dem grobbeinigen Bengel.
Ich wünsch' Dir Glück und Freude, wenn's doch die Sachen gibt,
und hoff' Du wirst mich lieben, wie dich der Wolferl liebt.
Ich kann Dir wahrlich sagen, daß er Dich tut verehrn,
er läuft für Dich durchs Feuer, wenn Du es tust begehrn,
Ich mein, ich muß so schreiben, wie er zu reden pflegt,
mir ist so frisch vor Augen, die Liebe, die er hegt.

Für seine joli Sallerl und seine Schwester Nannerl,
ach, kommt geschwind ihr Lieben,
wir machen g'schwind ein Tanzerl.
Es sollen alle leben, der Papa und die Mama,
die Schwester und der Bruder, huissassa hopsassa!

Leopold hat nur ein gequältes Schmunzeln für Wolfgangs lyrische Ergüsse, er schreibt seinem Sohn:

Hätte ich nicht Deine Schwester und Herrn Abbé Bullinger, diesen wahren Freund, so wäre ich vermutlich nicht imstande, Dir diesen Brief zu schreiben, an dem ich schon 2 Tage schreibe. Ich muß meine Angst aller Welt verbergen. Diese sind die beiden einzigen Personen, die alles wissen dürfen und die mich trösten ...

Was ist es für eine Angst, die Leopold durchleidet? Er ist ja nicht das erste Mal von seiner Frau getrennt, allerdings das erste Mal ohne sie in seinem Heim in Salzburg. Ist es eine Art Vorahnung, die ihm schlaflose Nächte bereitet?
Indessen ist Wolfgang sehr guten Mutes. Vaters mahnende Briefe, in denen er ihn vor den »Weberischen« warnt, machen ihn nur für kurze Zeit nachdenklich. Im letzten Brief, einer handfesten Strafpredigt, hat Leopold hinzugefügt. *... Nannerl hat diese 2 Tage ihren Teil geweint ...* Sicher vor allem deshalb, weil Leopold gegenüber seinem Sohn so heftig und zornig reagiert. Und Wolfgang antwortet darauf ungeduldig:
... Meine Schwester umarme ich von Herzen, und sie soll nicht gleich über jeden Dreck weinen, sonst komme ich mein Leben nimmer zurück ...

Diese nicht ernstgemeinte Drohung hat trotzdem ein Stück Realität, sucht Wolfgang ja ein berufliches Ziel, das ihn, fände er es, von Salzburg fernhalten würde. Das aber weiß Nannerl.

Anna Maria sieht ihren Sohn am Schreibtisch sitzen, aber er malt keine Noten, er schreibt einen Brief, einen langen Brief. An wen wohl? Sie ist neugierig. Wäre es ein Brief an den Vater, hätte er mit ihr darüber gesprochen, also ist er wohl wieder für Thekla, das Bäsle in Augsburg. Offenbar ist der Brief noch nicht fertig, als Wolfgang aufspringt. Er schiebt ihn achtlos unter ein paar Notenblätter, wo ihn Anna Maria später hervorkramt. Sie weiß den Sohn bei Cannabich, dessen Tochter er unterrichtet.
Natürlich, ein Brief ans Bäsle. Da schreibt der Filius nach dem Datum des 13. November 1777:

Jetzt schreib' ich einmal einen gescheiten Brief, très chère Cousine! Potz Himmel, tausend sakristey, Kroaten, Schwere Not, Teufel, Hexen Truden, Kreiz-Battallion und kein End, Potz Element, Luft, Wasser, Erd, und Feuer, Europa, Asia, Afrika, und Amerika, Jesuiter, Auguster, Benediktiner, Kapuziner –, Franziskaner, Dominikaner, Kartheuser und Heilige Kreuzherren, Spitzbuben, Hundsfütterer, Kuijonen und Schwänz übereinand, Esel, Ochsen, Narrn und Dalken – was ist das für ein Paket und kein Porträt drin? Ich war schon voll Begierde, denn Sie schreiben mir ja unlängst selbst, daß ich es gar bald, gar recht bald bekommen sollte. Zweifeln Sie vielleicht, ob ich auch mein Wort halten werde?

Anna Maria seufzt – so ein schrecklicher Kindskopf, der Wolferl! Aber um was für ein Wort, das er dem Bäsle gab, handelt es sich denn? Doch nicht etwa um ein Heiratsversprechen?

Unbehaglich liest sie die Herzensergüsse ihres Sohnes weiter. Da fragt er, ob sie wohl auch alle seine Briefe erhalten hätte, erklärt, daß ihm Mannheim so gefällt, *wie einem ein Ort ohne Bäsle eben gefallen kann.* Er beschwört sie, ihm das Porträt zu schicken, *aber in französischem Aufzuge*, bringt dann ein paar Fäkalscherze unter (die man jahrzehntelang im Nachdruck der Bäslebriefe unterschlug), die Anna Maria aber nur ein Schmunzeln entlocken: ach, Wolferl, du Kasperl! In einem weiteren Satz schreibt er dann:

... denn ich bin noch nicht angezogen und wir essen jetzt gleich, damit wir hernach wieder ..., wie es auch so ist: haben Sie mich noch immer so lieb wie ich Sie, so werden wir niemalen aufhören uns zu lieben ...

Es folgen ein paar wirre lustige und trotzdem noch irgendwie verständliche Sätze, die dann ins Französische übergehen, so als wisse er, daß die Frau Mama, die nicht Französisch kann, neugierig wie sie ist, diesen Brief lesen wird. Vermutlich verstand auch das Bäsle die Sätze nicht, denn an anderer Stelle empfiehlt er ihr, Französisch zu üben und ihm doch einmal einen Brief *›ganz in Französisch‹* zu schreiben. Ob sie es getan hat? Ihre Antwort kennen wir nicht.

Natürlich macht die Mutter dem Sohn keine Vorhaltungen. Das Bäsle ist ja weit, und Wolfgang so ganz von seinen Aktivitäten hier in Mannheim erfüllt, daß er sicher kaum Zeit hat, an Thekla zu denken. Er ist von früh bis abends unterwegs, und kommt er heim, muß sie ihm auf seinem Arbeitstisch drei Kerzen zurechtstellen, denn dann beginnt sein Komponieren. Endlich hört sie ihn heimkommen. Leise bewegt er sich im Zimmer, zündet die Kerzen an. Sie hat den Vorhang an ihrem Bett zugezogen, tut, als ob sie schlafe. Sie hört den Federkiel über das Papier kratzen, hört ihn leise ein paar Takte summen. Endlich löscht er die Kerzen und entkleidet sich. Jetzt knarrt seine Bettstatt, und dann ist die nächtliche Stille im Raum vollkommen ...

In Mannheim regiert ein kunstverständiger Kurfürst: Karl Theodor, ein Pfälzer Wittelsbacher. An seinem Hof leben Künstler, Tänzer, Musiker, Schauspieler, Kurtisanen. Er ist großzügig, der Herr Karl Theodor, und Wolfgang hofft auf ihn. Der Mannheimer Hof hat in Künstlerkreisen einen guten Ruf; hier Kapellmeister zu werden, würde Wolfgang gefallen. Anna Maria freut sich über ihren tatendurstigen Sohn, erkennt aber lange nicht die Ursache: seine Liebe zu der kleinen »Weberischen«, der Sängerin, vor der er brillieren, glänzen möchte. So bewilligt sie eine zweitägige Reise Wolfgangs mit Aloisia Weber und ihrem Vater nach Kirchheimbolanden, um dort der Prinzessin Caroline von Nassau-Weilburg vorzuspielen und zu singen.
Dem Vater und Nannerl gegenüber schwärmt Wolfgang in seinen Briefen immer wieder von Aloisias »großartiger« Begabung, ihrer »enormen« Musikalität. Nannerl weiß natürlich, wieviel es geschlagen hat. Ein junges bildhübsches Mädchen, noch dazu Sängerin, hat es dem Bruder angetan. Doch sie schweigt dem Vater gegenüber. Schon bald aber erfahren die Daheimge-

bliebenen von alten Freunden, was in Mannheim ein offenes Geheimnis ist, daß Wolfgang seine Angebetete stürmisch umwirbt und wohl mit einer baldigen Verlobung zu rechnen sei. Leopolds Briefe an den Sohn sind dementsprechend. Er verlangt kategorisch die Weiterreise nach Paris.

Im Grunde genommen hätten Vater und Schwester nichts gegen eine Verlobung Wolfgangs, wenn er sich nur nicht gerade eine Tochter der übelbeleumdeten Familie Weber ausgesucht hätte. Und Nannerl seufzt:
»Da wäre uns die Thekla willkommener gewesen, nicht wahr, Papa?«
Leopold brummt etwas Unverständliches, und die Tochter muß ihn daran erinnern, daß sein Sohn jetzt in einem Alter ist, wo dergleichen Dinge ganz natürlich sind. Leopold sieht sie mißtrauisch an. Worauf will sie hinaus? Etwa ihm zu verstehen geben, daß auch sie, die schon ein wenig angejahrte Tochter, ein Recht auf diese »natürlichen Dinge« hat? Und da spricht sie es auch tatsächlich mutig aus, fragt den Vater, ob er inzwischen nicht doch seine Meinung geändert hätte, nun, da er Franz d'Yppold und seinen Charakter doch schon so lange kennt.
»Was? Ist das immer noch nicht zu Ende mit diesem d'Yppold?« donnert er. »Du, die Schwester eines so berühmten Bruders, willst Dienstmagd spielen für die zwei Damen d'Yppold, denn eine andere können sich die doch nicht leisten.« Er schilt weiter, unbeherrscht, ungerecht, und Nannerl möchte sich am liebsten die Ohren zuhalten. Erst als sie zu weinen beginnt, hört er auf zu schimpfen, geht ans Klavier und spielt sich sei-

nen Zorn vom Herzen. Sein Spiel wird sanfter und ruhiger; zum Schluß läßt er ein Kinderlied erklingen, das er einmal für seine geliebte Tochter komponiert hat. Und Nannerl weint noch mehr... Ihr Trost ist, daß sie sich mit Franz nach wie vor im Freundeskreis treffen kann. Der Vater hat Nannerl verboten, Franz zuhause zu empfangen – »Es wäre unverantwortlich von dir, ihm Hoffnungen zu machen!« –, aber ein Zusammentreffen mit ihm im Kreis von Freunden kann er natürlich nicht verhindern.

Der geschäftstüchtige Fritz Hitzig, der inzwischen schon drei Kutschen laufen hat, eine davon als Zehnsitzer, speziell für diverse Landpartien, macht der Jugend um Joseph von Mölk – er ist der Wohlhabendste – preiswerte Angebote für Ausflüge in die nähere und auch weitere Umgebung der Stadt.
Wieder einmal fährt die muntere Gesellschaft in flottem Pferdetrab an der Salzach entlang ins Grüne. Oft macht Joseph von Mölk ein Geheimnis aus dem Zielort der Landpartie, so auch heute. Vielleicht war Kutscher Fritz sein Berater, jedenfalls führt diesmal die schmale, holprige Landstraße in ein entferntes Hinterdorf, das aber sehr reizvoll, eingebettet in bewaldete Hügel, vor der kleinen Reisegesellschaft auftaucht. Es ist ein sehr heißer Julitag, und man schwitzt in der wenig bequemen Kleidung. Kathl Glikowski hat sich schon ein wenig »entblättert«, ihr seidenes Schnürmieder abgelegt, und sitzt jetzt in luftiger Bluse auf der Holzbank des schweren Landauers, von den anderen jungen Damen unter ihren Sonnenschirmen beneidet – aber es ihr gleichzutun, das wagen sie nicht.

Im einfachen Landgasthof gibt es als Erfrischung kalten Himbeersaft, für die Herren sogar eine Flasche Wein. Dann sitzt man in der Laube und singt Lieder zur Zither, wobei Nannerl wie immer den Ton angibt.
Aber die Hitze läßt nicht nach, und die Kathl verrät, was sie eben von der Wirtin erfuhr – es gibt in der Nähe einen kleinen Weiher, der den Dorfleuten als Pferdeschwemme dient. Er ist also nicht tief. Während die Herren nebenan Tarock spielen, begeben sich die Mädchen durch die Wiesen hinüber zu jenem Teich.
»Dort baden wir«, ruft die Kathl. Ihr wird bedeutet, sie sei wohl nicht gescheit – baden! In einem öffentlichen Gewässer! Aber die heißen Füße von den Schuhen befreien und ein wenig im seichten Wasser herumplantschen, das lockt auch sie.
Das Ufer des Weihers fällt sanft ab, klare Wellen spielen am Teichrand, und schon haben sich die Mädchen ihrer Schuhe entledigt und waten vergnügt ins kühle Wasser. Kathl aber kommt, nur mit ihrem Hemd bekleidet, hinter einem Uferbusch hervor, springt lachend in den Teich, taucht tief ein, so tief, daß Nannerl ruft:
»Deine Frisur wird ja naß!«
»Soll sie doch«, schallt es übermütig zurück.
Inzwischen haben sich die Herrn von der Tarockpartie gelöst und folgen – zwar nicht errötend, sondern nur neugierig – den Spuren der jungen Damen. Die Wirtin hat ihnen zugeflüstert:
»Die Madln san zum Weiher baden gegangen.«
Kathl, die sich ziemlich weit in den Weiher hinausgewagt hat, schreit plötzlich schrill auf und fuchtelt mit den Händen in der Luft herum:

»Hilfe, helft's mir doch! Jesus Maria, ich find' keinen Grund.«
Schon ist Nannerl, die sich immer für alles verantwortlich fühlt, unterwegs. Daß sie genauso wenig schwimmen kann wie die Leichtsinnige, bedenkt sie nicht.
Ihre Kleider saugen sich mit Wasser voll, werden schwer und schwerer. Schlick ist unter ihren Füßen, in den sie einsinkt. Fast reicht ihr das Wasser bis zur Schulter. Da aber kommt von anderer Seite Hilfe. Die Herren haben wohl Kathls durchdringendes Geschrei gehört, stürmen dem Weiher zu und erkennen die Situation. Franz, der als Offizier schwimmen kann, springt ins Wasser und ist Augenblicke später bei den beiden Mädchen. Dort stellt er zu seiner Verblüffung fest, daß er immer noch Grund unter den Füßen hat. Die Kathl aber fällt ihm dennoch leblos entgegen. Er trägt sie zum Ufer, Nannerl folgt ihm aufgeregt. Die Kathl, von der Wolfgang einmal schreibt, daß sie stets nach einem Bräutigam Ausschau hält, liegt nun als eine schöne »Wasserleiche« am Ufer, das nasse Hemd zeigt bemerkenswerte Formen, wie vor allem die Herren feststellen. Auch Nannerl schaut aus wie ein nasser Pudel, doch das Schnürmieder läßt nicht allzuviel von ihrer guten Figur erkennen. Trotzdem schämt sie sich und läuft eilig davon. Während die Kathl überraschend schnell aus ihrer »Ohnmacht« erwacht, um rundum bemitleidet zu werden, läuft Franz dem Nannerl nach, umfaßt sie, auch triefnaß, und sagt:
»Komm, wir gehn hinüber zum Heustadl, dort können wir unsere Kleider trocknen.«
Das frische Heu duftet in der Hitze schwer und betäubend. Nannerl entledigt sich als erste ihrer Kleider,

hängt sie auf einem Holzreiter in die Sonne und steigt dann im Stadel tiefer in die grüngraue Flut der Halme, sich vor Franz' Augen zu verbergen. Das Hemd hat sie natürlich anbehalten, das soll an ihrem Körper trocknen. Auch Franz hängt sein Hemd an die Sonne und kommt zu ihr ins Heu. Es ist eine sonderbare Situation: Da sitzen sie einander in gebührendem Abstand gegenüber, er in seinen nassen Unterhosen, sie im langen spitzenbesetzten Hemd. Die Junihitze brodelt unter dem hölzernen Dach, die Stille ist groß. Keines der beiden unterbricht sie, sie sehen sich nur mit heißen Gesichtern an. Das Heu, in das Nannerl sich verkrochen hat, kitzelt unangenehm auf der blanken Haut. Sie schiebt die Last der Halme von sich und sagt:
»Schau woanders hin, Franzl, ich ersticke unter dem Heu.«
Doch diesmal gehorcht er ihr nicht wie sonst, er sagt heiser:
»Laß mich dich anschauen, Nannerl, bitte. Was ist denn schon dabei?«
Ja, was ist denn schon dabei! Da sitzt ihr Geliebter ruhig und brav mindestens drei Armlängen von ihr entfernt und macht keinerlei Anstalten, sich ihr zu nähern. Er sieht sie nur an. Sein Blick ist nicht auszumachen, weil er im Lichtschatten sitzt. Ihr anmutiges Gesicht aber ist in dämmrige, sonnendurchflirrte Lichtstreifen getaucht, er erkennt jede Regung in ihren Zügen. Jetzt lächelt sie.
»Wenn uns so jemand sehen würde! Der Vater zum Beispiel.«
»Das wäre gut«, seufzt Franz. »Dann müßte ich dich sofort heiraten.«

Es ist nicht der Vater, sondern die Kathl, die ihr schlechtes Gewissen treibt, die beiden Vermißten zu suchen. Zurückgekehrt meldet sie den andern:
»Sie sind im Heustadl. Aber sind brav, sonst hätten sie ja ihr Gewand nicht wie Fahnen vorm Stadl auf die Holzreiter gehängt.«

Trotz der brodelnden Hitze dauerte es geraume Zeit, ehe die Kleider halbwegs trocken waren. Ach, es war eine wundervolle Zeit! Sie saßen eng aneinander gelehnt, von duftendem Heu schützend umgeben, küßten sich und vergaßen Ort und Zeit in einer Seligkeit, die Nannerl noch nie zuvor erlebt hatte. Doch beide achteten das Gebot der Keuschheit, es war stärker als alles andere. Einen Augenblick lang durchzuckte Nannerl der Gedanke an Wolfgang und das Augsburger Bäsle. Aber sie war eben kein Bäsle, sie war die gehorsame Tochter des rechtschaffenen Vizekapellmeisters Leopold Mozart. Freilich war sie auch die Tochter ihrer fröhlichen Mutter, und die Vernunft der Entsagung fiel Nannerl schwerer, als Franz d'Yppold ahnte.

Zur gleichen Zeit saß das ehemals so muntere Mädchen Anna Maria in einer Pariser Gaststube, hinter deren dicken Mauern die Junihitze erträglicher war, und machte sich wieder einmal Sorgen um ihren Sohn. Ach, im vergangenen halben Jahr war vieles anders gelaufen, als er es sich vorgestellt hatte. Man war ja ausgezogen, für ihn eine Lebensstellung zu finden, aber letzten Endes hatte er nur mehr oder minder verhohlene Ablehnungen erhalten. Oder war ihr Sohn vielleicht zu unbescheiden? War ihm das, was man anbot, zu gering? Sie wüßte es gern, um ihm, wie Leopold es erwartete, zu raten, zuzureden. Aber Wolfgang schwieg, war immer in Eile, immer unterwegs. Kam er endlich heim, schlief sie zwar noch nicht, wagte es aber nicht, ihn auszufragen. Er war ihr gegenüber liebevoll, trotz all seiner Hast und Unruhe, küßte ihr bei jeder Gelegenheit die Hände, dankte ihr, daß sie an seiner Seite war. Es war wie immer: Er liebte sie, aber ganz ohne Respekt. Und Anna Maria empfand dies nicht als Makel, im Gegenteil. Ein Mensch, der soviel Liebe auszustrahlen vermochte, war doch ein Segen, nicht nur für sie! Er war es – davon war sie fest überzeugt – auch für die ganze Menschheit. Sie empfand sehr wohl die außergewöhnliche Schönheit seiner Musik, empfand sie als ein Geschenk eben für diese Menschheit, die es ihm freilich bisher schlecht lohnte, jedenfalls die Leute, die es in der Hand hätten, ihm ihre Dankbarkeit durch eine angemessene Anstellung zu beweisen. Aber weder in Mannheim, noch in München, noch in Paris war man an Wolfgang ernsthaft interessiert.

Da war der Herzog de Guines, der ein Konzert in Auftrag gegeben hatte. Auf ihn setzte Wolfgang als Fürsprecher besondere Hoffnungen, aber bis jetzt waren es nur Hoffnungen geblieben. Dabei war Wolfgang fleißig, komponierte ganz reizende Stücke wie zum Beispiel für die Pantomine »Les petits riens« eines gewissen Monsieur Noverre, der ihm auch allerhand Versprechungen für weitere Aufträge gemacht hatte. Das einzig positive Konkrete in den vergangenen Monaten war die Aufführung seiner großen »Pariser Sinfonie« (wie sie später genannt wurde). Ansonsten mußte

er Stunden geben, um sich und die Mutter über Wasser zu halten ...
Anna Maria schob es auf die Hitze, die draußen brodelte und allmählich auch die Mauern des Gasthofes erhitzte, daß sie plötzlich starke Kopfschmerzen bekam. Kalte Kompressen halfen nichts, sie stöhnte, vermochte sich kaum auf den Beinen zu halten und spürte nun auch das Fieber durch die Adern pulsen. Als Wolfgang gegen Mitternacht heimkam und merkte, daß die Mama noch wach war, trat er an ihr Bett, sie zu küssen und erkannte mit Schrecken, daß sie krank war.
»Laß nur, Wolferl, morgen bin ich wieder frisch.«
Aber sie war es nicht, auch wenn sie Wolfgang beruhigte und behauptete, sich viel wohler zu fühlen. Er ließ sich beruhigen, ging erleichtert aus dem Haus, doch es trieb ihn diesmal früher als sonst wieder zurück. Und Anna Marias einzige Sorge in all ihrer Schwäche war, ihrem Sohn, wenn er schon einmal früher daheim war, nicht das Essen bereiten zu können.
Ihr Zustand verschlechterte sich, es kam der Arzt, der sie zur Ader ließ, doch das Fieber stieg weiter. Sie lag vierzehn Tage, ohne daß sich ihr Zustand besserte, der Schüttelfrost brachte sie um ihren klaren Verstand, und Wolfgang verzweifelte, als sie phantasierte, annahm, daß der Vater und nicht er an ihrem Bettrand saß. Er ließ ihr den Glauben, und so starb sie, nicht mehr bei Sinnen, mit dem Sohn an ihrer Seite.
In seiner Verzweiflung schreibt Wolfgang an den Abbé Bullinger in Salzburg, einen besonderen Freund Leopolds:

Allerbester Freund,
für Sie ganz allein.
Trauern Sie mit mir, mein Freund – dies war der traurigste Tag meines Lebens – dies schreibe ich um 2 Uhr nachts – ich muß es Ihnen doch sagen, meine Mutter, meine liebe Mutter ist nicht mehr! Gott hat sie zu sich berufen, er wollte sie haben, das sehe ich klar. Mithin habe ich mich in Gottes Willen zu geben. Er hat sie mir gegeben, er konnte sie mir auch nehmen. Stellen Sie sich nur alle meine Unruhe, Ängste und Sorgen vor, die ich diese 14 Tage habe ausgestanden! Sie starb, ohne daß sie etwas von sich wußte, löschte aus wie ein Licht. Sie hat 3 Tage vorher gebeichtet, ist communiziert worden und hat die heilige Ölung bekommen – die letzten drei Tage aber phantasierte sie beständig und heut um 5 Uhr 21 Minuten lag sie in den letzten Zügen, verlor alsogleich dabei alle Empfindungen und alle Sinne. Ich drückte ihre Hand, redete sie an, sie sah mich aber nicht, hörte mich nicht und empfand nichts.
So lag sie, bis sie verschied, nämlich fünf Stunden, bis um 10 Uhr 21 Minuten abends. Es war niemand dabei als ich, ein guter Freund von uns, den der Vater kennt, Herr Haina, und die Wächterin. Die ganze Krankheit kann ich unmöglich beschreiben – ich bin der Meinung, daß sie hat sterben müssen – Gott hat es haben wollen.
Ich bitte sie unterdessen um nichts anderes als das Freundesstück, daß sie meinen Vater ganz sachte zu dieser traurigen Nachricht vorbereiten – ich habe ihm mit der nämlichen Post geschrieben – aber nur daß sie schwer krank ist – warte dann nur auf eine Antwort, damit ich mich richten kann. Gott gebe ihm Stärke und Mut! Mein Freund! Ich bin nicht jetzt, sondern schon lange her getröstet: Ich habe aus besonderer Gnade Gottes alles mit Standhaftigkeit und Gelassenheit

getragen. Wie es so gefärlich wurde, bat ich Gott nur um 2 Dinge, nämlich um eine glückliche Sterbestunde für meine Mutter, und dann für mich um Stärke und Muth, und der gütige Gott hat mich erhört und mir die zwei Gnaden in größtem Maße verliehen.
Ich bitte Sie also, bester Freund, erhalten Sie mir meinen Vater, sprechen Sie ihm Mut zu, daß er es nicht gar zu schwer und hart nimmt, wenn er das ärgste erst hören wird. Meine Schwester empfehle ich Ihnen auch von Herzen – gehen sie doch sogleich hinaus zu ihnen, ich bitte Sie, sagen Sie ihnen noch nichts, daß sie tot ist, sondern präparieren Sie sie nur dazu. Aber tun Sie, was Sie wollen – wenden Sie alles an – machen Sie nur, daß ich ruhig sein kann, daß ich nicht etwa ein anderes Unglück noch zu erwarten habe.
Erhalten Sie mir meinen lieben Vater und meine liebe Schwester, geben Sie mir gleich Antwort, ich bitte Sie. Adia, ich bin dero dankbarster Diener Wolfgang Amadé Mozart.

Wolfgangs Brief ist ein erschütterndes Dokument seiner Sohnesliebe, geschrieben in großer Verzweiflung und auch Ehrlichkeit. Es widerspricht jener These von Gefühlsarmut und Kälte den Seinen gegenüber, wie es mancher moderne Biograph uns weismachen will. Alles, was Nachgeborene in Mozarts Charakter und Wesen hineininterpretieren, ist Hypothese, Gewißheit sind nur die von ihm selbst hinterlassenen Zeugnisse, und eines davon ist dieser Brief...

Leopolds erste Reaktion auf die unfaßbare Nachricht vom Tod seiner Frau war ein wilder Aufschrei:
»Es ist nicht wahr, es ist nicht wahr!« Er starrte Abbé

Bullinger an: »Sagen Sie, daß es nicht wahr ist! Ja, sie ist krank, Wolfgang schrieb es mir, aber inzwischen ist sie wieder gesund. Wie immer. Sie ist wie immer wieder gesund geworden!«

Nannerl begann verzweifelt zu weinen, die Thresl und Nandl stürzten in die Wohnstube und begannen dumpf zu jammern, zu klagen und zu beten. Leopold starrte sie verstört an, erst jetzt kam ihm die mögliche Gewißheit. Sein Blick traf den Abbé:

»Ist es also wahr?« fragte er tonlos.

»Sie starb in Frieden mit dem Herrn, sie hat kommuniziert und die heilige Ölung bekommen. Gott hat ihr den ewigen Frieden geschenkt.« Er wandte sich dem Kruzifix an der Wand zu und begann die Sterbegebete zu beten. Leopold brach in die Knie, Nannerl war neben ihm, er klammerte sich an sie, das Gebetsmurmeln der anderen ging an seinem Ohr vorbei ... Anna Marias Tod war im Leben ihrer Angehörigen eine überaus bittere Zäsur, ein Lebenseinschnitt, der alle tief berührte.

Nannerl trauerte nicht nur um die geliebte Mutter, sie hatte große Angst davor, ihr Tod könnte zugleich den Verzicht auf eine Ehe mit Franz bedeuten. Sie hatte nun die Pflicht, für den Vater zu sorgen, ihm Stab und Stütze in seinem maßlosen Schmerz zu sein. Ganz Salzburg trauerte mit ihm um die allseits beliebte und verehrte Madame Mozart. Erst Wochen später las Leopold die vielen Kondolenzbriefe. Sie waren Zeugnisse der Freundschaft für beide: für Leopold, den in Verzweiflung Zurückgelassenen, und für die *schon in die ewige Seligkeit Eingegangene, die dort nun die Früchte ihrer Güte ernten konnte.* Wenn sich Leopolds Frömmigkeit zwar solchen Gedanken nicht verschließen durfte, sie änderten nichts an seiner Verzweiflung, Trauer und Qual ...

Besonders *ein* Brief bewegte und berührte ihn tief. Er stammte von seinen ehemaligen Chorknaben, unter der Federführung Abbé Bullingers – jener Knaben, die ihm am Hochzeitstag gesungen hatten und Anna Maria also noch aus dieser Zeit kannten. Sie schrieben ihrem ehemaligen Erzieher:

... Es hat ein geliebter Mensch Ihren Lebenskreis verlassen, ist hinausgetreten aus dem Licht des Erdendaseins in ein anderes Licht, dem zu folgen uns versagt ist. Ihre verehrte Gattin war ein Mensch mit hohen Gaben, sie war der Kunst ebenso zugetan wie allem sonst, dem Guten und Schönen. Sie schenkte durch ihr Wesen vielen Menschen Freundschaft und Güte, sie war die Mutter eines Sohnes, dessen Genius uns alle weit überflügelt – nur in ihren Mutterarmen war er wieder ihr geliebtes Kind.

Ihre hochverehrte Gattin begleitete Sie einen langen Weg, der durch Höhen und Tiefen führte, doch war es ein Weg beglückender Gemeinsamkeit. Sie haben Ihre Gattin an allem Guten und Schönen teilhaben lassen, sie dankte es Ihnen durch die Kraft ihres gütigen Herzens, das alle Menschen in ihrem Umkreis in Liebe umfing. Sie war für Sie und Ihre Familie ein großer Segen ...

Leopold ging seinen Pflichten gewissenhaft nach, seine Freunde hielten sich in rücksichtsvollem, ängstlichem Abstand, wenn er starr über sie hinwegsah. Die Thresl hatte längst dafür gesorgt, daß man von der tiefen Verzweiflung des Witwers wußte.

Wenn er heimkommt, sperrt er sich in sein Zimmer ein, und Klavierspielen tut er überhaupt nicht mehr.«
Trauer und Düsternis lagen über dem einst so heiteren Haus am Hannibalplatz.
Aber Leopold wäre nicht der, der er war, wenn er nicht zu sich selbst zurückgefunden hätte, zumindest äußerlich. Wie es in seinem Innern aussah, wußte nur er selbst.
Nach einiger Zeit forderte er Wolfgang auf, ihm den Krankheitsverlauf der Mutter zu schildern. Wolfgang tat es erleichtert. Die ausgebliebenen Briefe des Vaters hatten ihn mehr beunruhigt, als er es Nannerl gegenüber eingestand. Mit seinem unglaublichen Gedächtnis berichtete Wolfgang von jeder einzelnen Phase der zweiwöchigen Infektionskrankheit, zählte die Medikamente auf, alle Symptome und Schmerzen, die Anzahl der Arztbesuche, die Aderlässe, die Reaktionen darauf. Trotz dieser Akribie kann man auch heute noch nicht auf die Art der tödlichen Krankheit schließen, die im Totenschein als »Frieselfieber«, das offenbar eine sehr häufige Todesursache in jener Zeit war, bezeichnet wurde.

Im Mirabellgarten – Wolfgangs Rückkehr – »Und wia schöner die Dirndln, desto kloaner die Sünd«

Wolfgang ist immer noch in Paris. Er komponiert viel, erhält auch Aufträge und schreibt vor allem zwei bedeutende Mollwerke, die kurz nach dem Tod der Mutter entstehen: Die e-Moll-Sonate für Klavier und Violine (Köchelverzeichnis 300c) und die a-Moll-Sonate für Klavier (Köchelverzeichnis 300d). Sie sind Ausdruck seiner Verloren- und Verlassenheit in der großen Stadt. Annette Kolb schreibt in ihrer Mozart-Biographie:

... Aber wer kann sagen was in der Seele eines Künstlers wie Mozart, das Erdreich seiner Seele für Überraschungen bereithält, welche Keime es infolge eines Erlebnisses hochtreibt? Der leichtlebige, genußfreudige und zu Späßen aufgelegte Mozart, er allein ist hier der Realist, der Kenner: Keiner maß so fühlenden Sinnes jenen alles verschlingenden Abgrund, in den er die gute Frau Mozart gerissen sah, weg, von den Ufern, mit welchen sie so eins war, auf welchen sie so heimisch war, wo ein Salzburg stand unter dem Gewölk des Himmels, und wo die Gespräche herrschten über die Ereignisse des Tages, die Liebe, die man für die Seinen hegt, und das Bölzlschießen, die Worte hin und her und das Lachen im Zusammensein mit den Freunden und die Unterhaltung über die Butterpreise ...

Die Deutung von Wolfgangs Pariser Schöpfungen erkennt einhellig den Zusammenhang seiner Kompositionen mit dem Schicksalsschlag des Verlustes der Mutter an. Er konnte ja auch, seinem ganzen Wesen nach, nur in den Tönen der Musik Trost und Zuflucht finden. Es sind großartige Werke, seine berühmtesten Klaviersonaten. Also hat Anna Maria sogar noch durch ihren Tod ihrem Lieblingskind Wolfgang »genützt« ...

Nannerls Bemühungen und Sorgen galten in diesen Wochen über den eigenen Schmerz hinaus dem Vater: Ihm über den schrecklichen Verlust hinwegzuhelfen. War er erst wieder ganz er selbst, mit Plänen und Hoffnungen – die ja alle immer noch dem Sohn galten –, würde das auch für sie von Vorteil sein. Wenn sie auch einen absonderlichen Gedanken – den natürlich die kecke Kathl aussprach: »Ist doch dein Vater noch immer ein stattlicher Mann, nach dem so manches Frauenzimmer Ausschau halten wird« – weit von sich wies, insgeheim hatte er bereits zarte Wurzeln gefaßt. Es gab viele zutunliche und freundliche Witwen, und ein Mann von sechsundfünfzig gehörte doch noch nicht zum alten Eisen. Anna Maria hatte einmal – als sie von Nannerl erfuhr, daß eine Bekannte gestorben war, ganz ungeniert gesagt: *»Da wird dem Frl. Tone der Mund wässern«*, nämlich nach dem Witwer. Also, vielleicht fand der Vater noch ein spätes Glück? Und das würde ihre Freiheit bedeuten, die Freiheit, ihren Franz endlich heiraten zu können ...

Sie steht am Herd und rührt Einbrenne an, als ein bezopftes Dirndl in der Küche erscheint und ihr einen Brief reicht. Die Nandl, das Küchenmadl, guckt gleich neugierig, doch die junge Herrin steckt das Billett in

die Schürzentasche. Sie hat Franz' Handschrift erkannt, und ihr Herz beginnt zu klopfen. Später liest sie das kurze Briefchen. Franz bittet sie für den Abend in den Mirabellgarten, wo sie sich stets treffen.
An diesem Abend hat sie zwar eine Unterrichtsstunde bei den Lodrons, aber sie wird zur angegebenen Zeit mit Franz zusammentreffen, wenn auch nur für wenige Minuten. Um acht ist die Klavierstunde zu Ende, dann kann sie wieder im Mirabellgarten sein. Die Lodrons zahlen gut und sind echte Freunde. Nannerl ist ihnen dankbar, daß sie keine »Trauervakanz« im Stundenplan einlegten. Sie wissen wohl, wie dringend ihre Klavierlehrerin das Stundengeld braucht.
Sie trifft Franz, er ist wie immer sehr pünktlich. Nannerl dreht sich schnell nach allen Seiten um – nein, kein Bekannter ist in der Nähe –, und so geben sie sich verstohlen einen raschen Kuß. Franz ist sichtlich enttäuscht, daß ihn die Geliebte so schnell wieder verlassen will, fügt sich aber wie immer.
Nach zwei Stunden ist Nannerl wieder im Mirabellgarten, dessen Blumenrabatten herrlich blühen. Franz bückt sich rasch, pflückt eine der Blüten und steckt sie ihr ins wohlfrisierte Haar. Sie erkennt, er ist guter Laune – vielleicht hat er eine gute Nachricht? Nun, so gut, wie er meint, ist seine Nachricht auch wieder nicht. Er erzählt Nannerl, daß es ihm gelungen ist, eine drohende Versetzung abzuwehren.
Was aber weder Nannerl noch Franz wissen, ist, daß diese angekündigte Versetzung auf eine Intrige Leopolds erfolgte, die schon einige Monate zurückliegt. Jetzt aber, da Nannerl durch den Tod der Mutter so schwer getroffen wurde, regten sich in d'Yppolds Vor-

gesetzten (und Leopolds Freund) Gewissensbisse, und er nahm die geplante Versetzung zurück, in der Annahme, daß Leopold nun sicher andere Gedanken und Sorgen bewegten, als Nannerls Verehrer aus ihrem Gesichtskreis zu entfernen. Da Franz seiner Angebeteten von einer drohenden Versetzung zunächst nichts verraten hat – wozu sie beunruhigen –, ist diese gute Nachricht für sie eher unangenehm. Was sind denn da für Kräfte außerhalb ihres Elternhauses am Werk, die gegen sie beide intrigieren? Der Gedanke, der eigene Vater könnte so weit gehen, kommt ihr nicht.

Sie kamen auch auf Wolfgang zu sprechen, und Nannerl sagte bedrückt:
»Der arme Wolfgang! Er hat das alles – Mamas Krankheit und ihren Tod – allein durchmachen müssen. Wenn er nur hier wäre, damit man mit ihm reden könnte!«
Franz wußte, er spürte es, daß der Bruder seiner Verehrten Nannerl ihn mochte. Es war auch so. Wenn Wolfgang sich seine Freunde meist nur unter hochmusikalischen Menschen aussuchte – bei d'Yppold, dem eher Mittelmäßigen, machte er eine Ausnahme. Er war ihm sympathisch und nicht nur deshalb, weil er der Auserwählte Nannerls war. Mit Wolfgangs Menschenkenntnis war es zwar nicht weit her, doch in dem allzeit liebenswürdigen, ruhigen, zuverlässigen Offizier erkannte er einen sympathischen Widerpart, eine Ergänzung seines eigenen Wesens, das durchaus von Launen und Stimmungen beeinflußt war wie das eines jeden hochsensiblen Künstlers. Wolfgang glaubte in d'Yppolds Wesen den ins Sanfte, Angenehme abgemil-

derten rechtschaffenen Charakter des eigenen Vaters zu erkennen. Und Nannerl ging es ebenso.

Es wurde dunkel. Der Septemberabend war mild, erlaubte, daß die Liebenden auf einer steinernen Bank in enger Umarmung sich flüsternd ihre Liebe versichern konnten. Schemenhaft, im Mondlicht dunkle Schatten werfend, umstanden die steinernen Gnome sie wie eine Schildwacht.
Erschrocken fuhren sie aus ihrer Versunkenheit auf, als es vom Turm die elfte Stunde schlug.
»Man wird uns einschließen, Franz!« Aber sie hatten Glück, der Pförtner rasselte zwar mit seinen Schlüsseln, hielt ihnen aber bereitwillig das Tor auf und kassierte das Trinkgeld. Nur die treue Thresl merkte das späte Heimkommen der jungen Herrin, der Hausherr schlief.
Nannerl löschte sacht die Kerze auf seinem Nachttisch, dabei erkannte sie einen Brief mit Wolfgangs Handschrift. Es war immer noch jener Brief, in dem Wolfgang dem Vater die Einzelheiten über Anna Marias Krankheit schilderte ...

Was Nannerl befürchtete, tritt ein: Es kommt zu einem Briefwechsel zwischen Vater und Sohn, der von Leopolds Seite immer aggressiver wird. Leopold ahnt Wolfgangs sich steigernde Zuneigung zu Aloisia, als ob er von den Briefen wüßte, die Wolfgang ihr schreibt. Wolfgang plant ernsthaft die Hochzeit mit Aloisia, die sich von ihm zwar hofieren läßt, seine Unterrichtsstunden und Ratschläge huldvoll annimmt, aber ansonsten nichts mit ihrem immerhin schon berühmten jungen

Lehrer im Sinn hat. Aber das kann sich ändern, hofft Wolfgang, der Optimist.
Sicher weiß er, was alles er dem Vater zu verdanken hat, Nannerl selbst war es ja, die ihm das auch immer wieder vor Augen hielt, doch Leopolds offene Aggressionen, mit denen auch Nannerl nicht einverstanden ist, ärgern, kränken und quälen ihn. Er will nicht nach Salzburg zurückkehren, wie der Vater es immer wieder fordert und Nannerl es so sehnlich wünscht. Wolfgang hält dem Vater lange schriftliche Vorträge über seine Arbeiten und Vorhaben in Paris, berichtet von neuen vielversprechenden Bekanntschaften und Plänen, doch Leopold spürt nur eines heraus: Der Sohn zieht seine Heimkehr in die Länge – und er reagiert erbittert. Er hat fest damit gerechnet, daß Wolfgang nach dem schrecklichen Geschehnis, dem Tod der Mutter, sofort zufluchtsuchend ins Elternhaus zurückkehren würde. Aber nichts geschah, und Leopold befürchtet nun, daß Wolfgang seinen Plan, mit der Familie Weber eine Italienreise zu unternehmen, noch nicht aufgegeben hat. Davon hat er Leopold schon vor dem Tod der Mutter vorgeschwärmt, aber von ihm, dem Vater, eine gehörige Abfuhr erhalten.
Endlich erreicht den Vater die erlösende Nachricht, daß Wolfgang sich entschlossen hat, Paris den Rücken zu kehren. Daß seine nächste Station allerdings wieder Mannheim sein wird, beunruhigt Leopold. Mannheim und die Weberischen sind für ihn eins. Er fürchtet nicht zu Unrecht. Auch Nannerls Sorge gilt der Verliebtheit des Bruders, und sie kann sich aus eigener Erfahrung vorstellen, daß er alles daran setzen wird, vom Vater die Heiratserlaubnis zu erhalten. Doch dann kommt alles

ganz anders. Zwar hat Wolfgang dem Vater die Vorzüge seiner Angebeteten nicht nur einmal vor Augen gehalten, aber eine Bitte um die Heiratserlaubnis erfolgt nicht. Es scheint lediglich eine Briefstelle auf:
... ich habe etwas im Kopf, dafür ich Gott täglich bitte – ist es sein göttlicher Wille so, so wird es geschehen, wo nicht, so bin ich auch zufrieden ...
Nannerl ahnt, daß des Bruders Herzenswunsch, für den er betet, die Heirat mit Aloisia Weber ist. Sie hat Verständnis für ihn, auch aus eigener Erfahrung. Doch so weit geht ihr Verständnis wiederum nicht, daß sie für Aloisia dem Vater gegenüber eine Lanze bricht. Sie glaubt vielmehr, Wolfgang und seine Fügsamkeit gegenüber dem Papa zu kennen: Er wird genau wie sie gegen des Vaters erklärten Willen keine Heirat eingehen, das wäre gegen das göttliche Gebot und also eine Sünde. Fast erleichtert nehmen Nannerl und Leopold die kurze Briefstelle zur Kenntnis: *... möcht' ich die Thekla, wenn es der Papa erlaubt, auf ein paar Tage nach Salzburg einladen.*
Natürlich hat der Papa nichts dagegen – anders als bei Aloisia Weber. Später jedoch erfahren Nannerl und der Papa, daß Aloisia auch in München war, wohin Wolfgang das Bäsle hatte ebenfalls kommen lassen. Wozu? Er hatte sich doch offensichtlich vorgenommen, Aloisia zu erobern und sich mit ihr zu verloben. Das Bäsle selbst fiel aus allen rosaroten Wolken, als sie die schöne Sängerin als ihre Nebenbuhlerin erkannte.
»Warum hascht den du mi überhaupt einglade?« fragte sie zornig. »Damit i mir anschaue kann, wie du der feinen Aloisia den Hof machscht?«
Wolfgang schwieg verlegen. Er konnte ihr doch nicht

sagen, daß er Aloisia durch Theklas Anwesenheit eifersüchtig machen wollte. Ein sehr törichter Versuch, wie sich bald herausstellte. Aloisia gab ihm schließlich grob und unmißverständlich zu verstehen, daß sie nicht daran denke, ihn zu heiraten. Das Bäsle erkannte diese Entwicklung mit Vergnügen und war sogleich bereit, ihren Vetter zu trösten.

Wolfgang war also am 24. Dezember auf der Heimreise nach Salzburg in München eingetroffen. Dorthin waren die »Weberischen« übersiedelt – was der Papa in Salzburg nicht wußte. Der Kurfürst von Mannheim, Karl Theodor, den Wolfgang ja schon aus der Mannheimer Zeit kannte, hatte sein dynastisches Erbe in der Münchner Residenz angetreten. Kurfürst Max III. Joseph war an den Blattern gestorben, ausgerechnet an jener Krankheit, die er so gefürchtet hatte. Und der Wittelsbacher Pfälzer Karl Theodor war ihm in der Erbfolge gefolgt. Er nahm außer der Mannheimer Hofgesellschaft auch alle jene mit nach München, die ihm schon daheim zum Pläsier gedient hatten, sein Hoftheater, seine Hofkapellen und so auch die Familie Weber. Aloisias Vater war eine wichtige Persönlichkeit am Theater, der Souffleur nämlich.

Wolfgang war Gast bei den Weberischen und feierte die Weihnacht mit ihnen. Das war ihm als ein hübscher romantischer Anlaß erschienen, Aloisia wieder näher zu kommen. Aber er hoffte umsonst. Aloisias Schwestern, drei an der Zahl, unter ihnen Konstanze, begegneten dem Gast mit um so größerer Aufmerksamkeit, ebenso natürlich Cäcilie Weber, die Mutter. Schließlich hatte sie vier Töchter unter die Haube zu bringen. Und wenn es schon nicht die eigensinnige Aloisia sein konnte, da waren ja auch noch andere hübsche Webermädchen zur Auswahl. Das Bäsle aber hatte ein eigenes Quartier bezogen, und Wolfgang suchte und fand Trost in ihren Armen, nachdem der Weihnachtabend bei den Weberischen alles andere als stimmungsvoll verlaufen war ...

In München trat Wolfgang erfolgreich auf, versuchte alles, dem neuen Kurfürsten eine Anstellung bei Hofe abzuringen. Aber was ihm schon in Mannheim fehlgeschlagen war, gelang ihm auch in München nicht. Er bedurfte also des Bäsles Trost sehr dringend.

Nannerl ist im winterlichen Salzburg unterwegs, um für den erwarteten Heimkehrer Wolfgang und die Thekla einzukaufen. Auf dem Fischmarkt frieren die Standlerinnen, denn nicht nur das Wetter, auch die lebende Ware ist kalt, schwimmt in Bottichen, deren dünne Eisschicht sie immer wieder aufbrechen müssen. Es ist ein Winter wie jener, als das Wasser in den Pumpenrohren gefror und es die kleine Anna Maria deshalb aus der Salzach holen mußte.

In diesem Jahr ist der Fluß zugefroren, was bewirkt, daß die Fische rar werden und sich deshalb heute eine Schlange von Käufern vor dem einzigen Fischstand bildet. Unter ihnen erkennt Nannerl die Schwester Franz d'Yppolds. Sie steht weit hinter ihr in der Reihe, und Nannerl kauft in einem raschen Entschluß doppelt soviel Fisch wie beabsichtigt. Der Bottich ist fast leer, also wird die Demoiselle d'Yppold vermutlich nichts mehr bekommen.

Nannerl tritt grüßend auf sie zu, nimmt einen der

Fische aus ihrem Korb und will ihn der Demoiselle überreichen.
»Es waren nur noch wenige im Bottich«, sagt sie schnell. »Darf ich Ihnen deshalb . . .«
Eugenie d'Yppold sieht die Sprecherin und den in ein Tüchlein gewickelten Fisch voll Abscheu an, sagt:
»Behalte Sie nur Ihren Karpfen, wir haben nicht die Absicht, dem Herrn Musikus Mozart die Festmahlzeit vorzuenthalten.«
Nannerl ist sprachlos, so erschreckt und sprachlos, daß ihr der Fisch entgleitet und zu Boden fällt. Ohne sich nach ihm zu bücken, läuft sie wie gehetzt davon. Als sie außer Sicht ist, klaubt das Fräulein d'Yppold den Fisch aus dem Schnee und läßt ihn in ihren Korb rutschen.
Lange kämpft Nannerl mit sich, ob sie diesen Affront Franz berichten soll. Aber was kann er denn dafür? Er müßte sich für die Schwester schämen, das aber will seine Liebste nicht.

Vater Leopold und Nannerl begrüßten den Heimkehrer mit einem festlichen Mahl und herzlicher Freude. Leopold war es gelungen, für ihn beim Erzbischof eine Anstellung als Organist zu bekommen (was ihm Wolfgang nach seiner endlichen Rückkehr aber wenig dankte). Nannerl hatte ihn in Verdacht, daß er schon am Ankunftstag Ausschau hielt, wie er schnellstmöglich wieder entweichen könnte.
Im Augenblick aber gefiel es ihm daheim, denn das Bäsle hatte er ja zu seinem Pläsier aus München mitgebracht. Sie war nach wie vor ein naiv lustiges Ding, allen gefällig, allen zugetan – wenn auch am meisten dem Wolferl, wie sie ihn liebevoll nannte. Ein wenig

Heiterkeit tat dem Mozarthaus auf dem Hannibalplatz so gut, ein wenig Jugend und Unbekümmertheit, die auch Nannerl wohltat. Und selbst der Papa schmunzelte manchmal, wenn das Bäsle auf schwäbisch scherzte. Sie deklamierte gern und gut.
Besonders eine »Humoreske« hatte es Leopold angetan, in der ein biederes Bäuerlein in die Stadt fährt und die Kirche besucht, in der eifrig musiziert wird. »Eines werd' i nie vergesse, wie der Moo den Wurm wollt' fresse ...« heißt es in Bäsles Gedicht nach der Begegnung des Bäuerleins mit einem Flötenspieler.
Sie fand auch nichts dabei, immer wieder von Anna Maria, der seligen Frau Tante, zu sprechen, sie zu loben, Gespräche mit ihr zu wiederholen. So soll sie ihr, dem Bäsle, den Rat gegeben haben, nur einen Mann zu nehmen, von dem sie genau wüßte, sie hätte ihn lieber als sich selbst. Genauso wie auch sie ihren Ehgemahl lieber hätte als sonst alles auf der Welt.
Leopold stand leise auf und ging hinaus. Das Bäsle fragte erschrocken:
»Hätt i des vielleicht net sage solle?«
Aber Nannerl umarmte sie.
»Freilich, den Herrn Vater hat das insgeheim sehr gefreut, nur kann er es nicht zeigen.«

Nannerl spürte, wie sehr Wolfgang gerade in seiner jetzigen Lebensphase das Bäsle brauchte. Und Leopold erinnerte sich wehmütig schmunzelnd an Theklas Brief, den sie nach der Ankunft Anna Marias und Wolfgangs in ihrem Elternhaus dem Herrn Onkel in Salzburg geschrieben hatte:
Es ist mir onmöglich auszudricken, wieviel Freud mir ob der

glücklichen Ankunft der Frau Tante, als auch eines allerliebsten Herrn Vetters, ich empfunden ...
Ach Thekla Mozart, wieviel anheimelndes Schwäbisch bringst du in mein leeres Haus!
Und Wolfgang Hildesheimer erklärt:
Das Bäsle war vermutlich die erste Geliebte Mozarts. Diese Beziehung wurde meist, in absichtlicher Verdunkelung, bagatellisiert. Bei dem Biographen Einstein ist sie eine »Neckerei«, bei Schurig eine regelrechte Liebelei. Paumgartner befindet, daß Mozart hier »nicht mit vetterlichen Freundlichkeiten« gespart habe, Schenk meint »ein reizend spaßhafter Kontakt«, und Abert schreibt: »Eine recht harmlos-lustige Liebelei, die sich da zwischen den jungen Leuten entspann.«

Sie hatten alle recht. Aber neben der so handgreiflich derben Erotik, die durch alle »Bäslebriefe« schimmert, war Thekla ihrem Wolfgang auch eine vernünftige kleine Ratgeberin – von Nannerl dazu animiert, die bewirkte, daß Wolfgang in Salzburg blieb und nicht etwa gleich mit ihr weiterzog. Eine ähnliche untergeordnete Anstellung wie in Salzburg hätte sich allerdings für ihn sicher auch in Augsburg gefunden.
»Du kannst immer wiederkommen«, sagte Leopold beim Abschied Theklas. Und Nannerl umarmte sie und dankte für ihr Hiersein, das Bäsle war ihr zur Freundin geworden. Als sie das dem Bruder später sagte, meinte er:
»Hoffentlich hat sie dir etwas von ihrem leichten Sinn dagelassen, Nannerl, sei doch ein bisserl lustig!«
»Bist du es denn, Wolfgang?«
»Nein, lustig kann nur sein, wer liebt und wieder geliebt wird. Und du, du wirst doch geliebt, Nannerl.«

»Du etwa nicht? Denk doch ans Bäsle.«
»Ich denk' an eine andere, ich mein', das weißt du gut.«
»Aber du hast es uns doch schwarz auf weiß geschrieben, wenn es nicht sein soll, so wäre es dir auch recht.«
Und weiter setzte sie hinzu: »Es wird eine andre kommen, Wolfgang, du wirst schon sehen.«
Nannerl sollte recht behalten. Zur Freude der Schwester blieb Wolfgang in Salzburg. Mehr denn je empfand sie die geschwisterliche Zuneigung, mehr denn je war er ihr wichtig, auch weil er so viel Verständnis für ihre Liebe zu Franz zeigte.

Mit Thekla steht Wolfgang weiterhin in Briefwechsel, und sie freut sich *wie ein Schneekönig*, als sie erfährt, daß Wolfgang zur Aufführung seiner Oper »La finta giardiniera« nach Augsburg kommen wird. Nannerl wäre gern mitgefahren, doch diesmal läßt Wolfgang sie im Stich:
»Ein ander Mal, Nannerl, da machen wir zusammen eine kleine Reise, bitte diesmal nicht.«
Sie ahnt, daß er mit Thekla möglichst viel allein sein möchte, hat sie doch seine Unruhe gespürt und weiß von seinem Bemühen, die Oper sobald als möglich in Augsburg zur Aufführung zu bringen.
Seine Briefe aus Augsburg sind vernünftig; Nannerl sorgt sich nur, daß sich das Bäsle vielleicht unerfüllbare Hoffnungen macht, aber Franz mahnt vorsichtig:
»Du solltest dich nicht einmischen, solltest deinem Bruder mehr selbständiges Denken zutrauen.«
Ja, wenn sie das nur könnte! Sie weiß doch, wie leicht beeinflußbar, wie gutmütig Wolfgang ist, und daß er

gerade dadurch sich selbst und Thekla ins Unglück bringen kann. Denn Mutters kluges Wort vom »den anderen lieber haben als sich selbst und alles sonst auf der Welt«, das träfe doch bei Wolfgang nicht zu. Für ihn ist Thekla der Anfang seiner Liebeserfahrungen, mehr wohl kaum. Außerdem, das weiß Nannerl, hegt er immer noch die heimliche Hoffnung, die geliebte Aloisia zu erringen. Noch ist sie ja sehr jung, und mit der Vernunft könnte ja die Einsicht kommen, in ihm, Wolfgang, das Genie zu erkennen, das zu heiraten sich lohnt. Als alte Frau wird Aloisia bestätigen, daß sie seinen Wert in ihrer jugendlichen Dummheit nicht erkannte. Auf die Frage, ob sie das heute bereue, erwiderte sie spontan:

»Ja, sehr. Und er hat sein Leben lang immer nur mich geliebt.«

Womit sie vielleicht recht hatte . . .

Die Reise, die Wolfgang Nannerl im Mai versprochen hatte, machten sie im frühen Herbst nach St. Zeno und Reichenhall. Die Geschwister und der Vater folgten damit einer Einladung der begüterten Familie Salzmeyr und trafen dort auch Madame Durst aus München. Man saß im Salon beisammen, dessen »Fenstertüren« in den Garten hinausgingen, man musizierte, und die Vögel in den Bäumen taten mit. Da gab es plötzlich Unruhe im Gesträuch, und eine kleine Sängergruppe in der heimischen malerischen Tracht trat auf. Ein Mädchen führte ein geschmücktes Kälbchen am Strick – die ganze Schäferszene sollte einen Alm-Abtrieb darstellen mit G'stanzln und Jodlern.

Die Burschen sangen:

»Wia höher die Berg, / Wia gacher der Wind, / Und wia schöner die Deandln / Wia kloaner die Sünd. / Mei Schatz der is a Schwoagerin / Hat vierundzwanzig Küah. / Und a Jungfrau is sie nimmermehr, / Hat's selber g'sagt zu mir.«

Der alte Herr Salzmeyr freute sich königlich über die gelungene Überraschung für seine Salzburger Gäste, und Wolfgang dichtete sogleich eine weitere Strophe: Leut, seid's recht lustig, / bei Tag und bei der Nacht, / ob's regnet oder schneit, / ob die Sonn' abi lacht, / ob daheim oder in der Fern, / denn die lustigen Leut, / die hat der Herrgott gern.

Nannerl sah den Dichter an. War er wirklich gar so lustig oder tat er nur so?

Idomeneo in München – »Ich wünsche Dir von Herzen, daß Du bald heiraten könntest« – Wolfgang und Konstanze – Glückwunsch zum Punsch

In diesem Herbst stirbt Maria Theresia zu Wien, und ihr Sohn wird als Joseph II. ihr Nachfolger. Das beflügelt Wolfgang zu der Hoffnung, unter den neuen Verhältnissen in Wien doch noch eine Anstellung bei Hofe zu finden. Die Nachricht vom Tod der Kaiserin, die überall Trauer und Bestürzung auslöst, stimmt ihn also eher heiter. Er weiß, daß die Legende, die Kaiserin hätte ihn auf den Schoß genommen und geküßt, nicht stimmt, und so ist es ihm nicht angenehm, daß er deswegen gerade jetzt von Freunden und Kollegen daraufhin angesprochen wird. Er muß also Betrübnis heucheln, auch in dem Brief an Nannerl, die ihm schrieb:
Sie war ja wie eine Mutter zu uns, vergiß nicht ihrer im Gebet zu gedenken ...
Wolfgang hat andere Sorgen und Gedanken, bereitet er doch in München die Oper »Idomeneo« vor. Anfang Dezember ist die erste Orchesterprobe.
Zu dieser Aufführung erhält Wolfgang Urlaub vom Erzbischof, und in den Briefen Leopolds nach München ermahnt er den Sohn einige Male, nach der Aufführung sofort heimzukehren und nicht etwa gegen den Willen des Erzbischofs neue Verpflichtungen einzugehen.
Wolfgang ist nun schon sieben Wochen in München, und die Daheimgebliebenen hoffen, er kommt zum Weihnachtsfest wenigstens kurzfristig nach Hause.

Aber sein Zuhause ist im Augenblick bei der Familie Weber, in deren Schoß er hochwillkommen ist – außer bei Aloisia, die geflissentlich seine Nähe meidet. Natürlich wohnt er nicht bei den »Weberischen«, er hat seine eigene kleine Wohnung und in die lädt er, sozusagen als Entschädigung für die »verpatzten« Weihnachtsfeiertage, Vater und Schwester zur Uraufführung ein.

Doch nur Leopold empfand die Feiertage als »verpatzt«, Nannerl genoß Silvester mit Franz auf dem schönen Robinighof in der heiteren gepflegten Atmosphäre des Hauses und dem Wohlwollen der Familie. Leopold, der ebenfalls eingeladen war, sagte ab, doch verwehrte er Nannerl nicht die Teilnahme, fühlte er sich ihr durch ihre Fürsorge und Fügsamkeit verpflichtet, erkannte wohl auch den eigenen Egoismus, wenn er sie zu sehr ans Haus band.
Es war ein schneereicher Dezember, und die Straßen eigneten sich gut zu Schlittenfahrten. Fritz Hitzig kutschierte das Paar am Silvestertag in seinem neuen Schlitten umsichtig und rasch nach Schallmoos. Von den Robinigs mit Hallo empfangen, half Nannerl zunächst bei den Vorbereitungen für das Fest, und Franz spielte mit der Herrenrunde Karten.
Am Silvesterabend, der aus dem Rahmen fiel, auch wenn sich alles Brauchtum in jedem Jahr wiederholt, ging es vor allem um Orakel und Weissagungen. Beim Pantoffelwerfen sollte der Bräutigam aus jener Richtung kommen, wohin der Pantoffel flog. Nannerl holte mit Schwung aus, doch das Schuhwerk rutschte ihr vorzeitig vom Fuß und landete dicht neben ihr auf dem Boden, was bedeutete, sie würde keinen Mann bekom-

men. Doch die Anwesenden erklärten es galant anders: »Du kriegst einen ganz aus deiner Nähe, den Joseph vielleicht?«
Taktvoll vermied man es, Franz zu erwähnen, der mindestens ebenso nah neben ihr stand.
Das folgende Orakel, unter Tellern verdeckte Symbole, bezog sich bereits auf den nächsten Schritt nach dem Brautstand, die Ehe. Deckte man etwa einen goldenen Ring und einen silbernen Löffel auf, hieß es:
Ein silbernes Herrchen / und ein goldenes Närrchen, / gibt eine kupferne Eh / und viel eisernes Weh.
So fand sich für jede Kombination ein Sinn- oder Unsinnspruch. Grüne Zweige, deren es verdeckt eine Menge gab, bedeuteten heiteren Ehesegen, hölzerne Dinge, einen steifen, hölzernen Mann. Ein Stück Kuchen galt: Schlicker und Schlecker, / naschig und lecker / backt sich Kuchen und süßen Brei / vergißt den Mann und die Kinder dabei.
Nannerl griff sich Holz und Grünzeug.
»Da wir wissen, daß du die Grüne bist, Nannerl, kriegst du einen hölzernen Mann.
»Besser einen hölzernen als gar keinen«, konterte sie übermütig.
Beim Flaschenorakel, das anzeigte, wer im nächsten Jahr die weiteste Reise tun würde, zeigte die im Uhrsinn gedrehte Flasche auf dem Tisch wiederum auf Nannerl, die erschrocken rief:
»Aber wohin denn?« Dann lachte sie: »Halt mit dem Popo übers Leintuch!« (Ein üblicher Spruch in dergleichen Situation.)
Herr von Robinig schmunzelte hintersinnig:
»Das wär auch schon eine Reise wert, Demoiselle Mo-

zart«, und erntete einen rügenden Blick seiner Frau. »Vielleicht geht die Reise nach England, wo du ja wieder hinwolltest«, meinte die Ursel Hagenauer.
Das wollte Nannerl freilich gern. In ihrer Erinnerung war der so glänzende und gefeierte Aufenthalt in London das beste und aufregendste all ihrer vielen Reiseerlebnisse.
Als die Glocke im Glockentürmchen des Robinighofes mit hellem Bimmeln das Ende des alten Jahres kündete, standen alle auf der dunklen Terrasse, stießen mit ihren kristallen funkelnden Gläsern an und umarmten einander zum Glückwunsch.
Franz hatte auf diesen Augenblick, den wichtigsten an dem langen ausgelassenen Abend, gewartet, trat mutig auf Nannerl zu und umarmte sie. Er hielt sie wortlos fest an sich gedrückt, ließ sie nicht los, mochten die andern denken, was sie wollten. In seiner stummen Geste lag soviel Zuversicht und Liebe, daß Nannerl die Tränen kamen. Sie saßen bei ihr jetzt überhaupt recht locker. Nun, dies war gewiß ein Anlaß, ihre Rührung zu zeigen, erst recht, da die anderen mit sich selbst, ihren eigenen Umarmungen und Glückwünschen beschäftigt waren. Franz suchte ihren Mund und küßte sie, um nichts in der Welt hätte er sich dies versagt...

Am 26. Januar trafen Nannerl und der Papa zur Uraufführung von »Idomeneo« in München ein, von Wolfgang mit einer Karaffe heißen Punsches herzlich empfangen. Beide waren halb erstarrt – der Wind blies durch alle Ritzen der Kutsche –, und Leopold klagte über Kreuzschmerzen. Die aber waren vergangen, als er drei Tage später, zwar mit gleichmütigem Gesicht,

Senden Sie Prospekte an:

Vor- und Zuname

Straße

Postleitzahl und Ort

Vor- und Zuname

Straße

Postleitzahl und Ort

Vor- und Zuname

Straße

Postleitzahl und Ort

An den

Eugen Salzer-Verlag

Postfach 3048

7100 Heilbronn 1

aber zitternd vor Aufregung und Freude, im Theatersaal saß und die glanzvolle Aufführung der Oper seines Sohnes erlebte.
Sie wurde ein voller Erfolg. Während des Beifalls und Jubels der Besucher liefen Nannerl vor Freude und Rührung wieder einmal Tränen über die Wangen.
Ein bitterer Wermutstropfen für Vater und Schwester war freilich, daß sie bei der Nachfeier die Weberischen ertragen mußten. Wie gern hätte Leopold noch ein bißchen über die Aufführung geplaudert! So saß er steif neben Herrn Weber und mußte sich dessen banales Geschwätz über die verschiedenen Pannen hinter den Kulissen anhören.
»Es liegt in meiner Macht, verehrter Herr Mozart«, sagte er gerade eitel, »ob ich einen Schauspieler hängenlasse oder nicht. Und das macht, das sie alle sehr freundlich zu mir sind.«
Nannerl saß zwischen Cäcilie Weber und ihrer Tochter Sophie, Konstanze saß ihr gegenüber und bemühte sich eifrig, Demoiselle Mozart gefällig zu sein. Nannerl kränkte sich: Daß dieser herrliche Abend so enden mußte! Wolfgang hatte keinen Ton davon gesagt, daß es die Weberischen waren, die er gemeint hatte, als er erklärte, den Abend mit den Seinen in einem kleinen Freundeskreis verbringen zu wollen. Einer der Herren, ein Schauspieler mit Namen Joseph Lange, machte Nannerl den Hof, später erfuhr sie, daß er schon seit einigen Wochen der Gatte Aloisias war. Konstanze entschuldigte sich mit Kopfschmerzen, lächelte den Angehörigen ihres abgewiesenen Freiers huldvoll zu und war verschwunden . . .

Nannerl ist in München unterwegs, geht all die Wege, die sie mit Franz gegangen ist. Sie liebt diese Stadt, von der Papa immer sagt, sie sei eine der schönsten der Welt. Und der Papa muß das wohl wissen, er hat schon sehr viele Städte gesehen.
Im Café Odeon kehrt sie ein. Der Platz in der Nähe des schönen Ofens ist noch frei – hier saß sie oft und wartete auf den Geliebten. Jetzt sitzt sie allein, doch da tritt eine Dame auf sie zu und fragt, ob es gestattet sei, Platz zu nehmen.
»Aber bitte.«
Nannerl sieht ihr Gegenüber verstohlen an. Ist sie eine Dame? Ist sie es nicht? Ihre Kleidung wirkt für eine Dame zu auffallend, für eine Bürgerin zu kostbar. Da stellt sich ihr Tischgast vor:
»Gräfin Bretzenheim. Wir kennen uns, Demoiselle Mozart.«
Aber woher? fragt sich Nannerl verlegen. Ihrem guten Namensgedächtnis ist »Bretzenheim« geläufig. Die Dame hilft ihr.
»Ich war auf dem Empfang zugegen, den der Kurfürst Ihrem Bruder gab.« Jetzt fällt es Nannerl ein: Der Papa sprach von einem Herrn von Bretzenheim, doch in wenig anerkennendem Ton. Er sei der illegitime Sprößling des Kurfürsten Karl Theodor. Ach du meine Güte, da ist wohl die Dame am Tisch seine Geliebte? Eine keinesfalls mehr junge Person mit einem stark gepuderten und geschminkten Gesicht, einer hohen weißen Perücke, einem vollen Busen mit geschnürter Taille, die sie offensichtlich nur schwer atmen läßt. Nannerl murmelt ein verbindliches »Sehr angenehm« und will sich ihrerseits vorstellen.

»Ja ja«, lacht die Bretzenheim, »ich kenn' Sie, sie sind des großen Bruders kleine Schwester. Daß Ihr Bruder seinen Auftritt hier in München mir verdankt, das werden Sie freilich nicht wissen. Hat er sich eigentlich nicht darüber gewundert, daß die Zustimmung zur Aufführung seiner Oper so schnell erfolgte?«
Nannerl erinnert sich – doch ja, überrascht war Wolfgang schon, daß ihm sein Gesuch, Idomeneo mit dem kurfürstlichen Hoforchester einzuüben und aufzuführen, so rasch und freundlich genehmigt wurde.
Da fährt die Gräfin schon fort:
»Wissen Sie, ich bin Schauspielerin. Sie sind noch zu jung, sonst wüßten Sie von mir, der Josepha Seiffert. Ich habe am eigenen Leib erfahren, wie es ist, wenn man ohne Protektion etwas werden will. Da tut man vieles, Demoiselle, wenn man besessen ist von der Gier nach Ruhm, nach Anerkennung, und das ist auch Ihr Herr Bruder – er ist, wie ich war. Ich wollte ihm helfen. Ich weiß von seinem erniedrigenden Antichambrieren, seinem Betteln vor Fürstenthronen.«
Nannerl will unterbrechen, aber da spricht der in Bitterkeit verzogene welke Mund weiter.
»Lassen Sie nur, es ist so. Vielleicht gelingt es mir, den Kurfürsten zu überreden, Ihren Bruder zum Hofkapellmeister zu machen. Ich sage nur vielleicht. Mein Einfluß ist geschrumpft, er hat nun hochadelige Bettgespielinnen. Aber vergessen hat er mich noch nicht. Wie könnte er auch! Mein Sohn erinnert ihn ja täglich an »meine Person«.
Nannerl weiß Bescheid. Der Kurfürst hat keine legitimen Kinder, wohl aber eine große Schar illegitimer. Die klügsten unter ihnen sucht er aus und läßt sie sorg-

fältig erziehen. Dann adelt er die Mütter, wenn sie von niederem Stand sind wie die Seiffert, und setzt seine Sprößlinge auf einflußreiche Posten. Der Graf von Bretzenheim ist beispielsweise Chef des exklusiven Malteser-Ordens. Leopold sprach darüber und nannte den reichen Orden eine Pfründe. Da glaubt Nannerl zu wissen, weshalb die Dame ihre Gesellschaft suchte und sich ihr »eröffnete« – sie sucht in Hofkreisen für sich und den Sohn Sympathisanten. Und wenn es ihr gelänge, Wolfgang eine so einflußreiche Stellung zu verschaffen, dann soll er von vornherein wissen, wem er sie zu verdanken hat.
Auf dem Heimweg überlegt Nannerl, ob sie Wolfgang von der ganzen Sache überhaupt etwas sagen soll. Vermutlich wäre die Erkenntnis, daß er sein Auftreten hier nicht seiner Musik zu verdanken hat, sondern einer ehemaligen Kurtisane des Kurfürsten, niederschmetternd. In innerem Zwiespalt unterhält sie sich nur mit dem Papa über die Begegnung mit der Gräfin Bretzenheim. Leopold runzelt die Stirn.
»Das ist eine dubiose Person, Nannerl. Sie hat die Ehe des Kurfürsten zerstört und zwar so gründlich, daß er mit der Kurfürstin bis heute noch kein Wort spricht, sie angeblich das ganze Jahr nicht sieht. Und Graf Bretzenheim ist einer der wütendsten Gegner der Illuminaten.« Daß dies Leute sind, von denen man in der Stadt nur Unfreundliches sagt, weiß Nannerl. Leopold ist da anderer Meinung, er ist ihr Parteigänger. Und erklärt jetzt einmal mehr: »Sie sind nichts anderes als gescheite und gelehrte Leute, die den Aberglauben, die Bigotterie und die Inquisition bekämpfen, ebenso die allmächtige Kirchenherrschaft. Karl Theodors Vorgänger, der

gute Max III., hat sie hochgeschätzt, Karl Theodor verfolgt sie, nur weil sie Licht in das abergläubische Dunkel bringen, es ›illuminieren‹ wollen.« Leopold ereifert sich so, daß Nannerl besänftigend sagt:
»Bitte, Papa, reg dich nicht so auf, wir haben ja mit den bayrischen Zuständen nichts zu tun.«
»Aber es geht doch uns alle an, die ganze Menschheit. Wir können uns nicht vor den Ergebnissen der neuen Wissenschaft verschließen.«
Nein, Leopold verschließt sich nicht. Er ist und wird ein Leben lang ein Forschender, ein Suchender sein. Neben der Musik ist er ein »Freigeist« im guten Wortsinn und wird es bleiben. In allen späteren Lexika aber wird Karl Theodor die Tatsache, daß er Wolfgang Amadeus Mozart – wenn auch nur für einige Monate – an seinen Hof geholt hat, hoch angerechnet ...

Bevor Nannerl und der Vater von München wieder heimreisten, erhielt Wolfgang Post aus der erzbischöflichen Kanzlei in Salzburg.
Ängstlich beobachtete Vater Leopold den Sohn, der während der Lektüre langsam rot wurde.
»Was ist?« fragte er.
»Nichts Besonderes, Papa. Nach Wien soll ich halt, weil der Colloredo auch dort ist.«
Also fuhr Wolfgang von München aus direkt nach Wien, Vater und Tochter heimwärts nach Salzburg.
»Wenn der Wolfgang in Wien nur nichts anstellt«, seufzte Leopold.
Doch genau das passierte. Leopold erhielt einen Brief aus Wien, in dem ihm der Sohn ausführlich schilderte, wie unverschämt Graf Arco sich ihnen gegenüber

verhalten hätte: Als Antwort auf sein Abschiedsgesuch – vergeblich hatte der Vater dem Sohn das schon Wochen vorher auszureden versucht – hatte Graf Arco, der Zuständige in dieser Sache, ihm als Antwort einen Fußtritt gegeben. (Jenen berühmten Fußtritt, der später in die Musikliteratur eingehen sollte.)
Nannerl war empört, Leopold auch, doch in seine Empörung mischte sich die Sorge um Wolfgangs Weiterkommen – gar zu optimistisch schienen ihm seine Pläne. Er wollte am Wiener Hof Hofkapellmeister werden.
Auch seine vielen folgenden Briefe waren voll Optimismus, ja Lebensfreude. Nannerl kannte den Bruder zu gut, um nicht zu ahnen, was ihn gar so beschwingte: Seine plötzlich entdeckte Liebe zu Konstanze Weber. Daß er zu den »Weberischen« gezogen war, weil er dort *»am billigsten wohnen kann«*, das hatte er am Rand eines Briefes schon zugegeben. (Die unruhige Familie Weber war inzwischen nach Wien übersiedelt, wo der Hausvater ein Engagement übernommen hatte.)
Leopold ärgerte sich:
»Was fällt deinem Bruder ein! So kommt er doch in Wien noch mehr ins Gerede.«
Er glaubte Wolfgang nicht, wenn er ihm brieflich immer wieder seinen »soliden« Lebenswandel versicherte. Die Mozarts hatten zu viele Bekannte und Freunde in Wien, als daß Klatsch und Tratsch nicht an ihre Ohren gedrungen wären. Aber es wurde Leopold auch Erfreuliches gemeldet – daß Wolfgang Schülerinnen aus den besten Kreisen Wiens unterrichte: die Gräfin Rumbeke, Gräfin Thun, Josepha Auernhammer, Therese von Tratnern.

»Siehst du, Papa, er verkehrt doch in Wiens bester Gesellschaft«, meinte Nannerl.

Doch Leopold traute dem Frieden nicht. In seinem Kollegenkreis war man sich einig: Der Wolfgang befindet sich auf der schiefen Bahn. Sein größter Fehler sei gewesen, ohne ernsthafte Aussicht auf eine bessere Stellung dem Fürstbischof zu kündigen.

Während der Papa räsonierte, versuchte Nannerl den Bruder zu verstehen. Sie wartete täglich auf einen Brief für Wolfgang von der Münchner Hofkanzlei in der Hoffnung, Madame Bretzenheim hätte sich Karl Theodor gegenüber durchgesetzt. Sie wußte nicht, daß August von Bretzenheim energisch gegen die Pläne seiner Mutter opponierte und Sieger blieb. So war es gut, daß Nannerl zögerte, dem Bruder für München Hoffnungen zu machen. Es hätte ihn im übrigen zu diesem Zeitpunkt kaum beeindruckt. Sein Ziel war der Wiener Hof. Ihm schien es nur eine Frage der Zeit, bis Kaiser Joseph sich seiner ernsthaft erinnerte. Er hielt sich in den Briefen an den Vater zurück, deutete seine Hoffnungen nur an, fürchtete er doch des Vaters Skepsis. Und das mit Recht. Leopolds Meinung war: Hätte sich Joseph der II. Wolfgangs annehmen wollen, hätte er es längst getan.

Nannerl spürte die Nöte des Bruders, seine nur schlecht verhüllte Ungeduld. Ihre Gefühle für ihn waren stark und ausschließlich. Er stand ihr hinter Franz am nächsten, näher als der Papa, der alles besser wissen wollte, der – fast schien es Nannerl so – nur darauf wartete, daß Wolfgang auf dem Weg zum Ziel durch tausend Nebensächlichkeiten und Tändeleien aufgehalten, sein Ziel, der Größte zu werden, nicht erreichte.

»Wenn er so weitermacht«, knurrte er, »dann hat man ihn in dreißig Jahren vergessen.« (Fast sollte Leopold recht behalten, denn dreißig Jahre später, zwanzig Jahre nach seinem Tod, war sein Stern tatsächlich verdunkelt. Doch nur, um kurze Zeit später wieder um so strahlender zu leuchten.)

Es gab zwar in Nannerls Charakter nicht gerade zwei Seelen in einer Brust, wohl aber zwei Strömungen, die einander häufig zuwiderliefen. Ihre Willenskraft war keineswegs so unterentwickelt, wie es ihr Lebenslauf glauben macht. Die Willensstärke war da, verursachte ihr Pein, wenn sie sie der Gegenströmung zuliebe unterdrücken mußte. Der Wille, ihrem Herzensbruder zu helfen, beherrschte sie so, daß sie dem Vater vorschlug, mit ihr nach Wien zu reisen und eine Audienz beim Kaiser zu erbitten. Leopold sah sie entgeistert an.

»Siehst auch du keine andere Möglichkeit, als zu antichambrieren? Um etwas zu betteln, was deinem Bruder kraft seiner Genialität zusteht?«

»Papa, wir antichambrierten doch früher auch«, wagte Nannerl einzuwerfen.

»Früher! Früher war Wolfgang ein unmündiges Kind, das Hilfe brauchte, heute ist er der größte Musiker seiner Zeit.« (Genau das wird Leopold eines Tages von Joseph Haydn, den er überaus verehrt, bestätigt bekommen.)

Nannerl resignierte – die Gegenströmung hatte gesiegt. Trotzdem, wenn sie sich zu etwas entschlossen hatte – ganz so schnell gab sie nicht auf...

Niemand weiß nach einem Erlebnis, ob es sich als immerwährende Erinnerung ins Gedächtnis eingraben wird oder nicht. Nannerl wußte es sofort, als sie nach jenem verhängnisvollem Schützenfest mit dem Vater heimwärts fuhr. Sie wußte: jene Szenen, die sie eben erlebt hatte, würde sie nie vergessen.

Das »Adlerschießen« der Schützengilde gehörte zum wichtigsten gesellschaftlichen Ereignis im sommerlichen Salzburg, bei dem natürlich der gute Schütze Leopold Mozart nie fehlte. Er führte die Tochter auf dem Festplatz galant am Arm, doch seine wohlgemute Miene verfinsterte sich, als er Franz d'Yppold entdeckte, der, an den Pfosten einer Bude gelehnt, jetzt die Hacken zusammenschlug und Vater und Tochter ehrfürchtig grüßte. Leopold tat, als sehe er ihn nicht und stolzierte weiter. Doch da löste sich Nannerl von seinem Arm, trat auf den Geliebten zu, begrüßte ihn und kam an seiner Seite zum Vater zurück. Franz wartete devot und verlegen auf eine Anrede Leopolds, der wandte sich schroff ab, schritt rascher aus.

»Papa«, rief Nannerl, »so warte doch!«

Leopold wartete keinesfalls. Er ging, ja er lief geradezu weiter und gesellte sich einer Gruppe von Bekannten zu, d'Yppold weiterhin ignorierend.

Da tat Nannerl etwas, was den Vater verblüffte und zugleich tief kränkte: Sie blieb den ganzen Nachmittag mit Franz zusammen, stand an seiner Seite am Schießstand, ließ sich von ihm ein Lebkuchenherz kaufen, trank mit ihm vom süffigen braunen Salzburger Bier und kümmerte sich nicht im geringsten mehr um den Vater, auch wenn er mit zornigen Blicken immer wieder in ihre Nähe kam. Und dann wurde Franz auch noch Schützenkönig! Er hatte einem der beiden hölzernen Adler die Krone und einen Flügel heruntergeschossen.

Wie es Tradition war, eröffnete der Schützenkönig den abendlichen Tanz. Die goldene Schützenkette baumelte auf seiner Brust, die Musik spielte einen Ländler, und er schwenkte überglücklich seine Auserwählte, die Nannerl Mozart, allen sichtbar im Kreis. Da tat Leopold etwas Ungewöhnliches. Er trat auf die beiden Tanzenden zu, zischte: »Nannerl, wir gehen heim!« faßte sie hart am Arm und zog sie fort. Der Schützenkönig sah ihr hilflos nach, wollte weggehen, doch da war schon Nannerls Freundin, die Glikowski zur Stelle, faßte ihn an der Hand und zog ihn weiter.
»Mach dir nichts draus!« lachte sie. »Andere Schwiegerväter sind auch nicht besser. Hauptsache ist, die Nannerl mag dich.«
Das war aber, wie sich schon bald herausstellte, eben doch nicht die Hauptsache. Leopold machte der Tochter während der Heimfahrt eine heftige Szene, in deren Verlauf er ihr wütend sagte, daß er eben kein Glück mit seinen Kindern hätte. Der Sohn sei gegen seinen Willen aus seinem Haus auf und davon, sie, Nannerl, sei offenbar auch drauf und dran, das gleiche zu tun. Zu einer echten Aussprache konnte es nicht kommen, Leopolds Jähzorn verhinderte sie. Daheim angekommen bat Nannerl den Vater um Verzeihung, die ihr gewährt wurde, Leopolds Forderung aber, sie dürfe d'Yppold nicht wiedersehen, lehnte sie ab.
»Ein derartiges Versprechen kann ich dir nicht geben, Papa.«
Eine qualvolle Zeit begann. Da meldete die alte Thresl eines Tages, daß im Salon ein Fräulein auf Nannerl warte. Es war Franz' Schwester, die steif und unheildrohend im Lehnstuhl saß.

»Sie können sich wohl denken, weshalb ich hier bin«, sagte sie spitz mit heller, kampflustiger Stimme. »Der Affront gegen meinen Bruder auf dem Schützenfest war empörend. Er wurde vor aller Welt aufs gemeinste gedemütigt, und wäre Ihr Vater kein so alter Mann, dann würde er ihn fordern. Ich verlange, daß Sie meinen Bruder künftig in Ruhe lassen. Er ist mir als Ihr Spielzeug zu schade. Er hätte längst eine gute Partie machen können, wenn Sie das nicht verhindert hätten. Ich erwarte ...«

Was Eugenie d'Yppold erwartete, hörte Nannerl schon nicht mehr. Sie war aus dem Zimmer gestürzt, und die Thresl Hinterseer warf mit grimmiger Miene den ungebetenen Gast eigenhändig aus dem Zimmer.

»Wer war denn da?« fragte Leopold aus dem Musikzimmer und setzte seine Geige ab.

»Ein zudringliches Eierweib«, bekam er Bescheid.

»Das kommt davon, weil du immer die Tür offenläßt, Thresl«, rügte der Hausherr. »Wo ist denn Nannerl?«

Sie lag mit einer schweren Migräne zu Bett, die immer schlimmer und schmerzhafter wurde. Der Hausarzt war ratlos. Nach vierzehn Tagen war immer noch keine Besserung eingetreten. Die Patientin fieberte und verweigerte die Nahrung, magerte immer mehr ab. Ihre Freundinnen besuchten sie, gaben sich Mühe, sie aufzuheitern, und eines Tages brachte die Kathl eine Nachricht vom Franz.

»Er ist ganz desperat und wird zu dir ins Haus kommen, wenn du nicht endlich gesund wirst.«

»Das liegt doch nicht in meiner Macht«, wehrte sich Nannerl trübe. Die Kathl aber schien sich mit dergleichen Krankheiten auszukennen.

»O ja, das liegt an dir, Nannerl. Du mußt dich zusammenreißen und darfst nicht einfach die Flügel so hängen lassen. Was ist denn los mit dir? In der letzten Zeit bist du allerweil krank.«

Da kam Post von Wolfgang aus Wien:

... durch den letzten Brief unseres lieben Vaters habe ich vernommen, daß Du krank bist, welches mir keine geringe Sorge und Kummer macht – Du warst schon lange krank, und ich wußte nichts davon!

Nun will ich dir aufrichtig schreiben, und eben auch wegen Deinen immerzu zustoßenden Unpäßlichkeiten – glaube mir, liebe Schwester, in allem Ernste, daß die beste Kur für Dich ein Mann wäre – und eben weil es so sehr Einfluß auf Deine Gesundheit hat, wünschte ich von Herzen, daß Du bald heiraten könntest. Für Dich und d'Yppold wird schwerlich – ja ich glaube gewiß – in Salzburg nichts daraus werden. Könnte denn d'Yppold hier in Wien nichts für sich zuwege bringen? Er für sich selbst wird wenigstens nicht ganz leer sein. Frage ihn darum. Und glaubt er, daß die Sache gehen könnte, so soll er mir nur den Weg zeigen, ich werde gewiß das Unmögliche tun, weil ich den stärksten Anteil an der Sache nehme. Wäre das ausgemacht, so könnt Ihr sicher auch heiraten. Denn glaube mir, Du würdest hier Geld genug verdienen, könntest in privaten Akademien spielen, und mit den Lektionen – man würde Dich recht darum bitten. Da müßte aber der Vater quittieren und auch mitkommen. Dann könnten wir wieder recht vergnügt zusammen leben ...

Lebe wohl, liebste Schwester! Ich hoffe im künftigen Brief vom Papa bessere Nachrichten über Deine Gesundheit zu lesen, und bald durch Deine eigene Handschrift davon ganz überzeugt zu werden.

Adieu – ich küsse Dich tausendmal und bin ewig Dein unveränderlicher Dich von Herzen liebender Bruder Mozart. (Wien, im Juli 1781)

Nannerl weinte vor Rührung. Und tatsächlich, sie fühlte sich bald darauf besser, stand auf und half schon ein wenig im Haushalt.
Die Liebe zwischen Nannerl und Franz d'Yppold war ein filigranes Geflecht von menschlichen Sehnsüchten, Gefühlen und Hoffnungen, wobei in all den vergangenen Jahren das Gewicht vor allem auf »Hoffnung« lag. Aber je länger diese Liebesbeziehung bestand, je länger die Hoffnung die beiden die Widerwärtigkeiten des Alltags, vor allem Leopolds stereotype Ablehnung, ertragen ließ, desto stiller und leiser wurde ihrer beider Beziehung.
Meist hatten sie sich in der Vergangenheit nach einer Klavierstunde bei Demoiselle Lodron am Freitag im Zwergengarten getroffen. Nun überbrachte die Thresl Herrn d'Yppold, der allerdings nicht in der Kanzlei war, eine Nachricht Nannerls, daß sie ihn »zur üblichen Zeit auf dem nämlichen Platze am Freitag« erwarten würde.
In freudiger Erregung – schließlich hatte sie Franz fast vier Wochen nicht mehr gesehen – saß Nannerl auf einer der steinernen Bänke, Wolfgangs Brief im Pompadour. Sie holte ihn heraus und las ihn zum wievielten Mal, enthielt er doch alle ihre Hoffnungen, wie sie beide doch noch zusammenkommen könnten.
Es schlug vier vom nahen Turm, Paare schlenderten einträchtig an ihr vorbei, Kinder spielten im Wegsand, Bienen summten, und ein lichter Sommertag tauchte

langsam in den Abend – Franz aber kam nicht. Hatte seine Schwester recht – empfand er sie als ein Hindernis, war sie ihm lästig geworden? Sie zwang sich zur Ruhe. Um sich abzulenken, dachte sie an Wolfgang in Wien. Sein letzter Brief zeigte ihr einmal mehr seine brüderliche Liebe, daß er an ihr hing. Er wollte ihr helfen, und brauchte doch selbst Hilfe. Nannerl wußte von den »Fallstricken« der Familie Weber, in die er geraten war, und dachte bitter: Nicht genug, daß ihm durch Aloisia so viel Leid zugefügt wurde, jetzt will diese Madame Weber Wolfgang auch noch mit Konstanze verkuppeln, einer so leichtfertigen, oberflächlichen Person. Der Papa hat recht, wenn er die Webersche eine üble Kupplerin nennt. In seinem letzten Brief war er mit deftigen Ausdrücken gegen sie zu Felde gezogen, aber Nannerl kannte Wolfgangs Verletzbarkeit hinter seiner Hanswurst-Fassade nur zu gut. Er war kein Kind mehr, das man nach Belieben hart schelten durfte – er war ein Mann und eben auch ein Liebender.

Das aber ist auch Franz, dachte sie. Auch ihn hatte der Vater bei jenem Schützenfest verletzt. Wenn er nun nicht kam, ihr Billett als Anbiederung empfunden hatte? Wenn es stimmte, was seine boshafte Schwester behauptete? O Gott, was dann? Nannerl sprang auf – sie hielt es nicht mehr aus, ruhig dazusitzen und zu warten. Hastig strebte sie dem Ausgang des Zwergengartens zu, eilig lief sie heimwärts.

Die Thresl empfing sie mit einem geheimnisvollen »Komm in die Küche«, dann erfuhr Nannerl, daß Franz hier gewesen sei.

»Beinah wär' er dem Herrn Hofkapellmeister in die

Hände gelaufen. Grad konnt' ich ihn noch schnell in die Kuchel ziehen.«
Und Thresl holte ein Billett aus der Schürzentasche, in dem Franz um Entschuldigung bat, daß er nicht pünktlich hatte kommen können. Er war, da er Nannerl ja wieder zu Hause wähnte, in die Mozartwohnung gegangen, und als er sie hier nicht antraf, doch noch eilig zurück zu den Zwergen gelaufen – sie hatten einander verfehlt. Und Nannerl schien dies im Zusammenhang mit Wolfgangs Brief eine Art schlimmes Omen.
Trotzdem sprach sie an einem der nächsten Tage mit Franz, erlebte, wie er sogleich Feuer und Flamme war und sich schon für die übernächste Woche Urlaub geben ließ, Wolfgang in Wien aufzusuchen.
Bedrückt kehrte er zurück und berichtete stockend von der Begegnung mit Wolfgang in der Wohnung der Cäcilie Weber, der Mutter der vier »Weberischen« Töchter.
»Wenn die Person nicht im Zimmer war, hat sie an der Tür gelauscht. Ich konnte mit Wolfgang gar nichts Konkretes besprechen, er war so unruhig, arbeitete an einer neuen Komposition. Und er hat auch die Absicht, von den Weberischen wegzuziehen.«
»Gott sei Dank!« entfuhr es Nannerl. »Hat er sich denn mit ihnen zerstritten?«
»Nein«, entgegnete Franz bedrückt, »ich fürchte im Gegenteil ...«
»Was heißt das?«
»Ich glaube, er will Konstanze heiraten. Er hat mich in seine Wohnung an der Hohen Brücke geführt. Dort haben wir dann über alles gesprochen. Ach, Nannerl, ich glaube nicht, daß wir gerade jetzt Wolfgang mit

unseren Problemen behelligen können, er hat genug eigene.«
Nannerl ärgerte sich über Franz' Verzagtheit, vermißte einmal mehr seine Courage, seinen Durchsetzungswillen. Das veranlaßte sie, bitter auszurufen:
»Ja glaubst denn du, daß uns unsere gemeinsame Zukunft in den Schoß fallen wird? Ohne daß wir einen Finger krumm machen? Ich werde selbst nach Wien fahren und die Sache in die Hand nehmen.«

Dazu ist sie ernsthaft entschlossen, hat sie doch in Wien genügend Bekannte und Freunde – darunter am Ende sogar einen Kaiser ...
Leopold wundert sich über Nannerls unruhige Betriebsamkeit, schiebt sie auf die vorausgegangene Krankheit, die sie in allem gelähmt hatte. Doch als sie ihn bittet, auf kurze Zeit nach Wien fahren zu dürfen, schlägt er ihr die Bitte rundweg ab.
»Später vielleicht, du hast dich doch von deiner Krankheit noch nicht ganz erholt. Nein, jetzt auf keinen Fall.«

Und so entglitt auch Nannerl die Kraft zum Handeln. Der Herbst und Winter kam mit naßkaltem Nebel, der von den Bergen niederhing und die sonst heitere Stadt in monotone graue Farben tauchte. Ging man abends durch die Straßen, verbreiteten die Laternen ein eng begrenztes schmutziggelbes Licht, das sich in den Pfützen spiegelte. Nannerl war wieder einmal unterwegs zu einem der jetzt seltenen Rendezvous mit Franz. Man traf sich in der trüben Jahreszeit immer bei der getreuen und noch ledigen Kathl Glikowski.
Fast alle Freundinnen waren schon »unter der Haube«,

auch Nannerls hartnäckigster Verehrer Joseph von Mölk. Seine junge Frau war zwar nicht so klug und schön wie Nannerl, spielte auch nur sehr stümperhaft Klavier – das war das einzige, was den musikalischen Herrn von Mölk störte –, aber sie war freundlich und bescheiden und stolz darauf, daß Herr von Mölk sie erwählt hatte. Nannerl wich er aus. Daß die Salzburger in ihm immer noch den abgewiesenen Freier der Mozarttochter sahen, wurmte ihn, und er gönnte es ihr, daß sie trotz aller Schönheit langsam zur alten Jungfer wurde ...

Die Kathl stand an der Haustür und hob die Laterne Nannerl entgegen.

»Komm nur, mein Vater ist beim Tarocken.«

In der Wohnstube wartete Franz und ging ihr entgegen. Die Kathl lachte:

»Tut's euch keinen Zwang an, ich schau beiseite.«

Da umarmte er Nannerl und küßte sie, und die Kathl zog die Tür von außen zu. Zunächst sprachen sie über Belanglosigkeiten, daß Wolfgang, der am 4. August 1782 geheiratet hatte, nun doch nicht – wie geplant – zu Besuch nach Salzburg kommen werde und daß der Vater darüber froh sei. Nannerl bedauerte es sehr, zumal Wolfgang nur noch selten schrieb. Nannerl reichte Franz den letzten Brief des Bruders.

Du darfst aus dem, daß ich nicht antworte, nicht schließen, daß Du mir mit Deinem Schreiben beschwerlich fällst. Wenn es meine für meinen Lebensunterhalt notwendigen Geschäfte zuließen, so weiß Gott, ob ich Dir nicht antworten würde ... Hat ein Mensch (der keinen Kreuzer sicheres Einkommen hat) an einem Ort wie Wien nicht Tag und

Nacht zu denken und zu arbeiten genug? ... Liebste Schwester, wenn Du glaubst, daß ich jemals meinen liebsten besten Vater und Dich vergessen könnte, o – doch still, Gott weiß es und das ist mir Beruhigung genug: Der soll mich strafen, wenn ich es kann!

Als Franz den Brief sinken ließ, sagte er leise:
»Können wir noch hoffen, daß uns Wolfgang in Wien helfen wird? Ich glaube nicht.«
Die Situation war gründlich verfahren. Wolfgang hatte mit sich selbst immer noch alle Hände voll zu tun. Ohne daß sie es Franz gegenüber erwähnte, machte Nannerl sich insgeheim Vorwürfe, Wolfgangs Brief, in dem er um etwas Wohlwollen für seine junge Frau gebeten hatte, so kühl beantwortet zu haben. Er hatte seiner *allerliebsten Schwester* geschrieben:
Meine liebe Konstanze hat sich endlich die Courage genommen, dem Triebe ihres guten Herzens folgend, nämlich Dir, meine liebe Schwester, zu schreiben. Willst Du – und in der Tat, ich wünsche es, um das Vergnügen darüber auf der Stirn dieses guten Geschöpfes zu lesen – willst Du sie also mit einer Antwort beehren ...
Nun, auf Konstanzes mehr als ungeschickten, unbeholfen devoten Brief hatte sie, Nannerl, nur mit einem Nachsatz in einem der Briefe des Vaters reagiert ...
Jetzt antwortete Nannerl:
»Ich glaube, du hast recht.« Es klang wie immer in der letzten Zeit müde und resigniert.
Nannerl mochte sich dagegen auflehnen, Franz aufrütteln, aber auch dazu fühlte sie sich zu müde. So blieb beiden nur noch die Hoffnung auf die Zeit, die Hoffnung auf ein endliches Einlenken des Vaters ...

Immer wieder, mehr als ihr lieb ist, beschäftigen sich Nannerls Gedanken mit dem Bruder in Wien, mit seiner Frau Konstanze, die in anderen Umständen ist. Ob er mit ihr wirklich glücklich ist, wie er das behauptet? Und Nannerls heimliche Sorge ist auch, daß sie ihrem Herzensbruder Unrecht tut, wenn sie seine Frau so ablehnt. Doch da ist auch die Meinung der anderen, der Freunde. Einige behaupten sogar, er hätte Konstanze nur geheiratet, um mit Aloisia verschwägert und ihr dadurch nahe zu sein. Das glaubt Nannerl nicht, zu abfällig hat sich Wolfgang in einem Brief an den Vater über Aloisia geäußert und zugleich behauptet, Konstanze sei die beste der vier Schwestern, und er sei glücklich, sie errungen zu haben.
Errungen? denkt Nannerl bitter. Cäcilie Weber hat Wolfgang doch durch ein dubioses Schriftstück, mit Hilfe von Konstanzes Vormund, geradezu zur Heirat gezwungen. Um der »Ehre« Konstanzes willen hatte Wolfgang unterschreiben müssen, der Geliebten eine hohe Geldsumme auszuzahlen, wenn er sie – aus welchen Gründen immer – nicht heirate.
Mehr als alles andere hat Leopold diese Sache, die ihm Wolfgang naiv freimütig selbst mitgeteilt hatte, empört. Wolfgangs Zusatz: *Meine gute liebe Konstanze hat diesen Vertrag sogleich für null und nichtig erklärt* ignorierte der Papa. An all dies dachte Nannerl auf dem Heimweg mit Franz. Der Nebel hing immer noch feucht zwischen den Häusermauern. Beide schwiegen. Es schneite in großen nassen Flocken, die sofort zerrannen. Ach, wo waren sie, die sommerseligen Tage im Park von Robinigschlößl, die lustigen Münchner Schlittenfahrten, immer an Franz' Seite! Auch jetzt

ging er neben ihr her, sie fühlte den rauhen Stoff seines Mantelärmels, aber alles war anders. Die Laternen warfen ihrer beider Schatten groß und bedrohlich auf das weiß-grau gesprenkelte Pflaster. Die Gasse war leer, es war spät geworden, und Nannerl fürchtete die Begegnung mit dem Vater. Leopold erwartete sie schon auf dem Flur, nahm ihr vorsorglich das lange Cape ab.

»Du wirst dich verkühlen. Könntest du bei so schlechtem Wetter deinen Besuch bei der Kathl nicht ausfallen lassen?«

Nannerl murmelte eine Antwort. Leopold, der manchmal schlecht hörte, genierte sich, ein zweites Mal zu fragen. Dann saßen Vater und Tochter noch auf ein halbes Stündchen am Klavier – stets drängte Leopold auf das tägliche Spiel.

»Man muß jeden Tag üben. Versäumt man es einen Tag, dann merken wir's, versäumt man eine Woche, merken es unweigerlich die Zuhörer.«

Sie spielten ein neues Konzert von Wolfgang, zu dem er geschrieben hatte:

Ich bin begierig welches unter den Konzerten B, D, und C Ihnen und meiner Schwester am besten gefällt . . .

Immer noch legte Wolfgang größten Wert auf die Urteile von Vater und Schwester, die durchaus nicht immer gleichlautend waren. Diesmal schätzte Leopold das B-Konzert höher, Nannerl das C-Konzert.

Durch Wolfgangs großartige Musik von ihren Sorgen abgelenkt, schlief Nannerl schließlich gegen Mitternacht ein . . .

Der Sommer 1783 brachte viel Regen. Die Bauern fürchteten um ihre Ernte, die Weinbauern um die Güte ihres Weins. Auch Nannerls Geburtstag war verregnet, aber das störte sie wenig, Wolfgang war da, wenn auch in Begleitung Konstanzes. Nannerl gab sich Mühe, der Schwägerin freundlich zu begegnen, was ihr freilich nicht immer gelang – allzu dümmlich empfand sie ihr Kichern und ihre Konversation.

»Hätten Sie doch Ihr Söhnchen mitgebracht«, sagte Nannerl, die es, kinderlieb wie sie war, bedauerte, daß sie ihren Neffen nicht kennenlernen konnte.

»Ach, ich bin froh, wenn ich einmal ein paar Wochen frei bin. Sie glauben nicht, wieviel Mühe so ein kleiner Fratz macht.« Sie lachte. »Am Tage schläft er, da haben die ›Menscher‹ Ruhe vor ihm, und in der Nacht macht er Krach. Den muß ich aushalten.«

Nannerl antwortete nicht, doch in ihrem Blick lag unverhohlene Abneigung dieser aufgeputzten hohlen Person gegenüber, der es außerdem immer wieder gelang, ins Fettnäpfchen zu treten. So verlangte sie heute die Herausgabe der Präsente, die Wolfgang während seiner jugendlichen Konzerttouren erhalten hatte und die Leopold in seiner Vitrine, mit Herkunft und Datum beschriftet, wie einen Augapfel hütete. Leopold sah Konstanze scharf an und sagte:

»Nein, meine Liebe. Hier sind die Präsente wohl verwahrt und das bleiben sie, so lange ich lebe.«

Diese wenig verbindliche Abfuhr ärgerte Wolfgang. Er wurde langsam rot und erwiderte:

»Hat denn der Papa vergessen, wem dies hier wirklich gehört?«

»Zum einen Teil dir, mein Sohn, zum anderen Teil mir. Oder hast du etwa vergessen, wem du dies alles hier verdankst?«

Jetzt schwieg Wolfgang. Vater und Sohn sahen sich an, Konstanze wartete aufmerksam, wie sich der Streit nun weiterentwickle. Aber nichts geschah. Beide, der junge und der alte Mann empfanden den Schmerz, sich so gegenüberzustehen. Wo waren die kindliche Liebe und das Vertrauen, wo die einstige tiefe Verbundenheit? Da trat Wolfgang auf den Vater zu und küßte seine Hand. Konstanze machte enttäuschte Augen ...

In dieser durch seine versöhnliche Geste gehobenen Stimmung verfaßte Wolfgang ein Geburtstagsgedicht für Nannerl, eine Probe seiner Begabung als *»Scheibenpoet«*, wie er selbst es nennt, als *»Dichter«* von Sprüchen auf Schießscheiben.

Glückwunsch beim Punsch.
Ich bin heut' ausgegangen, du wußtest nicht warum,
ich kann nur soviel sagen, daß es geschah darum,
um dich mit etwas Kleinem ein wenig zu erfreu'n,
wobei ich weder Kosten, noch Fleiß, noch Müh'
wollt' scheu'n.
Ich weiß zwar nicht gewiß, ob du den Punsch magst
trinken.
O sag nicht nein, sonst möcht' das Bindband
(Geschenk) stinken.
Ich dachte so bei mir, du liebst die Engelländer
denn liebtest du Paris, so gäbe ich dir Bänder,
wohlriechende Gewässer, ein köstliches Backett.
Du aber, liebste Schwester, du bist keine Kokett.
Und laß ihn dir recht schmecken, diesen
Geburtstagspunsch,
das ist mein einziger Wunsch.
Salzburg, den 31. Juli 1783 *W.A. Mozart*

Marianne von Sonnenburg, geborene Mozart – »Herr d'Yppold wird immer willkommen sein« – Der Lohn der Jungfräulichkeit

Nannerl war nun zweiunddreißig, in den Augen ihrer Mitbürger fast schon eine alte Jungfer. Sie dachte an Franz, der in der kleinen Geburtstagsrunde fehlte. Er hatte sich vor ein paar Tagen mit Wolfgang bei einem Glas Wein in der Stadt getroffen, und Wolfgang hatte ihr später gutmütig polternd erklärt:
»Dein Freund kommt mir vor wie Don Quijote, der gegen Windmühlenflügel kämpft und doch nichts zuwege bringt. Da mußt schon du etwas unternehmen, mußt ihm seine Windmühle anhalten, Nannerl. Du hast doch das Zeug dazu.«
Hatte sie es wirklich noch? Gerade an diesem Geburtstagsabend fühlte sie sich, wie so oft, ausgebrannt und müde.

Zu den zahlreichen Bekannten Mozarts gehörten auch Johann Baptist Berchthold von Sonnenburg und dessen liebenswürdige Frau Maria Anna, ein hübsches, anmutiges Persönchen. Beide fanden sich mit der ältesten Tochter häufig zu Konzerten ein, und die junge Frau vertraute Nannerl einmal an, sie richte ihre Einkaufsfahrten nach Salzburg immer so ein, daß man auch in den Genuß Mozartscher Musik käme, wobei sie keinen Unterschied zwischen Leopold, Nannerl und Wolfgang Mozart zu machen schien. Desto erschütterter war Nannerl, als sie nun vom plötzlichen Tod der jungen Frau erfuhr, die sie erst vor kurzem auf dem

Robinighof in Schallmoos so heiter getroffen hatte, wenn auch durch die Schwangerschaft entstellt, wie Nannerl mitleidig erkannte. Und diese Schwangerschaft war ihr – wie auch der ersten Frau des Pflegers Johann Baptist – zum Verhängnis geworden. Sie starb im Kindbett.
Nannerl notierte in ihr Tagebuch:
Den 16. April 1783 ist die Pflegerin von St. Gilgen gestorben, ein geborenes Fräulein von Grienbichl . . .
Und in den Sterbematriken vermerkte der Pfarrer besonders lobend zur Person: *Sie war von wahrhaft ausnehmender ehelicher Liebe.* Wie er zu dieser Einsicht kam, blieb zwar unerforscht – vielleicht erschloß sie sich ihm durch die Trauer des nun schon zweifachen Witwers Johann Baptist. Was den jedoch nicht daran hinderte, schon kurz nach dem Tod seiner geliebten Frau um Nannerl zu werben und so Unruhe ins Mozarthaus zu bringen.
Leopold war von dem ältlichen Freier sogleich sehr angetan, versuchte behutsam, Nannerl für ihn zu interessieren. Sie empfand diese Werbung zwar als unangenehm, andererseits stärkte es auch ihr Selbstvertrauen, freite doch ein Baron um sie, einer der angesehensten Männer im Umkreis. Und reich war er auch. Seine erste Frau Maria Margaretha von Polis hatten Leopold und Nannerl ebenfalls gut gekannt, wohnte sie doch vor ihrer Heirat im »Messing-Handlungshaus« in der Getreidegasse Nr. 19, in der Nähe des Hagenauerhauses, dem ersten Domizil der Mozarts.
Im Bemühen, seiner Tochter eine Ehe mit dem Witwer und Vater von fünf Kindern schmackhaft zu machen, kam Leopold immer wieder ins Erzählen. Nannerl

hörte ihm geduldig zu. Zwar empfand sie seinen Eifer als peinlich, spürte aber zugleich die wiedererwachenden Lebensgeister des alten Vaters und seine Liebe zu ihr. Er erzählte von des Pflegers erster Frau, die aus jenem Aniser-Haus stammt, in dem Nannerls Mutter einen Teil ihrer Jugendzeit verbracht hatte, und von dem langen geduldigen Warten, ehe er seine Anna Maria endlich ehelichen konnte. Die Parallelen zwischen seinem langen Brautstand und Nannerls heimlicher Liebe zu Franz kamen ihm nach wie vor nicht zu Bewußtsein, obwohl Leopold ahnte, daß Nannerl im Freundeskreis immer noch mit Franz zusammentraf. Gerade erzählte Leopold von Tante Aniser und ihrem Eintreten für seine Hochzeit mit Anna Maria.

»Sie hat mir den Rat gegeben, um eine Erbvorauszahlung anzusuchen.«

Ach, dachte Nannerl, wenn es doch für Franz und mich auch so einen Ausweg gäbe! Es hätte ihn gegeben – Leopold hinterließ ein ansehnliches Vermögen, das Nannerl wenige Jahre später zufiel, als sie es nicht mehr brauchte …

So fest Nannerl anfangs entschlossen war, die hartnäckige Werbung des Barons abzulehnen – und dies auch tat –, allmählich wurde sie unsicherer. Den Ausschlag aber gab ein besonderes Vorkommnis.

Sie war in der Küche mit dem Einkochen von Marmelade beschäftigt, als es läutete und die Thresl Besuch meldete. Nannerl wusch sich die Hände, entledigte sich der Schürze und ging hinüber in den Salon. Dort stand – ein Kind im Arm – die bildhübsche vierzehnjährige Tochter des Johann Baptist von Berchthold zu Sonnenburg und sah ihr ängstlich entgegen.

»Ja Nanni, was für eine Überraschung«, sagte die Namensschwester Nannerl Mozart. »Setz dich doch.« Und Nannerl griff nach dem kleinen Bübchen auf dem Arm der Baronesse, das zu Boden strebte. Der zweijährige Andreas konnte schon laufen und ging auf strammen Beinchen hinüber zu der Katze, die sich auf der Fensterbank in der Sonne räkelte.
»Wart, ich hol' dir einen Saft, du wirst durstig sein.«
»Nein, nein«, wehrte das Mädel verlegen ab. »Ich möcht' nur – ich möcht' nur recht schön bitten –«
»Na, was denn, Nanni, sag's nur.«
Dem Mädel kamen die Tränen, als sie fortfuhr:
»Ich möcht' halt recht schön bitten, daß Sie zu uns kommen, Demoiselle Mozart. Mein Vater –« jetzt schluchzte sie, daß der kleine Bub ängstlich zu ihr kam und auch zu weinen begann.
Nannerl war so überrascht, daß sie zunächst nicht wußte, was sie sagen sollte: Da kommt eines der fünf Kinder des Barons und bittet sie unter Tränen, die Werbung des Vaters anzunehmen.
»Ja, hast du denn gar keine Angst vor einer Stiefmutter?« scherzte sie schließlich, mühsam lächelnd. Nanni schüttelte wild den Kopf, faßte nach Demoiselle Mozarts Hand und küßte sie. Atemlos rief sie:
»Bitte, darf ich dem Papa sagen, daß Sie zu uns kommen werden? Er wartet unten in der Kutsche.«
Nannerls »Ja« kam sehr leise, doch Nanni hatte es verstanden. Als Johann Baptist wenig später die Stiege heraufstürmte, wurde er von Leopold vor Freude zitternd empfangen, nicht jedoch von seiner zukünftigen Braut. Die lag inzwischen mit Migräne im Bett, tränenlos und blaß wie die Wand hinter ihr …

Eine offizielle Verlobung lehnte Nannerl ab – das kam auch Johann Baptist entgegen, der auf eine möglichst schnelle Heirat drängte. Das Verwundern über dieses hastige Betreiben der Hochzeit fand seinen Niederschlag sogar in den zeitgenössischen Annalen. Aber Johann Baptist wußte schon, was er tat – wußte von dem jahrelangen Verhältnis seiner Auserwählten mit Franz d'Yppold. Er wollte sichergehen, also suchte er Franz auf, um mit ihm von Mann zu Mann über Nannerl zu reden.

Franz empfing ihn kühl und mit großem Unbehagen, forderte den Gast zum Niedersetzen auf und wartete dann, daß Johann Baptist spreche. Unsicher, mit rotem Gesicht, das mit der großen Nase und den wulstigen Lippen wenig anziehend wirkte, suchte er nach Worten. Franz, sonst eher schüchtern, ergriff schließlich die Initiative und erklärte dem Bräutigam, was er wohl vor allem zu wissen begehrte, daß er sich Demoiselle Mozart gegenüber stets als Kavalier verhalten habe. Johann Baptist schien erleichtert, freundschaftlich reichte er Franz die Hand.

»Sie werden mir und meiner zukünftigen jungen Frau stets willkommen sein.« Nun, St. Gilgen war mit seinen dreißig Kilometern Entfernung von Salzburg wohl weit genug, daß man nicht allzu oft mit dem Besuch von Herrn d'Yppold rechnen mußte.

Nannerl gegenüber wiederholte Johann Baptist:

»Herr d'Yppold wird uns, sind wir erst verheiratet, immer willkommen sein, meine Liebe.«

Das also sollte von dieser großen, beständigen Liebe übrigbleiben? Eine Baronin und ihr uneigennütziger Freund?

Nannerl verbrachte ihren kurzen Brautstand in hektischem Arbeitseifer, während Vater Leopold mit Akribie den Heiratskontrakt und andere Schriftstücke, Nannerls Ehe betreffend, ausarbeitete. Dabei wunderte er sich über des zukünftigen Herrn Schwiegersohns Knausrigkeit. Die »Morgengabe« sollte nur tausend Gulden betragen, davon sollte Nannerls Mitgift abgerechnet werden, nämlich 500 Gulden – die eigentlich Leopold hätte zahlen sollen, was er aber nicht für nötig hielt. Also würden Nannerl lediglich 500 Gulden zur freien Verfügung übrigbleiben – nicht gerade viel, wenn man das große Vermögen Johann Baptists, das er übrigens seiner ersten Frau verdankte, berücksichtigte ...

Schweren Herzens sieht Nannerl der letzten Begegnung mit Franz vor ihrer Heirat entgegen. Er weiß ja von der Werbung des Barons, hat dessen Besuch empfangen (fast sah es aus, als wolle sich der zweifache Witwer vor einer endgültigen Bindung mit der Mozarttochter vergewissern, ob die auch noch »ehrbar« sei), also umfaßt er sie zärtlich und baut ihr goldene Brücken, indem er ihr stockend vom Besuch ihres Bräutigams berichtet. Nannerl vermag nur mit halbem Ohr zuzuhören, spürt die zitternde Qual ihres Liebsten und kann doch nichts anderes tun, als ihm unter Tränen zu versichern, daß nur er ihre lebenslange Liebe bleiben werde.

Dies scheint Franz zu genügen. Sie sitzen beide wieder im Zwergengarten, die Augustsonne brennt auf sie nieder – sie merken es nicht. Es ist Mittagszeit, der Garten menschenleer, und Franz legt seinen Arm ein letztes

Mal um die Geliebte. Da beginnen die Mittagsglocken zu läuten, und in diesen schweren Klang hinein sagt Franz:
»Ich wünsche dir alles Glück der Welt, Nannerl!« Seine Stimme ist brüchig, das Glockenläuten übertönt sie. Nannerl hätte Franz noch gern ein letztes Mal geküßt, aber sie wagt es nicht, denn ein Gärtner kommt vorbei, und sein neugieriger Blick trifft das Paar auf der Bank . . .
In allen Annalen und Biographien ist von der »Vernunftehe« Nannerl Mozarts mit Johann Baptist von Sonnenburg die Rede – sie hat wohl kein Hehl daraus gemacht, daß es von ihrer Seite aus so ist. Zugleich wurde ihr bescheinigt: *Sie war noch immer voll Jugendfrische und strahlender Schönheit.* (Teschner) Also mochte der fünfzehn Jahre ältere Johann Baptist, als er um sie warb, wohl durchaus in sie verliebt gewesen sein . . .

Leopold berichtet voll unterschwelligen Stolzes dem Sohn in Wien von Nannerls honorigem Bräutigam. Wolfgang zeigt seiner Konstanze diesen Brief – er ist guter Laune, komponiert gerade in diesen Wochen Stücke, von denen er spürt, daß sie ihm wohl gelungen sind, veranstaltet Konzerte in den Adelshäusern und einträgliche »Akademien«. Die Reise nach Salzburg im Vorjahr liegt für ihn schon lange zurück, ist Vergangenheit. Auch die Verstimmung zwischen ihm und dem Vater. Doch jetzt wundert sich Konstanze:
»So schnell hat sich deine Schwester zum Heiraten entschlossen? War denn schon etwas zwischen dem Baron und ihr, als wir im Herbst mit ihr zusammen waren?«
Wolfgang verneint entschieden.

»Dann hätte sie mir etwas davon gesagt.«
Das geschwisterliche Vertrauensverhältnis empfindet er als durchaus noch vorhanden. Er liebt Nannerl, und so bekommt sie von ihm auch eine humorvolle Gruß- und Glückwunschbotschaft:

Potz Sapperment, jetzt ist es Zeit, daß ich schreibe, wenn ich will, daß Dich mein Brief noch als eine Vestalin antreffen soll! Ein paar Tage später, und – weg ist's! Meine Frau und ich wünschen Dir alles Glück und Vergnügen zu Deiner Standesveränderung ... Aber wir bedauern nun nichts mehrer als unseren lieben Vater, welcher nun so ganz allein leben soll. Freilich bist Du nicht weit von ihm entfernt, und er kann öfter zu dir spazieren fahren – allerdings ist er wieder an das verfluchte Kapellhaus gebunden!
Wenn ich aber an Vaters Stelle wäre, so würde ich es so machen: ich bäte den Erzbischof nun (als einen Manne der schon so lange gedient hat) mich in meine Ruhe zu setzen. Nach erhaltener Pension ginge ich zu meiner Tochter nach St. Gilgen und lebte dort ruhig.
Wollte der Erzbischof auf meine Bitte nicht eingehen, so begehrte ich meine Entlassung und ginge zu meinem Sohn nach Wien. Und das ist es, worum Du Dir Mühe geben möchtest, ihn dazu zu bereden. Ich habe heute in einem Brief an ihn schon das Nämliche geschrieben. Und nun schicke ich Dir noch 1000 gute Wünsche von Wien nach Salzburg, besonders daß ihr beide so gut zusammen leben möchtet wie wir zwei.

Nannerl läßt das Briefblatt sinken. Ach Wolfgang! Wie oft wird er ihr denn noch von seinem Glück mit Konstanze vorschwärmen! Als ob es keine Freunde in Wien

gäbe, die eifrig und keinesfalls immer Positives von der Ehe der beiden berichten, von Konstanzes Oberflächlichkeit, Putz- und Genußsucht, ihrem peinlichen Sich-in-den-Vordergrund-Drängen, ihrem ebenso peinlichen Bestreben, als Sängerin (sie hatte eine ganz annehmbare Sopranstimme) zu glänzen.
Nannerl liest weiter:
Drum nimm von meinem poetischen Gehirnkasten einen kleinen Rat an, und höre nur!

Du wirst im Ehstand viel erfahren,
was Dir ein halbes Rätsel war,
bald wirst du aus Erfahrung wissen,
wie einst hat Eva handeln müssen,
daß sie hernach den Kain gebar.

Doch Schwester, diese Ehstandspflichten
wirst Du von Herzen gern verrichten,
denn glaube mir, sie sind nicht schwer.

Doch jede Sache hat zwei Seiten:
Der Ehstand bringt zwar viele Freuden,
allein auch Kummer bringet er.
Drum, wenn Dein Mann dir finstere Mienen
die Du nicht glaubest zu verdienen,
in seiner üblen Laune macht,
so denke: Das ist Männergrille
und sag: Herr, es gescheh dein Wille
bei Tag – und meiner in der Nacht.

Dein aufrichtiger Bruder
W. A. Mozart

Brief und Gedicht wird Nannerl als Unterpfand der Geschwisterliebe ein Leben lang liebevoll verwahren. Besonders das Gedicht hat es ihr angetan, sie zeigt es im Freundeskreis rundum, und Herr von Robinig wundert sich über Wolfgangs dichterisches Talent. Das hier war keines von einem »Scheibenpoet«, wie Wolfgang ja immer über sich selbst spottete, dieses hier »holperte« nicht, die Aussage hatte Hand und Fuß und eine gute Pointe. Seine Tochter sekundierte:
»An Wolfgang ist ein Dichter verlorengegangen.«
Ein wenig hatte sie vielleicht recht: jedenfalls schrieb Wolfgang leidenschaftlich gern Briefe – an alle Welt, Briefe voller Humor und in einem guten Stil. Und an den Librettis seiner Opern feilte er eifrig und geduldig mit, wußte genau, was er brauchte und wünschte.
Der liebevolle Brief seines Sohnes ging Leopold sehr zu Herzen. Er war in diesen Sommerwochen des Jahres 1784 einfach glücklich. Nannerl machte eine »gute Partie«, war ihm also in kindlicher Liebe gehorsam, und Wolfgang wünschte den Vater in seine Nähe. Was wollte er mehr? Vielleicht wurde doch noch alles heil und gut. Jedenfalls nahm sich Leopold vor, so bald als möglich nach Wien zu fahren.

Nannerls Hochzeit wurde am 23. August 1784 in kleinem Kreis gefeiert. Schließlich war das Trauerjahr erst seit kurzem vorbei. Nannerl kam dies sehr gelegen – ein Hochzeiter, den vier Kinder in die Kirche begleiteten – das fünfte lag von einer Amme betreut daheim im Pfleggerichtsgebäude in der Wiege –, war in den Augen der Mitbürger kein strahlender Bräutigam, und eine Braut, von deren unglückseliger Liebe zu einem

anderen jedermann wußte, bemitleidete man eher, als daß man ihr Glück und Zufriedenheit zutraute.
Wie eilig Johann Baptist es mit der Heirat hatte, beweist sein heute noch vorhandenes Gesuch um eine *Beschleunigung der Eheverkündigung*. Am gleichen Tag, da er dieses Gesuch abgibt (am 12. August 1784), schließt er auch den Heiratskontrakt. Der ist ein umfangreiches Papier, in dem genau geregelt ist, was den Ehepartnern in verschiedenen Wechselfällen des Lebens zusteht. Es ist der Vertrag eines Besitzenden, zugleich eines sparsamen Menschen gegenüber einer schönen, aber armen bürgerlichen Braut. Verwunderlich, wenn man bedenkt, daß der Bräutigam über ein Vermögen von 27000 Gulden verfügt (nach heutiger Kaufkraft etwa 700000 DM).

Nannerl steht vor ihren Stiefkindern im Pfleggerichtsgebäude zu St. Gilgen. Es ist – wie es das Schicksal will – das gleiche Haus, in dem ihre Mutter geboren wurde, aus dem ihre Großmutter Euphrosina ins Elend zog. Die Räume sind unverändert, und Nannerl denkt, als die Kinder eilig wieder hinunter in den Hof laufen: So tollte und spielte hier einmal die Mama. Nannerls Großvater ist bei den St. Gilgenern noch in guter Erinnerung – sein Grabmal auf dem Friedhof ist gepflegt, trägt Blumenschmuck. Und Nannerl geht und bringt ihren Hochzeitsstrauß auch an sein Grab.
Großmutter Euphrosina hat von ihrem Mann immer nur in großer Liebe und Hochachtung gesprochen – so kennt ihn also auch die Enkelin. Das Grab und die Räume im Pfleggerichtsgebäude sind für sie eine Art Brücke von ihrem früheren Leben in das neue als Baro-

nin Marianne von Sonnenburg. Da es in der Familie Berchthold-Sonnenburg schon ein »Nannerl« gibt, nämlich Johann Baptists hübsche Tochter Maria Anna, Nanni gerufen, nennt Johann Baptist Nannerl »Marianne«, und sie gewöhnt sich daran.

Am späten Abend des Hochzeitstages – die letzten Gäste sind gegangen, faßt Johann Baptist seine schöne junge Frau unter und führt sie die Stiegen hoch ins Schlafzimmer. Da steht das Ehebett, in dem schon seine beiden ersten Frauen glücklich waren, und Nannerl schnürt es die Kehle zu. Johann Baptist geht diskret nach nebenan, wartet, bis seine Frau sich mit Hilfe des Dienstmädchens entkleidet hat. Das *»Mensch«* ist schon älter und sagt vertraulich, während sie der Braut die Miederschnur löst:

»Werdet es hier net leicht haben, Madame. Sind schlimme Kinder, die unsrigen. Müsset gleich von Anfang an eine strenge Hand haben, sonst wachst ihnen alles hier über den Kopf.«

Ob sie mit dem »alles« wohl auch den Herrn Pfleger meint? fragt sich Nannerl. Sie hat inzwischen bemerkt, daß er mit Untergebenen recht bärbeißig umzugehen pflegt. Ihr gegenüber war er bisher freilich sanft und aufmerksam, hat ihr als Hochzeitspräsent eine reich ziselierte lange silberne Kette geschenkt. Als nun das *»Mensch«* mit Namen Walburga diese Kette in einer Schatulle verstaut, meint sie so nebenbei:

»Hab' die Uhrkette zwei Stunden lang putzen müssen, aber jetzt sieht sie sauber aus und glänzt auch.«

Eine Uhrkette? Und sie, Nannerl, dachte an alten Familienschmuck von einer der Sonnenburgischen Damen!

Johann Baptist erwartet sie in seinem gestärkten weißen Nachthemd, das ihrem ähnlich ist. Sie auf das Lager zu heben, dazu ist seine Auserwählte zu »stattlich«. Also geleitet er sie zum Bett, dessen feinste Leinenwäsche üppig mit Spitzen verziert ist, und das Monogramm seiner ersten reichen Frau trägt: M.P. (Maria Margaretha Cordula von Polis).
Nannerl ist sehr blaß – das merkt selbst der Hochzeiter. Der tätschelt ihre Wange, müht sich, seiner sonst schnarrenden, befehlsgewohnten Stimme einen freundlich sanften Ton zu geben, und sagt:
»Gott segne deinen Eingang in mein Haus.« Dann umfaßt er sie in überraschendem Ungestüm, und Nannerls unbewußte Abwehr wird erstickt ...
Am nächsten Morgen – Johann Baptist ist schon unterwegs – findet die Braut auf ihrem Kopfkissen eine Schatulle. Sie enthält die Morgengabe: 500 Goldgulden. Dies ist sogar in den Annalen vermerkt:
Am Tage nach der Hochzeit zahlte der Ehemann Johann Baptist Cajetan 500 Gulden als Morgengabe in praemium virginitatis (zum Lohn der Jungfräulichkeit).
Ob wohl Johann Baptist diese Morgengabe gestrichen hätte, wenn sich Nannerl nicht mehr in bewußtem »jungfräulichen Stand« befunden hätte? Jedenfalls wollte der zweifache Witwer in diesem Punkt wohl auf Nummer Sicher gehen ...

Nun ist Nannerl Ehefrau, Stiefmutter und Herrin eines großen Hausstandes. Vater Leopold erscheint am Vormittag, um sich am Glück seiner Tochter zu freuen. Er trifft eine blasse, ernste Frau an. Sein Blick drückt Besorgnis aus, leise fragt er nach Nannerls Ergehen.

»Aber ja, Papa, ich fühle mich wohl. Ein bisserl müde vielleicht, aber das geht vorbei.«
»Wenn das die liebe Mama noch erlebt hätte!«
Und Nannerl denkt: Lebte die Mama noch, dann stünde ich nicht hier. Dann hätte sie bei Papa längst erreicht, daß ... lieber Franz, wie mag dir heute, jetzt in diesem Augenblick, zumute sein? Er hat ihr zum Abschied eine Miniatur geschenkt, sein Konterfei, einen kleinen Scherenschnitt auf silbernem Grund. Nein, sie darf nicht weinen – um Gottes willen, der Papa sieht sie doch an! Nein, jetzt wendet er den Blick zur Tür, Johann Baptist tritt ein, küßt seiner Frau galant die Hand und begrüßt den Kapellmeister leutselig. Ein Gespräch entwickelt sich, das sich ums Wetter dreht und darum, daß man heute einfahren muß.
»Der Schäfer hat ein Unwetter prophezeit«, setzt er entschuldigend hinzu.
Nannerl ist es recht, daß sie sofort der hektische Betrieb des Hauses in Anspruch nimmt. Da ist der kleine Karl Andreas, der ihr sogleich wie ein Hündchen überallhin folgt. Sie steht in der großen Küche, Karl am Rockzipfel, und denkt: Hier hat schon Großmutter gewirtschaftet. Hat sie das? Die Mama hielt nicht viel von den Haushaltskünsten der eigenen Mutter.
Neben Walburga gibt es noch zwei *»Dienstmenscher«*, wie sich Leopold in seinen Briefen stets ausdrückt. Die Amme ist etwas Besseres, kein *Kuchelmensch*. Nannerl nimmt sich des kleinen Wesens, das seiner Mutter das Leben gekostet hat, mit besonderer Sorgfalt an. Es ist ein schwächliches Mädchen, dem die schwere Geburt wohl auch geschadet hat. Seine Schwester Nanni sagt leise:

»Sie will nicht essen und nicht trinken. Wenn man nur wüßte, wie man ihr helfen könnte!« Und Nannerl hört später die robuste Walburga leise zur Kucheldirn sagen:
»Wär wohl das Beste, wenn's ein Engerl wird. In seinem Geschau ist wieder was Geistiges, was mir net gefällt.«
Nannerl, gewohnt, den Dingen auf den Grund zu gehen, fragt hart:
»Was meinst denn du mit dem Geistigen?«
Walburga blickt zunächst erschrocken, dann sagt sie ruhig:
»Das kann die Madame net wissen. Aber uns sind schon fünf Kindln gestorben. Und immer, wenn sie das Geistige in den Äugerln hatten.«
Nannerl erschrickt. Wem waren denn fünf Kinder gestorben? Sie erfährt es später vom Vater dieser Kinder selbst. Johann Baptists erste Frau hat in elf Ehejahren neun Kinder geboren, von denen nur vier am Leben blieben. Sie spürt, daß ihr Mann nicht allzu gut auf seine erste Frau zu sprechen ist – im Gegensatz zu seiner zweiten. Der Grund ist, daß Maria Margaretha ihrem Mann nur einen kleinen Teil ihres großen Vermögens vererbte, wie Johann Baptist Nannerl mürrisch zu verstehen gibt. Also ist er doch nicht so reich, wie auch Leopold annimmt, den Hauptteil des Geldes verwaltet er nur für seine Kinder. Als Leopold davon erfährt, meint er barsch:
»Mein Schwiegersohn hat mich anderes glauben lassen.« Hat seine Tochter am Ende doch keine so glänzende Partie gemacht? Immerhin, der Heiratskontrakt besteht und stellt sie auch als eventuelle Witwe sicher.

Ehefrau, Stiefmutter und Herrin – Probleme mit dem Stiefsohn – Inwendig brennt's – Warum solche Heimlichkeiten?

Schon wenige Tage nach Nannerls Einzug gab es im Hause Sonnenburg ein trauriges Ereignis. Die kleine Maria Franziska lag am Nachmittag eines heißen Augusttages leblos in der Wiege, von den Dienstmägden, die an der Wiege knieten, mit lautem Gebetsmurmeln auf den Weg ins ewige Leben begleitet.
Nannerl wunderte sich, wie wenig ihr Gatte an dem schrecklichen Geschehen Anteil nahm. Wenn einem ihrer Kinder auch so etwas zustieße, würde er dann ebenso hölzern am kleinen Grab stehen, ohne Bewegung in den groben Zügen?
Es war die treue Walburga, die ihren Dienstherrn in Schutz nahm und Madame erklärte:
»Es denkt der Herr halt, daß das Kindl schuld war am Tod von der armen gnä' Frau.« Ja, das mochte es sein. Da hatte das alte Dienstmädchen wohl ein besseres Gespür als sie, die gebildete Frau von Sonnenburg.
Ach, es ist nicht einfach, fast von einem Tag zum anderen Mutter von fünf Kindern zu sein! Wäre da nicht Nanni, die umsichtig und energisch bei den Kleinen für Ruhe sorgt, Nannerl wäre des öfteren ratlos.
Die Wintermonate in St. Gilgen sind geruhsamer als in Salzburg, die Kinder sind mehr im Haus, und das bringt einige Probleme. Nannerls ältester Stiefsohn Wolfgang entwickelt sich immer mehr zu einem kleinen Haustyrannen, während die Nanni, seine Schwester, der Stiefmutter ans Herz wächst.

Eine von Wolfgangs Ungezogenheiten ist, daß er, wenn Nannerl am Klavier sitzt und spielt, nebenan ohrenbetäubend lärmt, mit Topfdeckeln »Musik« macht und die Geschwister aufwiegelt, das gleiche zu tun. Wolfgang treibt mit den Mägden Schabernack, schüttet die Putzeimer aus, beschmutzt die Wäsche auf der Leine, schaufelt Schnee ins Stiegenhaus und ist ständig darauf aus, neue Streiche zu ersinnen. Er ist ein hübscher Bursche und des Vaters ganzer Stolz. Dennoch wagt es Nannerl, sich bei Johann Baptist über den kleinen Teufel zu beschweren.
Johann Baptist blickt vom Schreibtisch hoch und zeigt jenen Ausdruck von Nervosität und Ungeduld, den Nannerl schon kennt und fürchtet. Er springt auf, läuft mit auf dem Rücken verschränkten Armen im Zimmer auf und ab und schnarrt:
»Ich möcht' es mir ausgebeten haben, daß man mir mit solchem Schmarr'n den Kopf voll lamentiert.« Pause. »Wolfgang ist eben ein Bub, meinetwegen ein Lausbub. Ein solcher ist mir lieber als ein Duckmäuser. Du scheinst nur deinen Bruder zu kennen. Der war freilich das Muster eines folgsamen Knaben.«
Daß Johann Baptist in so einem Zusammenhang derart hämisch über den Bruder spricht, empört Nannerl zutiefst. Nicht gewöhnt, sich aufzulehnen, verläßt sie wortlos das Zimmer.
Nannerl erinnert sich an ihres Bruders Gedicht von den Männergrillen und verweigert an diesem Abend ihrem Gatten die ehelichen Pflichten. Sie dreht sich zur Wand und legt eine Kompresse auf die Stirn, auch wenn die gar nicht schmerzt.

Walburga in ihrer Küche hebt den Kopf und lauscht. Im Salon spielt die Madame so schön, so zart und leicht, daß selbst einem so einfachen »Dienstmensch«, wie sie es ist, das Herz aufgeht. Walburga weiß, daß die Herrin des großen Mozarts Schwester ist. Sie wäre kein Kind des Salzburger Landes, wenn sie nicht musikalisch wäre, und G'sangeln, G'stanzln, Ländler und Jodler lieben würde. Als das Kuchlgeschirr auf seinem Platz ist und die Küche sauber geputzt, faßt sie Mut, geht hinüber in den Salon und wartet, bis Nannerl aufschaut und die Hände zum Schlußakkord auf die Tasten legt.

»Na Walburga, wo brennt's denn?«

»Inwendig«, sagt Walburga schnell. Sie ist nicht auf den Mund gefallen, ist ein echtes St. Gilgener Kind. »Inwendig brennt's, wenn man die Madame so schön spielen hört.«

Und dann kommt es heraus, es sei doch Fasching und es wär' doch so lustig, wenn man einmal, das Personal nämlich, ein wenig tanzen könnte, unten im Saal vielleicht? Man bräuchte ja nur die Bänke ein wenig zusammenzuschieben.

»Aha. Und ich soll euch wohl die Tanzmusi machen, ist's so?«

»Ja, das schon. Wenn halt der Herr Pfleger tät damit einverstanden sein.«

Zuerst sagte der Herr Pfleger nein, aber als die Kinder Wolfgang und Nanni ihn bedrängten, gab er seine Zustimmung.

Wieviel Phantasie doch so ein Kucheldirndl oder auch ein gestandenes Mannsbild von einem Gerichtssekretär entwickeln konnte! Von einer kleinen Faschingsgaudi war keine Rede mehr. Mit säuerlicher Miene erkannte der Herr Pfleger, daß sich unter seinen strengen Augen ein regelrechtes Maskenfest organisierte, mit Einladungen an die Honoratioren der Bürgerschaft, mit einer Tanzmusik, die keinesfalls nur aus einem Klavier bestehen sollte – nein, die St. Gilgener Blaskapelle wollte aufspielen, kostenlos natürlich. Man erinnerte sich in St. Gilgen an die fröhlichen Feste unter der Regie des Pflegkommissars Pertl, des Großvaters der neuen Frau Pflegerin, und verband so in Gedanken und Erwartungen alte Tradition mit erhoffter neuer.

Die Mägde saßen im Vorhaus und wanden schon seit Tagen grüne Reisiggirlanden, Baroneß Nanni probierte mit der Hausschneiderin ihr Ballkostüm als Prinzeßlein und bestürmte die »Mama«, sich auch eines auszudenken. Doch dem schob der Papa einen Riegel vor. Kategorisch erklärte er:

»Wir beide bleiben, wie und was wir sind!«

Ach, was waren sie denn? Ein Ehepaar, fast noch in den Flitterwochen, zumindest in den Flittermonaten. Aber von flitternder Heiterkeit und Verliebtheit konnte keine Rede sein. Hatte Nannerl anderes erwartet? Steuerte sie vielleicht etwas zu dergleichen Ehefreuden bei? Und vermißte Johann Baptist denn etwas? Er ging doch völlig in seinem Beruf auf, seine Interessen galten der »Ökonomie«, dem Gelderwerb, der Vermehrung jenes Kapitals, das eigentlich seinen Kindern gehörte. Das Kapital wohl, doch die Zinsen, die es trug, flossen in seine eiserne Kasse. Unrechtmäßig? Keinesfalls. Von Zinsen war im Testament nicht die Rede.

So erfuhr Nannerl durch den »Hausklatsch«, daß der

Herr Pfleger dem Domkapitel zu Salzburg 13000 Gulden geliehen hatte, was ihm jedoch Ärger von seiten des Herrn Fürstbischof Colloredo eintrug. (Die Schriftstücke sind noch heute erhalten.) Colloredo brachte die finanzielle Transaktion vor den Reichshofrat in Wien, weil er nicht wünschte, daß mit Mündelgeldern Geschäfte gemacht wurden. Gerade in diesen Tagen aber war ein für Johann Baptist günstiger Bescheid vom Domkapitel in Salzburg eingetroffen! Die Wiener sahen keine Veranlassung, der Vermehrung eines Mündelvermögens entgegenzuwirken. Johann Baptist also war gut gelaunt – in sein Säckel würde künftig alljährlich eine nicht unbeträchtliche Summe von Zinsgeldern fließen. Einen saftigen Gewinn hatte er ja auch mit dem Ankauf einer Eisenwarenhandlung vor zwei Jahren gemacht, die er heuer sehr günstig wieder weiterverkaufen konnte. Die Unkosten für seine Hochzeit mit der Mozarttochter, einschließlich Morgengabe, hatte er jedenfalls, ohne sein eigenes Kapital angreifen zu müssen, durch seine Spekulationen bestreiten können.

Von Johann Baptists Gedankenwelt, seinen Wünschen und Sorgen hatte Nannerl keine Ahnung – es blieb ihr auch gar keine Zeit, sich um sie zu kümmern. Und das war gut so. Sie erfüllte eine Aufgabe – und die gewissenhaft und mit Sorgfalt. Wurde mehr von ihr erwartet? Wohl kaum. Johann Baptists stürmisches Begehren hielt sich nunmehr in Grenzen – sehr zu Nannerls Erleichterung. Die Gefahr, daß sie das Schicksal ihrer Vorgängerin im Wochenbett würde teilen müssen, verringerte sich.

Etwa zur gleichen Zeit, da man in St. Gilgen das Faschingsfest vorbereitet, begibt sich der Vater auf die Reise zu seinem Sohn nach Wien. Leopold scheint sich in der Familie Wolfgangs erfreulicherweise recht wohl zu fühlen. Er schreibt Nannerl, ein Konzert folge dem andern, eine Einladung der andern. Er sei mit Joseph Haydn zusammengekommen, der Wolfgang als das größte lebende Musikgenie gelobt hätte. Wolfgangs Konzert im Burgtheater, sein großer Erfolg, war für den Vater der Höhepunkt des Wienaufenthaltes. Und mehr als sonst beschäftigen sich Nannerls Gedanken in diesen Tagen mit dem Bruder, dessen Briefe immer noch mit *Meine allerliebste Schwester* beginnen und mit *Dein Dich stets aufrichtig liebender Bruder* enden. Nannerls heimlicher Groll gilt ja nicht Wolfgang, er gilt allein der raffinierten Schwägerin, die – davon ist Nannerl überzeugt – alles daran setzt, die Geschwister auseinander zu bringen. Wenn sie dem doch irgendwie wehren könnte! Nun, da sie von ihm räumlich so weit getrennt ist – sie weiß, daß er ohne sie andere Wege geht als früher, in einem Bekannten- und Freundeskreis, den sie nicht kennt –, befürchtet sie, ihre vertraute Zweisamkeit würde nie wiederkehren, ja für immer gestört sein. Und sie fühlt die Ohnmacht, das zu ändern. Die einzige Verbindung zu Wolfgang sind jetzt seine Kompositionen, die er ihr über den Vater immer noch regelmäßig zur Beurteilung schickt. Dann sitzt sie am Klavier und spürt die Schwingungen wie früher, erinnert sich an jenen Scherz, als sie dem Papa eine kleine Komposition Wolfgangs als die ihre unterschieben wollte. Und der kluge Papa hatte zunächst keinen Unterschied gemerkt – hätte ihn vielleicht nie ge-

merkt, wenn sie nicht lachend den Schwindel aufgeklärt hätte.
Längst hat Wolfgang sie weit überrundet. Wie oft muß sie mitten im Spiel innehalten und eine Passage wiederholen, weil sie so schön ist. Und ich war die erste, die Wolfgangs Begabung entdeckte, sagt sie sich wehmütig und stolz zugleich. Und ich wäre die letzte, ihm seine Erfolge zu mißgönnen. Wie dies – das weiß sie – Konstanze Bekannten gegenüber behauptet:
»Meine Schwägerin ist ja nur neidisch auf Wolfgangs Karriere und auf mich eifersüchtig.«

Das Fest war in vollem Gang, der Gerichtssaal nicht wiederzuerkennen. Herr von Moulin, Gerichtsadjunkt in St. Gilgen und ein Vetter Nannis, war der Hauptinitiator des Maskenballs. Seine Phantasie hatte den Raum in ein Waldstück verwandelt, in dem es nun von Gnomen, Waldgeistern, Feen, Jägern und Hexen nur so wimmelte.
Mürrisch blickte der Hausherr in das närrische Treiben. Nannerl saß am Honoratiorentisch brav an seiner Seite und wirkte, trotz Johann Baptists Verbot, doch ein wenig verkleidet. Sie trug die ländliche Tracht der St. Gilgenerinnen und sah darin frisch und jung aus, was sogar ihrem Ehemann auffiel. Und noch etwas fiel ihm auf. War sie nicht in den letzten Monaten fülliger geworden? Er hatte ein Auge für dergleichen. Sollte tatsächlich Nachwuchs unterwegs sein? Nun, damit hatte man leider rechnen müssen – angenehm war ihm das freilich nicht, sorgten doch schon genügend Kinder für Unruhe in seinem Heim.
Nannerls sonst so üppig hohe, kunstvolle Frisur hatte

diesmal zwei schlichten dunklen Zöpfen weichen müssen, die sie nach Landfrauenart wie ein Krönchen aufgesteckt trug. Und einer stand am Saaleingang und wandte kein Auge von der schönen Frau Pflegerin. Er trug ein Jägerhabit und eine Halbmaske, die untere Gesichtshälfte verdeckte ein mächtiger falscher Bart.
Nannerl tanzte mit dem Bürgermeister die Ehrenrunde und wurde anschließend von ihm zu ihrem Platz zurückgeleitet. Da aber stellte sich ihr der Jägersmann in den Weg und bat um den nächsten Tanz. Nannerl erkannte ihn sofort.
»Aber Franz«, sagte sie schwach. »Du meine Güte! Du hier?«
Er umfaßte sie zum Ländler, und der Bürgermeister sah beiden verwundert nach.
Weit genug vom Honoratiorentisch entfernt bat Franz seine Tänzerin, sie nach draußen geleiten zu dürfen.
»Nur auf ein paar Augenblicke, Nannerl, dann verschwinde ich wieder.«
»Warum denn solche Heimlichkeiten, Franz?« fragte sie steif. Da lachte er gequält:
»Es ist nur um einer Erinnerung willen. Weißt du noch, damals in München?«
Natürlich erinnerte sie sich – die Maskenschlittenfahrt, die bittersüße Liebe im Schnee ...
Vor dem Haus empfing beide ein stürmischer lauer Wind, der schon den Frühling ahnen ließ. Ihr war sehr eigen zumute. Es war eine Situation fast wie früher. Immer hatten sie in der Heimlichkeit leben müssen, immer war ihre Liebe ein Schattengewächs gewesen. »Warum?« fragte sie sich und sprach es auch leise aus. Franz verstand sie sofort. Er legte den Arm um sie,

nicht besitzergreifend, nur schützend, und fragte fast beschwörend:
»Du bist doch glücklich, Nannerl? Es geht dir doch gut?«
Sie antwortete nicht, strich mit zärtlichen Fingern über seinen künstlichen Bart. Dann wandte sie sich ab und strebte ins Haus zurück. Im Lichtschatten der Flurlaterne sagte sie schließlich:
»Ja, ich bin glücklich, ich bekomme ein Kind.«
Als sie in den Saal zurückwollte, trat ihr im Flur eine junge Frau in den Weg. Nannerl erkannte sie im trüben Schein der Öllampe nicht, bis die Fremde sich vorstellte, sie sei eine Nichte ihres Mannes, Katharina von Sonnenburg. Von der schwatzhaften Walburga wußte Nannerl manches über diese junge Frau, die sie jetzt bat, mit ihr unter vier Augen sprechen zu dürfen. Genüßlich hatte Walburga von der traurigen Liebesgeschichte erzählt, davon, daß Katharina mit Sebastian Schönfelder, einem Bauernsohn, ein Verhältnis hätte, Johann Baptists adelsstolzer Bruder Sigismund der Heirat seiner Tochter ein stures Nein entgegensetzte, auch als das Kind schon geboren war. Walburga behauptete empört: »Hat der Alte wollen, daß die Katharina zu einer Engelmacherin geht, aber das hat das Madl halt net getan. O mei!« kam Walburgas Flüsterstimme: »Und dann hat die Katharina Tag und Nacht aufpassen müssen, daß dem Kinderl nix zustößt. Wissen S' schon, Madame, was i mein'. Da hat die Katharina dann 's Kindl bei Nacht und Nebel zu den Eltern vom Sebastian gebracht. Dort ist's in Sicherheit. Und die Katharina hat der Alte dann ins Kloster gesteckt.«
Aber jetzt stand sie vor der angeheirateten Tante und

nahm die Maske ab. Nannerl sah in ein hübsches, trauriges Gesicht. Rasch zog sie das junge Geschöpf in eine Kanzlei im gleichen Flur, entzündete eine Kerze und betrachtete sie. Katharina trug Magdkleidung und wirkte in der Verkleidung ganz und gar nicht wie ein adeliges Fräulein. Hastig begann sie zu sprechen, aufgeregt und stockend. Nannerl begriff, daß Katharina Hilfe von ihr erhoffte. Hilfe, um ihren Sebastian Schönfelder heiraten zu können.
Vorsichtig fragte sie Nannerl aus. Nein, in einem Kloster sei sie nicht, das seien nur Gerüchte. Aber ihr Kind dürfe sie nicht sehen. Und hierher zum Fest des Onkels sei sie auch nur von Verwandten heimlich mitgenommen worden. Jetzt begann sie zu weinen, und bevor Nannerl es hindern konnte, kniete sie neben ihr auf dem Fußboden der Kanzlei und bat:
»Helfen Sie uns, Frau Tante, ein Leben lang werden wir Ihnen dankbar sein.«
Aber wie? dachte Nannerl unbehaglich, wie helfen? Katharina glaubte wohl, sie hätte soviel Einfluß auf Johann Baptist, daß er seinem Bruder Sigismund befehlen könnte, die Heirat zu erlauben. Hatte er das bis jetzt nicht getan, wie sollte es ihr, Nannerl, wohl gelingen, ihn umzustimmen? Dennoch versprach sie zu dieser nächtlichen Stunde, ihr Möglichstes zu tun, und reichte Katharina ein Taschentuch, die Tränen zu trocknen.

Johann Baptist hatte sie nicht vermißt. Er war heiterer Stimmung, der schwere Wein hatte seine Schuldigkeit getan. Er begehrte nach Hause, hinauf in den ersten Stock.

Dort knüpfte er ihre seidene Schürze ab und legte die Hand prüfend an ihre Taille.
»Bist du in der Hoffnung?« fragte er mit schwerer Zunge.
Sie hätte sich eine andere Situation gewünscht, nicht eine zwischen Tür und Angel, ihrem Mann diese Botschaft zu verkünden. Aber sie nickte, und er erwiderte:
»Hatte ich doch recht! Mir kann man nichts verheimlichen.«
Besonders erfreut schien der Herr Richter nicht zu sein, dafür um so mehr der werdende Großpapa Leopold. Wie wohl tat Nannerl seine besorgte und strahlende Freude! Er wünschte, Nannerl solle in Salzburg, in seinem Haus, entbinden.
»Hier bist du bei Dr. Prestl in besten Händen, ich hätte sonst keine ruhige Stunde.« Dem Herrn Schwiegersohn war die Lösung recht.
Nach einer schmerzhaften, jedoch normalen Geburt war Nannerls größte Freude, daß Franz in der Wöchnerinnenstube erschien und ihr einen großen Strauß weißer Rosen in den Arm legte. Nachdem er gegangen war, weinte sie und küßte dem Vater die Hand.
»Daß du den Franz zu mir gelassen hast ...«
»Na, na«, räusperte sich Leopold. »Einmal muß ja doch Frieden sein zwischen uns.«
Es wurde ein rechter Herzensfrieden zwischen Nannerl, Franz und Leopold, der sogar Johann Baptist, der zur Taufe des Sohnes nach Salzburg gekommen war, mit einbezog. In der Andräkirche erhielt sein Sprößling am 28. Juli 1785 den Namen Leopoldus Alois Pantaleon.

Nannerl blieb auf Drängen des Vaters bis Anfang September in Salzburg, stillte das Kind, das von der alten Thresl und der jungen Dienstmagd Nandl liebevoll betreut wurde. Dann mußte die junge Mutter allein nach St. Gilgen zurückfahren, denn Leopold war nicht gewillt, den Enkel so schnell wieder herzugeben. Kaum in St. Gilgen angekommen, erhielt sie einen Brief vom Vater ...

... Damit du meine ganze Gesinnung weißt, so sage ich Dir, daß ich den Leopoldl, so lange ich lebe, bei mir behalten werde! Dieses ist und war von Anfang an schon mein Entschluß. Ich werde ihn im Sommer auf einige Zeit zu Dir hinausbringen, aber auch wieder mit mir zurücknehmen.

Nannerl hatte Ähnliches erwartet. Da auch Franz geschrieben hatte, er würde sich ihres Sohnes annehmen und Leopold mit Rat und Tat zur Seite stehen, willigte sie in Leopolds Wunsch ein. *Hauptmann d'Yppold, der einstige Verehrer und getreue Freund Nannerls, half Leopold, vertrat diesen und spielte gewissermaßen den Vater.* (Teschner)

Dem leiblichen Vater war es recht so. Nannerl hatte ja mit seinen Kindern genug auf dem Hals! Und Walburga meinte:
»Hat es die Madame schon richtig gemacht, bei uns da sterben's zu leicht, die Putzerln.«
Was die Mutter fühlte, danach fragte niemand. Hätte Johann Baptist zu ihrer Entlastung nicht eine Amme einstellen können wie für seine anderen Kinder? Er war halt ein sehr sparsamer Hausvater, der Herr Richter, und seine dritte Frau das Arbeiten gewohnt. Nannerl

schwieg – sie schwieg wie so oft in dieser Ehe. Nur die Stieftochter sagte, während ihr Nannerl Klavierunterricht gab:
»Werden Sie nicht Sehnsucht haben nach dem Leopoldl, Mama? Ich hätte ihn gern gehutscht und gehätschelt. Wissen Sie, ich hab' kleine Putzerln so gern.«
Nannerl betrachtete manchmal wehmütig die Wiege, die sie vorsorglich gerichtet hatte, bevor sie zur Entbindung nach Salzburg fuhr. Die Wiege hatte ihm Haus des Richters ihren ständigen Platz in der Ammenstube, wurde sie ja doch oft gebraucht, wohl auch in der dritten Ehe des Herrn von Sonnenburg – seine neue Eheliebste war ja noch jung.

Walburga klagte der Herrin, daß die »Fratzen« (die Kinder) wieder einmal verschwunden wären. »Haben's sogar den Andrä (den Jüngsten) mitgenommen.«
»Sie werden nicht weit sein«, meinte Nannerl. »Der Hunger wird sie schon heimtreiben.«
Aber sie kamen früher heim, und zwar in Begleitung eines Bauernknechtes, der den achtjährigen Cajetan auf dem Arm trug.
»Ist dem Buben schlecht worden«, brummte er. »Hat er grad nur so um sich g'haut, daß i ihn hab' fast gar net erwischen können zum Heimtragen.«
Walburga kam und nahm Cajetan, der sie mit leerem Blick anstarrte, in Empfang.
»Hat er sich wieder die Hosen naß gemacht«, murrte sie ungerührt.
»Wie redest du denn!« fuhr die Herrin die Magd an. »Man muß sofort zu Doktor Pölzl schicken!«
Walburga widersprach gelassen:

»Das braucht's net, Madame. Hat der Cajetan ja nur wieder ein Anfall g'habt, und der ist schon vorbei.«
Später erfuhr Nannerl von der Stieftochter, daß ihr Bruder schon lange an der Fallsucht leide.
»Der Vater hat gemeint, wir sollten es Ihnen nicht sagen. Es hätte ja sein können, daß der Cajetan gesund wird. Im letzten Jahr hat es ihn nur zwei-, dreimal erwischt – immer nur in der Nacht.«
Neben dem großen Mitleid für den lieben Buben empfand Nannerl eine Art dumpfen Zorn, daß ihr Johann Baptist die Krankheit seines Sohnes verschwiegen hatte. Man wußte, daß die Fallsucht erblich war, und Walburga sagte zögernd:
»Wie der Cajetan ist auf die Welt kommen, da hat er auch selbigen geistigen Blick g'habt wie die andern Kindln, die im Wochenbett der Gnädigen schon gestorben sind. Aber der Cajetan ist davongekommen.«
Was man unter dem »geistigen Blick« – auch im Dorf – verstand, konnte Nannerl nicht herausfinden. Dr. Pölzl meinte:
»Das Wort kommt wohl von ›Geißenblick‹, also ein leerer, geistesabwesender Blick, wie ihn die Ziegen an sich haben.« Dann lachte er meckernd: »Es könnte aber auch sein, daß meine lieben Landsleut mit dem ›geistigen Blick‹ den ›geistlichen‹ meinen, den gen Himmel gerichteten der Seelenhirten.«
Wie dem auch sei, Nannerl war tief bekümmert. Ein dunkler Schatten war auf ihr Dasein gefallen. Ihrem Mann Vorwürfe zu machen, hatte sicher keinen Sinn, und dem Vater gegenüber erst recht nicht, fühlte der sich doch so glücklich im vermeintlichen Glück seiner wohlversorgten Tochter. Aber sie schrieb d'Yppold

von ihren Ängsten und bat ihn, ihr Leopoldl zu beobachten, ob sich bei ihm nicht etwa auch dieser starre Blick ankündige. Nein, ihr kleiner Sohn blieb weiterhin gesund.

Nanni, die Stieftochter, wächst ihr immer mehr ans Herz. An ihr erlebt sie fast so etwas wie die Wiederkehr ihrer eigenen Jugend. Zufällig hört sie, wie dieses hübsche, anschmiegsame Geschöpf zu ihrem Vater, der murrt, man könne sich seine Eltern leider nicht aussuchen, sagt:

»O ja, ich hab' mir meine liebe Mama selbst ausgesucht.«

Nanni ist auch die einzige in der Familie, die musikalisch ist, und das bedeutet für Nannerl, die leidenschaftliche Klavierlehrerin, sehr viel. Sie unterrichtet ihr Stieftöchterl mit der gleichen Liebe und Sorgfalt wie früher ihre Schülerinnen.

Wolfgang von Sonnenburg – Leopolds schlechtes Gewissen – Die lärmende Familie im Hannibalhaus

Ständig gibt es Ärger mit Wolfgangs Hauslehrer. Sicher ist der Bub nicht dumm, aber aggressiv und widerborstig. Als der junge Mann, obgleich er den mageren Verdienst sehr nötig hätte, schließlich kündigt, beklagt sich Nannerl deswegen in einem ihrer vielen Briefe (125 Antworten von Leopold sind erhalten geblieben) bei dem Vater. Der handelt schnell, wie immer, wenn es gilt, seiner Nannerl einen Gefallen zu tun. Das Verhältnis zwischen Vater und Tochter ist jetzt überaus herzlich. Daß es jahrelang durch Leopolds Verschulden getrübt war, haben beide – so scheint es – vergessen. Daß den Alten trotzdem das schlechte Gewissen plagt, beweist seine große Freundlichkeit, ja Freundschaft gegenüber Franz d'Yppold, der sich auch sofort anbietet, Leopolds Plan zu unterstützen und Wolfgang nach Salzburg zu holen, ihm einen tüchtigen Lehrer zu suchen und in einem guten Haus unterzubringen. Vater Leopolds Antwortbrief wird Johann Baptist unterbreitet. Darin schreibt er:

Der Wolfgang lernt sicher in einer Woche hier mehr als in St. Gilgen in einem Monat.

Ob das wirklich Leopolds Überzeugung ist, bleibt dahingestellt. Es geht ihm ja nur darum, Nannerl gefällig zu sein, sie von dem boshaften Kind zu befreien.

Wolfgang kommt also nach Salzburg zu Magister Abele, dem späteren Professor Dr. Abele, dessen Schwester den ungebärdigen Knaben in ihr Haus aufnimmt und betreut. Auch Leopold holt ihn oft in sein

Haus und lernt ihn besser kennen. In einem Brief nennt er ihn *boshaft und verlogen*, weil sich der Junge gebrüstet hatte, die Mama *rechtschaffen cujoniert* zu haben. Und als Leopold empört fragte, ob er denn deswegen nicht bestraft worden sei, antwortete er kühn:

Der Papa hat allezeit die Schuld auf die Menscher und die Mama gelegt und sie ausgezankt.

Leopold wünscht, die Tochter solle diesen Brief ihrem Ehemann zeigen. Nannerl tut es. Der liest, gibt ihr den Brief zurück und schweigt. Nannerl versucht ihren Mann zu verstehen. Es gibt ja so viele Problemfälle in der Familie. Da ist das kranke Söhnchen Cajetan, das ihm ebenso Sorgen macht wie Wolfgang, der Stammhalter, dem Vater äußerlich wie aus dem Gesicht geschnitten. Um ihn hat sich Johann Baptist – im Gegensatz zu den anderen Kindern – von Anfang an gekümmert, an ihm hängt er, negative Kritik tut ihm weh ...

Seit Wolfgang, der Störenfried, aus dem Haus ist, geht es in der Familie von Sonnenburg viel friedlicher und freundlicher zu. Und Nannerl hofft sehr, daß Wolfgang in Salzburg bleiben kann. Leopold berichtet zunächst nur Positives über sein Wohlergehen und seine Fortschritte. Alle Briefe des Vaters an die Tochter beginnen übrigens mit: *Der Leopoldl ist gesund*, fehlt dieser Anfang, dann hat der Kleine halt ein wenig Schnupfen oder Durchfall. Aber er scheint von robuster Natur. Ganz glücklich schreibt der Großpapa eines Tages:

Ich kann die rechte Hand des Kindes ohne Rührung niemals ansehen, der geschickteste Klavierspieler kann die Hand nicht so schön auf die Klaviatur setzen, als Leopoldl bestän-

dig sein Händchen hält. Ich bin wirklich oft traurig, wenn ich's sehe und wünschte dann, daß unser Prinz von Asturien wenigstens schon drei Jahre alt wäre, so natürlich meine ich, er könnte sofort spielen.

Nannerl liest dergleichen Briefe mit Tränen in den Augen. Wie sehr wünscht sich der Papa eine Wiederholung jener glücklichen Zeit, in der er seiner Kinder Talent erkannte und förderte. (Der Großvater erlebte nicht mehr die Enttäuschung, daß sein geliebtes Enkelkind kein zweiter Wolfgang Mozart wurde, musikalisch nur normal begabt war.)
Alle erhalten gebliebenen Zeugnisse aus jener Zeit lassen erkennen, wie glücklich der Alte über Nannerls Fürsorge und Liebe war. Er rechnete es dem Schwiegersohn übrigens hoch an, daß er Nannerls Musizierleidenschaft nicht zu unterdrücken suchte, seine Frau manchmal stundenlang spielen ließ. Es waren immer noch des Bruders neue Kompositionen, die er ihr über den Vater gewissenhaft zuschickte, ihr Urteil erwartend. Nannerl aber schrieb ungern nach Wien, redete sich ein, Wolfgang mit den Antworten unnötig zu belasten, lag doch noch ein Brief von ihm in ihrer Mappe, in dem er erklärte, nur seine Arbeitsüberlastung sei schuld, daß sie solange nichts von ihm hörte. Also ließ sie ihre Botschaften lediglich in die Briefe des Vaters einfließen. Sie wähnte Wolfgang in seinem Familien- und Freundeskreis zufrieden – und vor allem auch erfolgreich. Sie wußte von Wolfgangs Reise nach Prag, wußte, daß er mit Konstanze und einem Diener gereist war – er also in einer pekuniär guten Lage lebte, erfuhr auch, wie erfolgreich seine Aufführung des Fi-

garo dort war, freute sich mit ihm und bat den Papa, ihm das auszurichten ...
Vom Vater kamen regelmäßig lange, meist heitere Briefe, in denen er in einem klugen, knappen, ironischen Stil alle Neuigkeiten aus der Stadt berichtete, natürlich vor allem über Nannerls Freundeskreis. So viele Grüße mußte er ausrichten und war insgeheim stolz auf Nannerls Beliebtheit. Franz d'Yppold aber war ihm inzwischen lieb wie ein Sohn ...

Im April des Jahres 1787 klagte Leopold über zunehmende Altersbeschwerden, und Nannerl machte sich Sorgen. Sie wollte ihm die Belastung durch ihren kleinen Sohn abnehmen, aber der Großvater wehrte sich so vehement, daß sie alles so ließ, wie es war. Nur mußte ihr Franz regelmäßig berichten. Und seine Briefe empfing sie mit Herzklopfen, auch wenn sie von vornherein wußte, daß sie kühl und unpersönlich abgefaßt waren.

Es ist ein Maientag, heiß und wolkenlos. Nannerl zupft ihren kleinen »Würzgarten« von Unkraut frei. Zu Hause trägt sie das Haar nicht wie sonst hochgetürmt, es ist unter einem Häubchen versteckt, und sie wirkt jung und hübsch. Neben ihr spielt der kleine Cajetan selbstvergessen mit einem hölzernen Pferd. Es ist ein heiteres, freundliches Bild, und dem Besucher, der an der Gartenmauer steht, wird das Herz eng. Er zögert, sich bemerkbar zu machen, diese Idylle zu stören, und tritt in den Schatten eines blühenden Apfelbaumes zurück. Er will warten, bis Nannerl aus dem Gärtchen kommt. Dann tritt er ihr entgegen. Sie strahlt:

»Ja Franz«, und wird ernst. »Ist etwas passiert? Ist was mit dem Leopoldl?«
Franz schüttelt den Kopf.
»Nein, der Bub ist wohlauf. Aber dem Vater geht es nicht sehr gut, Nannerl. Ich wollte selbst deswegen mit dir sprechen.«
Nannerl erschrickt so, daß sie schwankt und nach einem Halt sucht. Da ruft er:
»Aber Nannerl, warum erschrickst du denn so sehr! Er wird sich bestimmt wieder erholen, das meint auch der Arzt. Aber ich dachte ...«
»Komm herein, Franz.«
Dann sitzen sich die beiden im kühlen Salon gegenüber. In Nebenzimmer ist Nanni und beschäftigt sich mit den kleineren Geschwistern, man hört ihr lustiges Geplapper. Franz, er spricht leise, versucht ihr zu erklären, daß der Papa, »der so ein unruhiges, bewegtes Leben geführt hat«, jetzt einfach müde wird. Nein, er hat keine bestimmte Krankheit, sitzt nur oft da, und man meint, er schläft. Wenn man ihn anspricht, dann taucht er wie aus einem Traum zurück in die Wirklichkeit, ist verwirrt und spricht stockend.«
Nannerl, mit unglücklichem Gesichtsausdruck, erwidert:
»Franz, ich verstehe. Du möchtest mich vorbereiten, mein Gott, auf etwas, woran ich nie gedacht hab'.« Sie springt auf. »Aber was soll ich denn tun? Was kann ich für Papa tun? Soll ich ihn hierher zu uns bringen, in meine Nähe?«
»Ich glaube, das wäre das Beste. Er spricht immer wieder von dir und hat Angst, es ginge dir nicht gut.«
Daß Leopold auch von seinen Schuldgefühlen ihr ge-

genüber spricht, erwähnt Franz nicht. Dem Alten sind auf einmal die vergangenen Jahre, da er sich um Nannerls Gefühle und Empfindungen so herzlos wenig kümmerte, gegenwärtig. Seine Selbstvorwürfe peinigen Franz um so mehr, als er inzwischen von Nannerls wahren »Verhältnissen« weiß, von ihrer Angst um das Leopoldl, von ihren schwierigen Pflichten dem kranken Cajetan gegenüber, dessen epileptische Anfälle sich mehren, aber er weiß auch von Nannerls »Ausgleich« in all dieser Misere, von ihrer glücklichen Natur, die sich in der Musik einen Freiraum schaffen kann, in den Ängste und Sorgen nicht hineinreichen. Wenn sie spielt, wenn sie im Reich der Töne ist – sie hat es selbst einmal so genannt – fühlt sie sich geborgen, ein seltsames Gefühl der Geborgenheit, die Kraft gibt, Lebenslust sogar, die alles andere auszuklammern imstande ist. »Es ist eine Zauberkraft«, hat sie gesagt. »Ach, wenn ich doch öfter spielen könnte!«

Und nun muß Franz noch mit einer weiteren Hiobsbotschaft kommen. Mit Stiefsohn Wolfgang in Salzburg gibt es auch Probleme. Magister Abele hat erklärt, der Bub hätte offensichtlich einen *»Defekt«*. (So bezeichnete es Magister Abele in einem Brief)

»Also auch Wolfgang«, sagt Nannerl nach Franz' Bericht. »Gut, dann holen wir beide, hierher, wo sie hingehören. Ich fahre mit dir sofort nach Salzburg, der Kutscher wird gleich anspannen.«

Nun sitzen sie stumm im Wagenfond. Franz hält ihre Hand, weil er spürt, daß es sie beruhigt. Sie weint vor sich hin, und er versucht unbeholfen, sie zu trösten. Am späten Abend hält der Wagen vor dem Hannibalhaus.

»Soll ich mitkommen?« fragt er.

»Nein, ich danke dir, Franz. Jetzt muß ich mit Papa allein sein.«
Sie geht zunächst in die Küche und bittet die Thresl, dem Vater ihren Besuch zu melden.
»Ich schau' inzwischen zum Leopoldl hinein.«
Der Kleine schläft unter einem Schleier, der ihn vor den Fliegen schützt. Sie möchte ihn herzen und küssen, unterdrückt aber ihre mütterliche Begierde. Er soll weiterschlafen.
Inzwischen müssen die Thresl und die Nandl dem Herrn Kapellmeister aus dem Bett und in den Lehnstuhl am Fenster helfen, er will die Tochter nicht im Bett empfangen.
Da sitzt er im Schlafrock, die zerfurchten Wangen vor Aufregung gerötet. Im schwachen Schein der Lampe wirkt er frisch und unverändert, auch als er nun eifrig zu sprechen beginnt. Sie hat ihm gesagt, sie sei nach Salzburg gekommen, um den Wolfgang heimzuholen. Er nickt eifrig, ja, das sei gut so. Er hätte den Buben zwar einige Zeit schon nicht gesehen, aber die Demoiselle Abele wäre dagewesen und hätte von allerlei Sonderbarkeiten Wolfgangs berichtet.
»Er hat sich vor die Tür gestellt und jedem, der vorüberging, einen von ihren frischgebackenen Kuchen in die Hand gedrückt. Du kannst dir denken, wie das die Demoiselle gewurmt hat.«
Leopolds Gedanken sind sprunghaft. Unvermittelt beginnt er von Wolfgang in Wien zu berichten. Er sei schon wieder übersiedelt, das dritte Mal in den letzten zwei Jahren. Daran sei Konstanzes unruhiger Geist schuld. Sie verzankt sich mit den Nachbarn, und dann wird eben übersiedelt. (Darin irrt Leopold. Es ist Wolf-

gangs unruhiger Geist, der ihn immer wieder eine neue Umgebung, neue Menschen suchen läßt.)
»Ich meine«, schmunzelt Leopold jetzt verschmitzt, »der Wolfgang hat sich ein bisserl in die Nancy Storace (eine Sängerin) verliebt, sonst hätte er sie mir im Winter nicht ins Haus geschickt.« Nancy Storace hatte sich tatsächlich auf Wolfgangs Empfehlung hin einige Tage im Hannibalhaus eingenistet, nicht gerade zu Leopolds Freude. Trotzdem sagt er jetzt:
»Die Storace hätt' zu deinem Bruder besser gepaßt als die Konstanze. Hübsch ist sie, eine hervorragende Sängerin, und gescheit ist sie auch. No ja, jeder ist seines Glückes Schmied.«
Nicht jeder, denkt Nannerl bitter. Es gibt Leute, für die andere das Glück schmieden . . .
Wie vorauszusehen war, lehnt Leopold eine Übersiedlung nach St. Gilgen kategorisch ab. Ja, er sei im Augenblick ein wenig unpäßlich und auch des öfteren müde, aber Dr. Prexls neue Medizin werde ihm schon wieder auf die Beine helfen. Was freilich der Arzt, als Nannerl mit ihm spricht, mit einem besorgten Kopfschütteln in Frage stellt.

Jetzt steht Nannerl vor ihrem Stiefsohn, der auf seinem Bett im Schlafraum der Abele-Pension sitzt und ihr ängstlich entgegensieht. Kaum hat er sie erkannt, springt er auf, wirft sich ihr zu Füßen und fleht sie an, ihn zum Papa zu bringen.
»Mama, bitte, bitte!«
»Aber ja, dazu bin ich ja gekommen, Bub. Reg dich doch nicht so auf. Man packt dir ja schon deine Sachen.«

Auf der langen Rückfahrt ist er voll zitternder Unruhe, fällt beinahe aus dem Wagen, lacht zwischendurch anhaltend und ohne Grund. Das heißt, als Nannerl ihn fragt, sagt er, er lache, weil er den Papa nun bald wiedersehen werde.
Johann Baptist empfängt den Sohn ungehalten.
»Was machst du denn für Sachen, Wolferl! Stiehlst der Demoiselle Abele die Kuchen und wirfst sie zum Fenster hinaus.«
Sogleich wehrt sich der Filius, er hätte die Kuchen ganz ordentlich auf der Straße verteilt. Jedem hätte er nur einen gegeben, besinnt sich dann:
»Ja, ein großer Kerl hat mir gleich zwei aus der Hand gerissen, aber sonst – immer nur einen.«

Für Nannerl beginnt eine schwere Zeit. Sie muß Wolfgang betreuen, der immer verwirrter wird, und sie denkt Tag und Nacht an den Vater. Er schreibt nicht mehr, statt seiner berichtet Franz. Er könne das Bett zwar nicht mehr verlassen, aber sonst sei er bei Appetit.
»Er möchte nicht, daß du herkommst. Ich glaube auch, es ist besser so.«
Ach, das bezweifelt Nannerl. Sie schreibt dem Papa, daß sie ihn zu Pfingsten besuchen werde – mit der ganzen Familie, woraus er ja ersieht, daß niemand während ihrer Abwesenheit zu kurz kommen wird. Nur der Wolfgang würde daheim bleiben, weil er noch nicht wohl sei.

Dann erscheint tatsächlich die ganze lärmende Familie von Sonnenburg am Pfingstsonntag im Hannibalhaus. Die Kinder versprechen, brav zu sein, und stehen nun

scheu am Krankenlager des Großvaters. Sie lieben ihn, denn wenn Leopold in St. Gilgen war, hat sich der gute Pädagoge stets intensiv der Stiefenkel angenommen. Sein besonderer Liebling ist der kleine, jetzt sechsjährige Karl-Andreas. Der Bub bettelt, beim Großpapa bleiben zu dürfen, doch Nannerl schickt ihn mit den anderen Kindern hinaus. Entsetzt erkennt sie den schrecklichen Verfall in den geliebten Zügen des Vaters, begreift, daß dies das Ende bedeutet. Hilflos muß sie in den nun folgenden Stunden zusehen, wie sein Leben, das ihr soviel bedeutet, unerbittlich erlöscht.
Leopold Mozart stirbt, letztendlich überraschend, achtundsechzigjährig am 18. Mai 1787.

Wolfgang schreibt aus Wien einen sehr herzlichen, liebevollen Brief. Nannerl hat sich außerstande gefühlt, dem Bruder ausführlich von des Vaters raschen Tod zu berichten. Franz tut es für sie. Und Wolfgang beruhigt Nannerl in seiner Antwort, sie solle sich keine Gedanken darüber machen, daß er durch einen Außenstehenden von Vaters Tod erfahren mußte.
Liebste beste Schwester. Daß Du mir den traurigen und ganz unvermuteten Todesfall unseres liebsten Vaters nicht selbst berichtet hast, fiel mir gar nicht auf, da ich die Ursache leicht erraten konnte. Gott habe ihn bei sich. Sei versichert, meine Liebe, daß, wenn Du Dir einen guten und liebenden und schützenden Bruder wünschest, Du ihn gewiß bei jeder Gelegenheit in mir finden wirst . . .

Sie blieb noch zwei Wochen in Salzburg, löste mit Franz' Hilfe den Haushalt auf und ordnete das Erbe.

Leopold hinterließ zur großen Überraschung der Tochter die ansehnliche Summe von mehr als 2000 Gulden.
Beide sahen sich über die Papiere hinweg an, und Nannerl dachte in einem Anflug von Bitterkeit: Mein Gott, wenn der Papa mir nur die Hälfte dieses Geldes als Mitgift gegeben hätte, so wären wir beide, Franz und ich, jetzt verheiratet ...
Als alles geordnet war, nahm Nannerl die alte Thresl mit nach St. Gilgen, wo sie, unterstützt von Nanni, das Leopoldl betreute.
Doch nicht nur die Trauer um den Vater lastete auf Nannerl, sie machte sich auch große Sorgen wegen Wolfgang. Ohne eigentlich krank zu sein, hockte er apathisch in einem Winkel und gab dem Arzt Rätsel auf. Sein Vater wich ihm aus, bis tief in die Nacht hinein saß Johann Baptist unten in der Kanzlei über seinen Akten. Kam Nannerl, ihm das Nachtmahl zu bringen, sah er sie mit rotumränderten Augen dankbar an, nahm wohl auch ihre Hand, fragte aber nicht nach seinem Lieblingssohn. Eines Morgens, alles hatte noch geschlafen, war der Bub plötzlich verschwunden. Er wurde von den Knechten des Pflegers überall gesucht. Schließlich fand man ihn, völlig durchnäßt und vor Kälte schlotternd, in einer Kiesgrube in der Nähe des Abersees (später Wolfgangsee) und brachte ihn heim. Er schien sonst unversehrt. Nannerl steckte ihn ins Bett, versorgte ihn mit Wärmflaschen und Tee.
In der Nacht begann er zu phantasieren, schrie und ängstigte sich so, daß Nannerl ihn, beruhigend auf ihn einsprechend, in den Armen halten mußte. Der Arzt stellte ein schweres Nervenfieber fest, das später in

Krämpfe überging. Doch noch immer hielt sich Johann Baptist von seinem Sohn fern. Fast schien es, als wolle er ihn so in Erinnerung behalten, wie er ihn früher kannte – einen wilden, gesunden, ungebärdigen Buben mit lauter Schabernack im Kopf, in seinem armem Kopf, den jetzt grausige Schreckensbilder plagten, so daß er stundenlang schrie und jammerte.
Diese Phase dauerte sieben Tage, eine lange Zeit, in der man dem unerbittlichen Schicksal hilflos gegenüberstand. Nannerl hatte ihr Lager im Krankenzimmer aufgeschlagen und wich nicht von der Seite des Kindes, auch als Walburga sich erbot, die völlig Erschöpfte abzulösen. Es war, als wollte sie die Vorsehung gnädig stimmen, ihrem eigenen Kind ein solches Schicksal zu ersparen. Aber alle Gebete, alle aufopfernde Pflege nützten nichts. Wolfgang starb am »Nervenfieber«. So hatte die Familie von Sonnenburg, wie es aus den Matriken ersichtlich ist, innerhalb von wenigen Wochen zwei Tote zu beklagen, den alten Herrn Vizekapellmeister Leopold Mozart und den jungen Sonnenburgischen Stammhalter Wolfgang.
Eines bewirkte diese schlimme Zeit – Johann Baptists hölzerne Steifheit gegenüber seiner Frau wich einer großen Dankbarkeit. Er erkannte und anerkannte ihre selbstlose Güte und stellte Nannerl in dieser Beziehung in seinem Testament ein »ehrenvolles Zeugnis« aus. (Was ihn allerdings nicht davon abhielt, recht knausrig mit der Witwen-Apanage für sie umzugehen.)

Nannerl fröstelte. Es war zwar schon Frühling, doch in den dicken Mauern des Hauses saß noch der Frost. In dieser Übergangszeit fror man im Pfleggericht, denn

der sparsame Hausherr sparte auch mit Holz für die Öfen. Jemand kam vom Tor her zum Haus, und Nannerl erkannte ihre Stiefnichte Katharina von Sonnenburg. An sie hatte sie in der vergangenen schweren, turbulenten Zeit gar nicht mehr gedacht. Mit schlechtem Gewissen ging sie dem Besuch entgegen. Das Mädchen wirkte verhärmt und verstört. Nannerl nahm sie herzlich in die Arme.
»Du bleibst jetzt für ein paar Tage bei uns«, sagte sie. »Ich schicke einen Boten zu deinem Vater, der bringt ihm Bescheid.«
Katharina saßen die Tränen offenbar sehr locker – sie begann sofort zu weinen und beruhigte sich auch nicht, als Nannerl ihr als Nachtquartier eine Stube im Dachgeschoß zuwies. Es war die gleiche – jetzt freilich mit lichten Ahornmöbeln gut ausgestattet –, in der einst Nannerls Mutter auf einem Strohsack in einer Dienstbotenbettstatt geschlafen hatte.
»Ruh dich aus, Katharina, ich will derweil mit dem Herrn Pfleger in deiner Sache verhandeln.«
Johann Baptist stand höflich vom Schreibtisch auf, als seine Frau eintrat – es kam sehr selten vor, daß sie ihn am Tage in der Kanzlei aufsuchte.
»Gibt's etwas?« fragte er sogleich unbehaglich. »Ist etwas mit den Kindern?«
»Nein, sie sind heute brav wie die Engel. Nanni hat ihnen ein papierenes Puppentheater ausgeschnitten und damit spielen sie schon seit zwei Stunden. Ich komme mit einem anderen Anliegen, Baptist. Ich möchte dich bitten ...« Und nun unterbreitete die Frau Pflegerin dieses »Anliegen« dem Herrn Richter.
Erleichtert erkannte Nannerl, daß er nicht nervös mit

dem Lineal spielte, wie er es sonst tat, wenn ihm etwas lästig oder langweilig war. Er hörte ihr zu, sah sie dabei an oder über sie hinweg zum Fenster, vor dem sich knospende Zweige im Wind bewegten. Als sie geendet hatte, sagte er:
»Ich kenne die ganze Geschichte schon seit langem, aber ich wollte hören, wie du sie siehst.«
»Und weißt du jetzt, wie ich sie sehe?«
Er zögerte.
»Ja, sicher. Aber es sind die Ansichten einer Frau, die einer anderen helfen möchte.« Und er versuchte ihr zu erklären, daß er seiner Nichte nicht helfen konnte.
»Sie und ihr Verlobter wohnen nicht in meinem Pflegebezirk. Ich kann also kein Machtwort sprechen, selbst wenn ich es wollte. Der Verlobte müßte hier bei uns das Indigenat, das Heimatrecht, haben.«
»Und warum kannst du ihm das nicht geben?«
Johann Baptist lächelte nachsichtig:
»Dazu muß man erst ein Eingesessener sein, Besitz haben.«
»Und warum könnte er nicht hier Besitz erwerben?«
»Weil er kein Geld hat.«
»Aber doch sein Vater, wie man mir gesagt hat.«
Und so kam es, daß die hübsche Katharina drei Tage später an der Seite ihres Verlobten St. Gilgen verließ. Der Herr Onkel hatte dem Paar die Wege gezeigt, die mit seiner Hilfe vielleicht zum Ziel führen konnten. Sebastian Schönfelder erwarb also einen Gasthof in St. Gilgen, den heutigen Post-Gasthof. Johann Baptist bürgte für ihn und setzte sich auch dafür ein, daß der junge Mann einige Monate später das Heimatrecht erhielt. Dann erteilte Johann Baptist den Heiratskonsens.

Herr Sigismund vermochte es nicht zu fassen, daß sich sein Bruder in solcher Weise in seine Familienangelegenheiten mischte. Was war in Johann Baptist gefahren? Was hatte ihn plötzlich so verändert?
Nannerl erfuhr von Katharina, daß sie schon ihre Vorgängerin, das geborene Fräulein von Grünbichl, um den gleichen Dienst gebeten hatte. Die aber, adelsstolz wie der Schwager Sigismund, hatte rundweg abgelehnt.
»Ihr wäre es lieber gewesen«, sagte die junge Katharina bitter, »wenn mir die schmutzige Wabern mit einer Stricknadel von meinem Kindl geholfen hätte. Dabei hat mein Herr Vater selbst zwei uneheliche.« (Das stimmt, die Matriken enthalten die Eintragungen.)

Das Recht auf die erste Nacht – Jeanette, der Liebling aller – Frau von Waldstettens Redestrom

Die prächtige Schenkhochzeit wurde im neuen Eigentum der Hochzeitsleute gefeiert. Die obere Taverne, wie der Gasthof früher hieß, war ein altes Hofgut, das schon 1430 das Tavernenrecht, den Ausschank und die Ausspeisung, besaß. Es war stets das wichtigste Haus in St. Gilgen, und sogar Herr Sigismund mußte zugeben, daß dem nunmehrigen Schwiegersohn mit dem Ankauf ein guter Schachzug gelungen war. Daß hierbei der geschäftstüchtige Johann Baptist die Hand im Spiel hatte, war ihm klar. Sigismund machte gute Miene zum bösen Spiel und kam in die Kirche, am Hochzeitsfest selbst nahm er jedoch nicht teil. Dort hätte er ja seinem inzwischen acht Jahre alten Enkel begegnen müssen – in der Kirche war das Kind der Sünde unerwünscht, und er blieb so von seinem Anblick verschont.
Eine Hochzeit war immer ein besonderes Dorffest. Es gab nicht viele Anlässe im Jahr, in einer größeren Gemeinschaft zu feiern – nicht einmal in jedem Jahr eine Hochzeit. Den Armen verwehrte ja die Obrigkeit sehr häufig die Heirat, so daß in vielen Gemeinden in den Taufmatriken mehr uneheliche Geburten registriert wurden als eheliche. St. Gilgen machte da keine Ausnahme.
Dem Herrn Sigismund von Sonnenburg sagte man nach, daß er, wenn er eine Heiratsgenehmigung erteilte, noch das alte Brautnachtrecht, das Recht auf die erste Nacht mit der jungen Frau, in Anspruch nahm. Nicht offiziell, aber auf dem Weg der Erpressung – war

ja der Knecht als Bräutigam oder die Braut als Magd auf des Herren Gunst angewiesen. Herr Sigismund, den auch Leopold Mozart in seinem Briefwechsel erwähnte (indem er Nannerl aufmerksam machte, daß ihr Schwager seine Frau mit Schlägen »traktiere«), trank auch gern über den Durst und zeigte dann auf recht drastische Weise seine Gesinnung:
»Meine Bastarde frischen das Blut der Hintersassen auf, und gescheite Knechte sind mir lieber als Deppen.«
Jetzt saß der Herr mit einem mächtigen Krug Bier allein daheim, denn die Frau und die Töchter waren ja bei der »Bauernhochzeit«. Die wurde in üblicher Weise nach altem, sehr vernünftigem Brauch gefeiert: Jeder Hochzeitsgast legte ein Geldgeschenk in einen dafür bestimmten Korb. Meist blieb den Hochzeitern über die Unkosten für das Mahl auch noch ein hübscher Batzen Geld für die Aussteuer übrig. Gerade dem Schöndorfer kam dieser Geldsegen sehr gelegen, hatte er doch, wie die Akten heute noch ausweisen, 3532 Gulden für die Taverne zahlen müssen. Aber das zahlte sich aus, denn ihr Besitzer wird sich im Laufe der Zeit als ein sehr tüchtiger Wirt erweisen, die erste Poststation in St. Gilgen errichten und der erste k.u.k. Postwirt werden.

Wie glücklich ist Nannerl, als sie vier Jahre nach der Geburt Leopolds einem Mädchen das Leben schenken kann. Es mausert sich zu einem bildhübschen Kind, das auch dem alternden Papa viel Freude bereitet. Nur Walburga zischt der Kucheldirndl zu:
»Hat's ja das geistige G'schau, Zenzi. O mei, die arme Madame!«

Die Kleine wird Jeanette getauft, und ihre Stiefschwester Nanni pflegt sie liebevoll, weicht kaum von ihrer Seite. Niemand in der Familie hat Locken, doch dem Kind ringelt sich das helle Haar wie auf einem Engelsköpfchen. Auch der Onkel Wolfgang Amadé meldet sich aus Wien mit Glückwünschen, berichtet bei dieser Gelegenheit von seinen Sprößlingen und auch von einer zweiten Reise nach Prag und nach Dresden. Dort hat er vor dem Kurfürsten Friedrich August III. gespielt. Auf dieser monatelangen Reise – die Nannerl lebhaft an ihre Jugendreisen mit dem Bruder erinnert – trat Wolfgang vor Fürsten und Königen auf, so in Berlin in einem Konzert vor Friedrich Wilhelm III.

Dieser Brief paßt nicht ganz zu den Berichten einer Wiener Bekannten, Baronin Waldstetten, die von Wolfgangs finanziellen Nöten erzählte – schreibt der Bruder doch auch, daß sich Konstanze im Augenblick zu einem Kuraufenthalt in Baden befindet. So etwas kostet doch Geld, denkt Nannerl, und hätte Wolfgang es nicht, dann wäre seine Frau sicher zu Hause geblieben. Darin aber irrt Schwägerin Nannerl. Konstanze reist jedes Jahr nach Baden, mochte ihr Mann das Geld hierfür auch nur mit Hilfe entwürdigender Bettelbriefe herbeischaffen.

Seit des Vaters Tod ist das so herzliche geschwisterliche Verhältnis abgekühlt. Wolfgang verlangt als Erbe die Partituren zurück, die er dem Vater einmal geschenkt hat. Nannerl ist gekränkt und schreibt in diesem Zusammenhang Jahre später einem Musikverleger:

Hätte ich ihm nur nicht die Partituren ausgehändigt! Bei

Wolfgang mit seiner unachtsamen Art lagen sie oft neben dem Klavier und in den Ecken auf dem Boden herum ...
Viele jener Partituren – Wolfgang sammelte sie alle in einem Verzeichnis (das einmal als Köchelverzeichnis jedem Musikliebhaber ein Begriff sein wird) – fehlten später tatsächlich.

Beide Geschwister wähnten einander in harmonischen, geordneten Familienverhältnissen, in Zufriedenheit und Wohlergehen. Keiner wußte von den Nöten des anderen. Wolfgangs Hoffnungen, Hofkapellmeister zu werden, hatten sich bisher nicht erfüllt. Wohl entstanden in den vergangenen Jahren herrliche Opern, die auch Anerkennung fanden: »Don Giovanni«, »Die Entführung aus dem Serail«, »Figaro« und meisterhafte Sinfonien, Streichquartette und Klavierkonzerte – doch von diesen Musikstücken fand keines mehr den Weg zur Schwester in St. Gilgen, sie mußte sie sich selbst über Freunde besorgen. In seinem Glückwunschbrief für Jeanette schrieb Wolfgang sehr beiläufig:
... wirst du leider auch keine Zeit mehr haben, meine neue Es-Dur-Sinfonie (er meinte die Jupiter-Sinfonie) *zu spielen.*
Sollte sie ihn um diese Partitur bitten? Aber war der kleine Nebensatz ... *keine Zeit mehr haben* mehr als nur eine Floskel? Eigentlich hatte Wolfgang recht, sie mußte sich die Zeit zum Üben stehlen – was sie freilich gern und oft tat, denn ohne Musizieren wäre der Tag für sie verloren. Wie oft hatte sie schon Wolfgangs »Lied der Trennung« und »Abendempfindung« gespielt! Beide Stücke lagen Wolfgangs letztem Brief an den Vater vor dessen Tod bei.

Die kleine Jeanette ist aller Liebling – nicht nur, weil sie das Nesthäkchen in der großen Familie ist. Sie läuft wie ein leibhaftiges Engelchen durch die großen Räume des Pfleggerichts, hängt an dem immer weniger umgänglichen Herrn Papa, den sie unten in der Kanzlei ungeniert mehrere Male am Tag besucht. Dann hebt er das Kind zu sich auf den Schoß, läßt sich von ihm an der Perücke zausen und sie sogar abnehmen. Der Gerichtsdiener wundert sich oft und erzählt davon dem übrigen Personal, das ebenso erstaunt ist, gilt doch der Herr Pfleger als ein gar gestrenger Herr, der – anders als Nannnerls Großvater – keinem der Schuldner auch nur im geringsten entgegenkommt. Freilich – ihm wird man einmal nicht nachsagen, er sei ein zu *»leichtgläubiger«* Richter gewesen. Johann Baptist bekunden die Akten große Ehrbarkeit, Sparsamkeit, Gewissenhaftigkeit und Unbestechlichkeit. Seinem Töchterchen gegenüber aber beweist er noch eine weitere Eigenschaft: zärtliche Liebesfähigkeit. Hat er früher nie das Kinderzimmer betreten – jetzt erscheint er zur Verwunderung Walburgas zu jeder Tageszeit.
»Es tut net gut«, bekundet sie düster, »wenn eins sein Herz so an ein anderes hängt.«
»Warum denn net?« fragt die Kuchldirn Zenzi.
»Weil 's Herzweh nachher zu grausam ist.«
»Warum denn?« fragt das Dirndl noch einmal. Und die Walburga wehrt ab:
»Eine wie du versteht dergleichen net, sei froh.«
Mit der Madame spricht die Walburga über ihre Besorgnis nicht, der Nanni gegenüber aber macht sie einmal mit einer Andeutung ihrem Herzen Luft. Die fährt der Alten heftig über den Mund:

»Spinnst ja, Walburga! Alle im Dorf sagen, daß du spinnst. Untersteh dich und red mit meiner Mama davon. Das Jeanettl ist ganz gesund.«
»Aber was werd' i denn!« knurrt die Magd mit einem bitterbösen Blick auf das vorlaute Fräulein.
Doch nicht nur die Magd betrachtet das Jeanettl mit prüfendem Blick, auch Nannerl ertappt sich dabei. Kein Wunder, immer das Elend mit Cajetan vor Augen und jene unbestimmbare Angst vor etwas, gegen das man sich nicht wehren kann. Sie ist ein frommer Mensch, und mehr denn je legt sie ihre Ängste in die Hände der Jungfrau Maria, betet und opfert. Außer der Heiligen weiß nur Franz d'Yppold von ihren Nöten. Er ist es auch, der Nannerl die neuen Noten Wolfgangs besorgt, da er mit ihm – zumindest von seiner, Franz', Seite aus – engen Kontakt pflegt. Franz bittet Nannerl auch – er war von Wolfgang sozusagen zum Nachlaßverwalter Leopolds erkoren worden –, dem Bruder bei der Erbteilung großzügig entgegenzukommen. Nannerl hat zunächst wenig Lust dazu – der Vater hat sie zur Haupterbin eingesetzt – zu sehr hat sie sich über Wolfgangs Forderung wegen der Partituren geärgert.
»Wenn ich das Geld mit ihm schwesterlich teilen soll, dann auch die Partituren. Aber Wolfgangs Briefe an den Vater bekommt er nicht, die hüte ich«, hatte sie Franz kategorisch erklärt. (Hätte sie es nicht getan, wären sie sicher nicht in so großer Zahl auf uns überkommen.) Nannerl glaubt, Konstanze zu kennen. Sie hätte mit Sicherheit an den Briefen herumkorrigiert (wie sie es ja später tatsächlich mit anderen Briefen durch Unkenntlichmachen vieler Worte getan hat.)

Franz bedauert das abgekühlte Geschwisterverhältnis, weiß aber nicht, wie Nannerls Voreingenommenheit Konstanze gegenüber zu ändern wäre ...

Es war später Nachmittag, die Abendsonne erfüllte den Salon und blendete Nannerl, die ihrer Besucherin, der Baronin Waldstetten, gegenübersaß. Die Dame plauderte gut und gern, und Nannerls anfängliches Unbehagen wich der Neugier. Gerade berichtete sie von einem Fest in ihrem Haus.

»Die Gäste baten mich zu spielen, also saß ich am Klavier und spielte ein Stück von Ihrem Herrn Bruder, der auch als mein Gast zugegen war. Da steht Ihr Herr Bruder auf, stellt sich hinter mich und hört mir zu. Dann bittet er mich, ihm den Klavierstuhl zu überlassen, was ich mit tausend Freuden tat. Und was sage ich Ihnen: Er variierte das Thema so wunderbar, so großartig, daß alle aufsprangen und ihn beglückwünschten. Er ließ sich das gern gefallen, aber plötzlich schob er die Gäste beiseite, schlug auf dem Teppich einen Purzelbaum, sprang über meine Stühle und sogar auf den Tisch – aber keine Tasse fiel um, so geschickt war er. Und zum Schluß machte er einen so tiefen Kratzfuß vor uns, daß er purzelte – wir waren alle entzückt.«

Nannerl lächelte gequält.

»Mein Hanswurst«, sagte sie leise.

»Wie bitte?« fragte die Dame.

»Ach, ich meinte nur, das Kind im Manne, Frau Baronin. So war mein Bruder schon immer – so übermütig, wenn er glücklich war.«

»Ich glaube, ganz so glücklich ist Ihr Herr Bruder wohl nicht, Frau von Sonnenburg. Man sagt, viele alte

Freunde hätten sich von ihm getrennt, weil ihnen die neuen, die ihn jetzt hofieren, nicht genehm sind. Die verehrte Frau Mozart ...« und nun erfuhr Nannerl ausführlichen Klatsch aus den diversen Damenkränzchen in Wien: Von zwei Schwangerschaften Konstanzes, die aber unglücklich verliefen, und von ihrem allzu freien Lebenswandel.

»Man sagt ihr ein Verhältnis mit Herrn Süßmayr nach. Und wenn Sie mich fragen, daran ist bestimmt etwas Wahres. Ich habe die beiden persönlich beobachtet – naja ... Daß sich Ihr Herr Bruder das bieten läßt, Frau von Sonnenburg – aber was rede ich, Herr Süßmayr ist ja sein Adlatus, auf den er nichts kommen läßt ...«

Frau von Waldstettens Redestrom war unaufhaltbar, und Nannerl fragte sich, was sie damit wohl bezweckte? Es gab nur eine Erklärung, die Dame war auf Konstanze eifersüchtig. Nannerl erinnerte sich an Gespräche mit dem Bruder, in denen Frau von Waldstetten eine – nun, sagen wir – zwiespältige Rolle spielte, nämlich, als er um Konstanzes Schwester Aloisia warb. Da betätigte sich diese Dame als eine Art Kupplerin, um ihrem jungen Freund Wolfgang Amadé gefällig zu sein. Wie dem auch sei, Nannerl war froh, als sie den Besuch verabschieden konnte.

Wenn auch Baronin von Waldstettens Bericht von Wohlwollen für Wolfgang geradezu triefte – Nannerl hatte sehr wohl die unterschwellige Bosheit gespürt, die Hoffnung der Baronin, sie, Nannerl, möge dem Bruder per Brief zutragen, was man so über ihn und seine Frau redete. Später sprach Nannerl mit Franz darüber.

»Glaubst du auch, daß Konstanze dem Wolfgang un-

treu ist, sie seine Abwesenheit zu Liebesabenteuern nützt?«
Franz wand sich voll Unbehagen. Natürlich war ihm dergleichen auch schon zu Ohren gekommen, aber nie wäre ihm eingefallen, davon zu erzählen. So fragte er schließlich forsch:
»Seit wann hältst du etwas von neugierigen Klatschbasen? Ich möchte nicht wissen, was sie so über uns beide getratscht haben.« Und in der Erinnerung an diese schönste Zeit in ihrem Leben schenkte ihm Nannerl ihr altvertrautes sprödes Lächeln ...

Jeanette schlief süß in ihrem Bettchen, als die Mutter sich darüber beugte. Aber zuckten denn nicht die Gliederchen unter der Bettdecke? Nannerl erschrak zu Tode. Zeigte es sich an? Nach einer schlaflosen Nacht suchte sie Doktor Pölzl auf. Der lachte sie aus und beruhigte sie:
»Ihr Engelchen lief im Traum seiner Mama davon, oder es jagte einem Ball nach. Ach, Madame, was für unnötige Ängste! Ihre Tochter ist völlig gesund, genau wie ihr Bruder Leopold.«
Auf dem Heimweg kehrte Nannerl in der Kirche ein und opferte der Mutter Gottes eine Kerze. Sie saß und betete, ihre Lippen formten die Worte, ihre Gedanken aber galten den Stiefkindern und Kindern. Ach, waren sie nicht alle glücklich, selbst der arme Cajetan? Wenn er nach einem »Malheur« erwachte, sah er die Umstehenden mit einem Lächeln an. Weshalb war *sie* es denn nicht? Die Kerzen flackerten unruhig, das Gnadenbild Marias in unruhige Schatten tauchend ...

»Ich möchte kein Kind mehr haben« – Nannerls 40. Geburtstag – Das Armengrab – Nächtliche Bittprozession

Nannerl sah in die tiefe Dunkelheit des Vorplatzes. Es schneite nur wenig, nur soviel, daß die dünne Schneedecke im Hof einen hellen Kontrast zu der Schwärze ringsum bildete. Der erste Schnee kündigte unerbittlich den nahenden Winter an, der Johann Baptist häufig in Depressionen stürzte.

»Ich fühle mich eingekerkert«, hatte er einmal gequält gesagt und meinte den mehr als meterhohen Schnee, der das Land wie ein Leichentuch zudeckte, in das die Menschen mit Schaufeln Gräben schnitten – Wege zu den anderen Behausungen und Schlittenbahnen, die über Nacht oft so schmal wurden, daß die Pferde scheuten und nicht weiter wollten. Auf Befehl des Pflegers mußten die Knechte in stundenlanger Arbeit den Vorplatz vom Schnee befreien – so sorgfältig, daß das graue Pflaster wieder zum Vorschein kam. Man schüttelte über ihn den Kopf, denn im ganzen Land wurde nur so viel freigeschaufelt, wie unbedingt notwendig war.

Es schneite immer noch. Nannerl wußte, daß es vor allem die dicht fallenden Flocken waren, die, wie ein weißgesprenkelter Vorhang die Welt verbergend, Johann Baptist schwermütig werden ließen.

»Nannerl, wo bleibst?« fragte er von der Tür her. »Ich warte auf dich. Was tust du im Dunkeln?«

Sollte sie ihm sagen, sie warte darauf, daß er einschliefe? Heute war so eine Nacht, in der er ihrer besonders

bedurfte. Und sie hatte Walburgas boshafte Stimme im Ohr.
»Geben Sie nur acht, Madame. Unser Herr ist in solcher Zeit immer ein rechter Rammler.«
Nannerl war unwillig aufgefahren, aber Walburga hatte die Tür schon hinter sich zugezogen.
Langsam wandte sie sich um.
»Ich komme gleich, Johann Baptist, ich muß nur noch nach dem Waschkessel sehen.«
Ach, sie konnte nicht ewig in der Seifenbrühe rühren, in der die Wäschestücke »einweichten«, um am Morgen gekocht zu werden, sie mußte nach oben.
Er saß voll Ungeduld am Bettrand, zog sie zu sich, und sie ergab sich ihrem ehelichen Schicksal ... Später strich Johann Baptist sein Nachthemd glatt, daß es seinen feisten Leib faltenlos umspannte.

Nun war sie wieder schwanger. An einem Septembertag drängte sich ihr drittes Kind ins Leben. Es war diesmal eine leichte Geburt, vielleicht, weil das Kind ein schmalgliedriges, zartes kleines Wesen war. Nannerl drückte es zärtlich an sich. Es hatte ihr so wenig Beschwernisse verursacht – schon während der Schwangerschaft hatte sie es kaum gespürt. Auch Walburga war ihm gewogen.
»Es hat blaue Augen«, sagte sie, »aber die werden später wie bei den andern dunkel.« Von einem »geistigen G'schau« war nicht die Rede.
Trotzdem starb die kleine Marie Babette nach wenigen Monaten in der Wiege. Nannerl, die in der Ammenstube schlief, wurde durch schwache Geräusche in ihrem leisen Schlaf geweckt, zündete mit zitternden

Händen die Kerze an. Da lag der Säugling und wand sich in Zuckungen und Krämpfen unter der Decke. Sie riß ihn an sich und schrie nach Walburga.
»Lauf, hol Doktor Pölzl, schnell!«
»Der könnt' auch net helfen. Bis der kommt, ist alles vorbei.«
Nannerl drehte sich um und schlug zu. Zum erstenmal im Leben schlug sie ein Lebewesen. Dann begann sie zu weinen; wild, verzweifelt umklammerte sie das Kind, das jetzt leblos in ihren Armen hing. Sie ließ es sich von Walburga abnehmen, die es aufbahrte.
»Wecke den Herrn!«
Doch ein zweites Mal verweigerte sie ihr den Gehorsam, schüttelte den Kopf.
»Morgen ist auch noch Zeit.«
Doktor Pölzl sah die Mutter am nächsten Tag mitleidig an und schrieb in den Totenschein:
Gestorben am 23. März 1790 an Fraisen. (Krämpfen)
Nach dem Begräbnis wandte sich Nannerl mit tränenüberströmtem Gesicht ihrem Mann zu:
»Ich möchte kein Kind mehr haben.« Er blickte verständnislos. Doch sie bekam keines mehr.

In dieser Zeit der Trauer um das kleine Wesen, das Nannerl in seinem kurzen Erdendasein so ans Herz gewachsen war, vermißte sie besonders schmerzlich ihren Vater. Er, der immer Starke, der Selbstbewußte, hätte sie verstanden, sie trösten können. Sie fühlte sich so verlassen und ihrem Schmerz ausgeliefert. Da sagte Nanni hinter ihr:
»Mama, ich gehe zum Friedhof. Kommst du mit?« Die Neunzehnjährige nahm ihren Arm. »Bitte, komm mit.

Es ist ein so schöner Tag. Walburga weiß schon Bescheid.«
Später standen beide Frauen am Familiengrab.
»So viele liegen schon da, Mama. Ob sie wirklich droben auf uns warten?«
Nannerl antwortete nicht. Nach einer Weile faßte sie nach der herabhängenden Hand der Stieftochter.
»Danke, Nanni!«
»Aber warum, Mama?«
»Daß du da bist, mein Kind.«
An diesem Nachmittag saß Marianne von Sonnenburg zum erstenmal seit Wochen wieder am Klavier und spielte Wolfgangs Abschiedslied.
Sie hatte schon längere Zeit nichts mehr von ihm gehört. Fragte sie Franz, so sagte er meist:
»Es geht ihm gut, soviel ich weiß.« Diesmal setzte er hinzu: »Er hat wieder eine neue Wohnung auf dem Judenplatz Nr. 245.«
»Du meine Güte, warum denn? Er ist doch erst vor einem halben Jahr umgezogen. Was ist denn der Grund dazu?« (Wolfgang wechselte fast in jedem Jahr sein Domizil.)
Franz räusperte sich.
»Ich glaube, diesmal ist es, weil die neue Wohnung billiger ist.«
Die Baronin Waldstetten bestätigte dies in einem ihrer nächsten Briefe und schrieb hämisch:
Dadurch spart sich der Herr Hausvater die Summe, die seine Frau in Baden verbraucht . . .
Die Waldstetten hatte in diesem Brief wieder mit viel Klatsch aufgewartet. Nannerl las mit Unbehagen, Konstanze sei wieder schwanger, wie sie aus sicherer

Quelle wüßte. Doch diesmal sei der Hausfreund Franz Xaver Süßmayr der Vater. Er hätte es in berauschtem Zustand selbst zugegeben.
Die Waldstetten wußte nichts von jenen Briefen, die Wolfgang seiner Konstanze 1789 nach Baden schrieb. Er arbeitete in diesen Monaten an der »Zauberflöte« und hätte Franz Xaver Süßmayr sicher zum Abschreiben der Stimmen in Wien gebraucht. Aber er ließ ihn als Begleiter seiner Frau nach Baden reisen. In einem Brief mahnte er sie:

... ein Frauenzimmer muß sich immer in Respekt erhalten, sonst kommt sie ins Gerede der Leute. Meine Liebe, verzeihe mir, daß ich so aufrichtig bin, allein meine Ruhe erheischt es und unsere beiderseitige Glückseligkeit. Erinnere Dich nur, daß Du mir selbst eingestanden hast, daß Du zu nachgebend seist – Du kennst die Folgen davon. Erinnere Dich auch des Versprechens, das Du mir tatst. O Gott! Versuche es nur, meine Liebe! Sei lustig und vergnügt und gefällig mit mir. Quäle Dich und mich nicht mit unnötiger Eifersucht – habe Vertrauen in meine Liebe, Du hast ja doch Beweise davon. Und Du wirst sehen, wie vergnügt wir sein werden. Glaube sicher, nur das kluge Betragen einer Frau kann dem Mann Fesseln anlegen. Adieu ...

Ein sehr eindeutiger Brief, der all den hämischen Klatsch von Konstanzes »Freizügigkeit« zu bestätigen scheint. Aber da ist ja auch von beidseitiger Eifersucht die Rede, also war Wolfgang auch nicht gerade ein Tugendapostel. Rührend ist sein Bestreben, die Liebe Konstanzes zu erhalten oder zurückzugewinnen.
Erst viele Jahre später kam dieser Brief an die Öffentlichkeit. Als ein Beweis für Konstanzes Untreue? Nein,

sicher kein eindeutiger. Immerhin, die Schwangerschaft, von der die Waldstetten sprach, führte am 26. Juli 1791 zur Geburt des kleinen Franz Xaver Mozart. Was veranlaßte die Eltern, dem Kind die Vornamen von Süßmayr zu geben? Die Waldstetten, aber auch andere waren sehr wohl in der Lage, die Zeit der Empfängnis auszurechnen, und erkannten, wenn es wirklich Wolfgangs Kind sein sollte, so wäre es siebzehn Tage zu früh auf die Welt gekommen, denn in der Zeit der normalen Empfängnis war Wolfgang auf Reisen. Interessant ist auch, daß Konstanze in den Briefen den Namen Süßmayr konsequent unkenntlich machte – nicht ahnend, daß es einer Forschung in späterer Zeit möglich sein würde, die unkenntlichen Worte zu rekonstruieren.

Wie dem auch war, in Wolfgangs Ehe gab es offenbar Probleme. Wenn Nannerl davon erfuhr, fühlte sie sich in der Abneigung gegenüber der Schwägerin bestätigt. Freilich, ein Brief wie dieser hätte ihr auch Wolfgangs Liebe zu Konstanze bestätigt. Doch weder die Waldstetten noch Nannerl ahnten von solchen Liebesbriefen. Und Franz blieb in seinen Berichten vorsichtig und zurückhaltend. Nur im Lob über Wolfgangs Kompositionen war er es nicht. Viele Gespräche mit Nannerl drehten sich um sie. Franz kannte nicht jene Worte von Joseph Marx, die er 1944 für Wolfgang schrieb, aber er empfand ebenso:

So ist Mozart für uns Vorbild, Vollendung und Zukunft, völlig zeitlos in seiner Vollkommenheit, zeitfern und zeitnah zugleich, wie alle großen Leistungen der Menschheit. Wen solche Musik nicht berührt und erfreut, der verdient nicht, ein Mensch zu sein ...

Niemand kannte diese »große Leistung« ihres Bruders besser als Nannerl. Sie wußte aber auch, wie mühelos, wie »an Freuden reich« sein Komponieren für ihn selbst war, seine Handschriften beweisen es ja: sogar in den gewaltigsten Projekten seiner Kompositionen gab es kaum Korrekturen von seiner Hand. Sie waren übersichtlich, glasklar, gut lesbar. Keinesfalls die Regel bei bedeutenden »Tonkünstlern« seiner Zeit. Und Nannerl wußte auch, in seinem Kopf waren die Partituren stets schon fertig, bevor er sie – zu welchem Zeitpunkt auch immer – zu Papier brachte. Diese so gelobte »unglaubliche Genialität« aber entzog sich letztendlich Nannerls Vorstellungsvermögen, dafür kannte sie ihren Bruder zu gut, ihr war seine »Genialität« einfach zu selbstverständlich. Franz aber sprach es einmal aus:
»Wolfgang ist ein unbegreifliches Phänomen der Schöpfung.«
Nannerl lächelte ein bißchen ironisch zu seinem Überschwang und dachte an Wolfgangs Bocksprünge im Salon der Baronin Waldstetten.

Es ist ein früher Herbsttag, die Luft ist mild, das Blattwerk der Bäume prangt in Rot und leuchtendem Gelb. Die Linde vorm Haus verfärbt sich nur langsam, doch von den Birken segeln ununterbrochen gelbe Herzchen aufs Pflaster. Jeanette sammelt sie in ein Körbchen, Nannerl sieht es lächelnd. Da aber kommt Johann Baptist mit so ernstem Gesicht auf sie zu, daß ihr Lächeln erlischt. Und da sagt er auch schon:
»Ich habe schlechte Nachricht, Nannerl.« Er, der sie immer nur Marianne nennt, sagt plötzlich das altvertraute »Nannerl«. Sie wendet sich ihm voll zu.

»Ist etwas passiert?« fragt sie angstvoll. »Mit den Kindern? Mit Cajetan?«
Er schüttelt den runden Kopf.
»Nein, es handelt sich um Franz d'Yppold. Er ist verunglückt – ein Holzfuhrwerk –, er konnte nicht mehr ausweichen.«
»Ist er schwer verletzt?« Nannerl wundert sich, wie ruhig ihre Stimme klingt.
»Ja«, erwidert Johann Baptist und setzt – als ob er diesem Gespräch jetzt ein schnelles Ende machen will – rasch hinzu: »Er ist tödlich verunglückt, Nannerl.«
Sie wird so leichenblaß, daß Johann Baptist sie umfaßt und zu einem Sessel führt.
»Bitte, reg dich nicht so auf, meine Liebe. Er hat es überstanden, wir haben es noch vor uns. Er hatte einen schnellen, gnädigen Tod ...« Er sprach weiter beruhigend auf sie ein, die Worte gingen an ihrem Ohr vorbei.
»Geht es dir jetzt besser, Marianne?« fragt er schließlich.
Sie antwortet mechanisch:
»Ja, Johann Baptist«, und trinkt gehorsam das Glas Wasser, das er ihr reicht.
Walburga meldet später dem Herrn, die Madame lasse sich entschuldigen, sie habe starke Kopfschmerzen.
Jener Schmerz sitzt zwar auch in ihrem Kopf, aber er schnürt ihr zugleich das Herz ein. Sie weiß nur eines, sie würde Franz nie wiedersehen. Nie würde ihr Leben so sein, wie es bisher war ...

In der Folgezeit verschleierte sie sorgsam ihre Gefühle allen gegenüber. Nur Nanni sah sie einmal weinen und umfaßte die Stiefmutter in scheuer Fürsorge.

»Mama, laß uns zusammen spielen, es wird uns beiden leichter werden.«
Dann sitzen beide vor dem Flügel. Die Töne strömen dahin, und der Trauernden ist, als umfasse Wolfgang ihre Hand, sie tröstend auf seine Weise ...

Der vierzigste Geburtstag Nannerls am 30. Juli 1791 war durch den Tod von Franz d'Yppold und der kleinen Marie Babette so tief überschattet, das sie sich jede Feier verbat, keinerlei Aufhebens wollte. Doch im Winter, Anfang Dezember, beschloß die Familie, diesen runden Geburtstag nachzufeiern, er sollte nicht sang und klanglos mit dem 91er Jahr versickern. Treibende Kraft war Nanni, und Johann Baptist fügte sich, wenn auch widerwillig. Nannerl selbst sagte schließlich auch ja. So würde der trübe Winter mit seiner frühen Dunkelheit, die Johann Baptist so zu schaffen machte, wenigstens zwei Tage für ihn aufgehellt werden.
Eine besondere Überraschung für Nannerl war, als am 5. Dezember, dem Nikolausabend, mit hellem Geläut zwei Schlitten im Hof vorfuhren, und aus ihnen die übermütige Schar der Salzburger Freunde quoll. Als erste sprang die Kathl Glikowski Nannerl in die Arme. Sie war zwar immer noch unverheiratet und eine Demoiselle, aber vergnügter und lauter denn je. Da standen sie nun alle im Schnee, und Joseph von Mölk meinte galant:
»Du hast dich überhaupt nicht verändert, Nannerl.«
Er bekam von ihr einen Kuß, auch seine kleine Frau, was sie mit einem verlegenen »O danke, Frau von Sonnenburg« quittierte.
Nach der lebhaften Begrüßung saß man beim fest-

lichen Mahl zusammen. Alle Räume waren in vielfältiges, strahlendes Kerzenlicht getaucht; Johann Baptist zeigte sich als liebenswürdiger Gastgeber, dem all die Helle sichtlich wohltat. Und Nannerl dachte: Man müßte ihm zuliebe jeden Tag so viele Kerzen anzünden. Das Licht vertreibt ihm seine Grillen.
Später bat man Nannerl ans Klavier, legte ein Notenblatt auf den Ständer.
»Wir singen dir jetzt ein Lied«, erklärte Viktoria, »ein Lied zu deinem Vierzigsten.«
Es war Wolfgangs »Glückwunsch zum Punsch«, vertont von Herrn von Mölk, der vor Stolz strahlte. Nannerl war gerührt, dachte an Wolfgang in Wien, der ihr vor einem halben Jahr mit einer gezeichneten Glückwunschkarte zum Geburtstag gratuliert hatte und ihr zugleich die Geburt seines Söhnchens Franz Xaver Wolfgang anzeigte.
Wo mochte der Unruhige jetzt sein? In Prag hatte er Mitte August die Festvorstellung des »Don Giovanni« dirigiert. Konstanze und auch Süßmayr waren in seiner Begleitung. Frau von Waldstettens Kommentar dazu lautete:
»Was sagen Sie dazu, Verehrteste: Madame Mozart läßt ihr vierzehn Tage altes Kind im Stich und hängt sich den beiden Herren an. Ich sage nur: empörend. Und dann wundert sie sich, wenn ihr ein Kind nach dem anderen wegstirbt... (Von sechs Kindern überlebten nur zwei.)

Mit der rasch einfallenden Dunkelheit wurde es unruhig im Dorf, die Krampusse trieben mit Gejohle, Geschrei und wildem Kettenrasseln ihr Unwesen in den

Gassen. Jene bocksgehörnten Gesellen, die der Bauernbrauch dem frommen Nikolaus zur Seite gegeben hatte, damit er nicht persönlich die schlimmen Kinder züchtigen mußte, hatten sich so ausgiebig vermehrt, daß sie – in dieser Zahl von St. Nikolaus nicht benötigt – nun ihre eigenen Kolonnen bildeten, zum Schrecken nicht nur der Kinder.

Zwei von ihnen kamen nun als Begleiter des Nikolaus zum Pfleggericht. Auch die Sprößlinge des Pflegers standen furchtsam vor ihnen. Andreas, der Jüngste in Mamas Arm, von Cajetan eifersüchtig an seinen schon langen, herabhängenden Beinen gezogen, Jeanettchen an Papas breite Brust geschmiegt. Aber es gab kein wüstes Schimpfen und Drohen mit der Rute, es gab nur milde Gaben, wie sie der Bischof zu seinen Lebzeiten an die hungernden Kinder verteilt hatte. Die Pflegerkinder hungerten nicht, aber sie waren auch nicht mit Leckereien verwöhnt, und sie knabberten mit Genuß an der Bäckerei, die Walburga dem Nikolaus vorher in den Sack gesteckt hatte. Keine heimliche Vorahnung, nichts sagte Nannerl, als man ihr das Lied »Glückwunsch zum Punsch« sang, daß sich zur gleichen Zeit im fernen Wien eine schreckliche Tragödie abspielte.

Zu Nannerls Freundeskreis gehörte auch die Familie Barisani. Doktor Sigmund Barisani lebte in Wien, seine Eltern und ein Bruder in Salzburg. Sylvester Barisani hielt bis zum Tod seines Bruders Sigmund enge Verbindung zu den Mozarts und berichtete Nannerl auch später immer wieder über Wolfgang und seine Familie.

Nachdem Sylvester Barisani durch Mozarts Diener Joseph Deiner von Wolfgangs schwerer Krankheit erfahren hatte, reiste er sofort nach Wien, doch als er am dritten Tag dort ankam, war schon alles vorbei, hatte man Wolfgang schon in ein dürftiges Armengrab gesenkt. Barisani stand fassungslos an diesem Grab und versuchte das schreckliche Geschehen zu begreifen – es gelang ihm nicht. Später sprach er mit Dr. Thomas Clossett, dem Arzt und Freund Wolfgangs. Clossett nahm sich für den Besucher Zeit, betrachtete Barisani, den er nur flüchtig kannte, mit rotumränderten Augen hinter seiner Nickelbrille.

»Daß das Ende so schnell kam? Das schien uns nur so, Monsieur Barisani. Es widersprach Herrn Mozarts Natur, das Schlimme zur Kenntnis zu nehmen, er schob es so weit als möglich von sich. Seine drängende schöpferische Kraft verlangte das, er hatte keine Zeit – er nahm sich keine Zeit –, an Tod und Vergänglichkeit zu denken bis zuletzt.«

»Sie meinen, er hat nicht gewußt, wie es um ihn stand?«

»Das will ich nicht so sagen. Er hat es vielleicht gewußt, aber nicht wahrhaben wollen.«

»Und woran ist er gestorben, Herr Doktor?«

»Eindeutig an einem Nierenversagen. Woher freilich das enorm hohe Fieber kam – ich muß Ihnen gestehen, das weiß ich nicht. Ich glaube, es ist eine plötzliche akute Krankheit dazugekommen. Jedenfalls war sein Tod kein allmähliches Erlöschen, sondern ein plötzliches gewaltsames Auslöschen . . .«

»Sie meinen also, er starb vielleicht an einer Seuche?«

»Ja, das glaube ich. Deshalb war ich dafür, daß er so schnell unter die Erde kam.«

»In ein Massengrab auf dem Armenfriedhof?« fragte Barisani kühl.
Doktor Clossett hob die Augenbrauen.
»Dies war nicht meine Verfügung, da müssen Sie sich an die Witwe Mozart wenden.«
Das tat Barisani. Er kannte Konstanze, war es ihm bei seinen Wiener Besuchen ja nicht immer möglich gewesen, ihr auszuweichen. Sie machte einen überraschend gefaßten Eindruck und bot ihm höflich Platz an, dann fragte sie, ob er den weiten Weg von Salzburg im Namen ihrer Frau Schwägerin, der Frau von Sonnenburg, gemacht habe.
»Wenn sie etwas für ihren Bruder übrig gehabt hätte«, sagte sie hart, »so hätte sie sich früher um ihn kümmern müssen, jetzt ist es zu spät.«
Sie redete unentwegt weiter, klagte an, beschuldigte, sprach immer wieder von der Geldnot.
»Ich konnte mir nicht einmal eine Trauergarderobe kaufen, wie Sie sehen.« Sie saß in ihrer Galagarderobe in einem brokatbezogenen Sessel und erwartete offenbar weitere Kondolenzbesuche. Barisani betrachtete sie unauffällig. Ihr hübsches Gesicht war unter dem Rouge sehr blaß und spitz und ließ ahnen, wie sie im Alter einmal aussehen würde. »Nein, ich komme nicht im Auftrag von Frau von Sonnenburg. Sie hat keine Ahnung von meinem Besuch. Ich kam, weil ich hörte, daß es ihrem Gatten nicht gut ginge, und ich bin entsetzt, daß er bereits unter der Erde liegt. In einem Massengrab, Madame!«
»Wollen Sie mir das zum Vorwurf machen? Doktor Closset wollte es so. Er sagte, Wolfgang sei der Epidemie zum Opfer gefallen. Ich glaube das aber nicht.«

»Und was glauben Sie, Madame?«
Sie zögerte, sah Barisani aufmerksam an und überlegte: Alles was sie ihm jetzt sagte, würde die verhaßte Schwägerin erfahren und natürlich auch andere Leute.
»Wolfgang hatte Angst, daß man ihn vergiften wolle.«
Barisani versuchte ein möglichst gleichgültiges Gesicht zu machen.
»Aber das ist doch ausgeschlossen, Madame! Wer hätte denn ein Interesse daran, ihm so etwas anzutun?«
»Oh, da gab es einige, die in Frage kämen. Monsieur Salieri zum Beispiel. Er war neidisch und eifersüchtig auf meinen Mann, das weiß ich.«
(Im Totenschein wurde als Todesursache »Frieselfieber« angegeben. Sicher hatte Mozart an diesem Ausschlag gelitten, aber es war wohl lediglich die Abwehrreaktion des Körpers auf eine andere schwere Krankheit. Gift? Konstanzes Version, die sie später weiterhin vertreten würde, kam immer wieder ins Gespräch. Auch Quecksilber ist ein Gift. Heute, nach zwei Jahrhunderten, gibt es Ärzte, die eine Lues nicht ausschließen. Und die behandelte man damals mit Quecksilber. Zweifellos starb Mozart durch Nierenversagen – was immer die akute Ursache gewesen sein mochte.)
Jetzt sprach Konstanze – in der Annahme, daß dies ihren Besucher interessiere, von Wolfgangs letzten Lebensstunden und behauptete, er hätte bis zum letzten Atemzug an jenem Requiem gearbeitet, das ein Unbekannter bei ihm bestellt hätte. Es war durchaus möglich, daß Konstanze diesen geheimnisvollen Besucher tatsächlich nicht kannte, war sie doch auch in diesem Jahr längere Zeit in Baden gewesen.

Der Besteller des Requiems war jedoch keinesfalls der Tod, wie Wolfgang angeblich glaubte, es war ein Graf von Walsegg, der sich lediglich gern dunkel kleidete und so auch vor Mozart auftrat. Zunächst als »Unbekannter«, einfach weil wohl Wolfgang seinen Namen vergessen hatte. Depressionen plagten ihn zu dieser Zeit, er hatte Schmerzen, es waren vielleicht schon Todesahnungen, wenn auch seine letzten Briefe dergleichen nicht offenbarten. Die Behauptung, daß er an dem Requiem gearbeitet hätte, *bis die Feder dem Sterbenden aus der Hand entglitt*, gehört wohl zur Legendenbildung. Keine einzige Note seiner Partitur war zittrig, verwischt oder unsauber, doch das hätte auch die Korrektur Franz Xaver Süßmayrs bewirken können, der das Requiem vollendete. Allerdings – zunächst übertrug Konstanze diese Aufgabe merkwürdigerweise einem anderen, der wohl mit ihr nicht zurechtkam. (Jahrzehnte später deswegen befragt, meinte sie lediglich: »Ich war böse mit Süßmayr. Warum, weiß ich heute nicht mehr.« Vielleicht weil er ihr als Witwe keinen Heiratsantrag machte?)
Konstanzes Mädchen meldet jetzt weiteren Besuch. Sylvester Barisani verläßt Konstanze, die sich wundert, weshalb er ihr nicht die Hand küßt . . .

Wolfgang starb in seiner Stadt Wien, die ihn immer wieder enttäuscht hatte. Weshalb er dieser Stadt dennoch treu blieb, er, der in seinem Leben so viele bedeutende Städte kennengelernt hatte, die bis zu seinem Tode seine Opern und Konzerte aufführten, wird ein Rätsel bleiben. Wien zog mindere Günstlinge vor, jubelte ihnen zu. Wolfgang mußte sich überwinden und

sich mit diesen Herren anfreunden in der Hoffnung, es würde vom Gunstsegen der Wiener auch für ihn etwas abfallen. Die Wiener grenzten ihn aus – bis auf einen kleinen harten Kern von Freunden, der aber zu machtlos war, sein Schicksal zu wenden.
Es wurden ihm zwar Ehrengaben aus Ungarn und aus Holland angeboten, große Beträge, die ihn mit einem Schlag der materiellen Not enthoben hätten, aber das erfuhr er nicht mehr. Sie kamen – Tragik seines Lebens – nur um einige Stunden zu spät.
An seinem Grab aber standen nur wenige Getreue.
Daß hier die sterblichen Reste eines unfaßbar großen Geistes zu Grabe getragen wurden, ein unverdientes Geschenk an die Menschheit, in dem die Natur ein einmaliges, wahrscheinlich unwiederholbares – jedenfalls bis jetzt niemals wiederholtes – Kunstwerk hervorgebracht hatte. (Wolfgang Hildesheimer)

Es war einer dieser tristen Wintertage, da der Schnee wie ein dichter Vorhang unablässig vor den Fenstern niederfiel, als Nannerl einige Tage nach der Spätgeburtstagsfeier mit den Freunden einen Brief von der Baronin Waldstetten aus Wien erhielt. Das Siegel erbrach sie wie immer mit einem gewissen Unbehagen, trotz der Neugier auf die Nachrichten aus jener Welt, die ihr jetzt verschlossen war. Sie las die ersten Worte und erstarrte, dann schrie sie auf:
»Nein, großer Gott, nein!«
Johann Baptist war aus dem Sessel am Ofen hochgefahren.
»Was ist, Marianne?«
Sie gab ihm den Brief. Und Johann Baptist las:

Sicher werden Sie schon wissen, verehrte Frau von Sonnenburg, daß Ihr Herr Bruder am gestrigen Tag beerdigt wurde. Was für ein schrecklicher Verlust für Sie, aber auch für uns alle, seine Freunde ...

»Marianne! Wohin willst du denn?« rief er, als seine sonst so beherrschte Frau aus dem Zimmer stürzte, er sie die Treppe hinunterhasten hörte. Während der Herr dem Mädchen befahl, ihm seine Schuhe zu bringen und den Überzieher, war seine Frau hinter dem Flokkenvorhang schon verschwunden.

Ziellos lief sie stundenlang durchs Dorf, wurde von Johann Baptist schließlich aufgespürt und heimgeleitet.

Später schrieb sie in ihr Tagebuch:

Ich wußte nicht, daß es Wolfgang so schlecht ging ...

Vermutlich war Frau von Waldstettens Brief in der gleichen Postkutsche gereist wie Barisani, doch konnte er erst einen Tag später nach St. Gilgen fahren. Mühsam hatte er sich die Worte zurechtgelegt, mit denen er Nannerl die Schreckensnachricht überbringen wollte. Dann stand sie, die ja nicht wußte, daß er von Wien kam, ihm gegenüber und sagte:

»Herr Barisani, ich muß Ihnen etwas Entsetzliches mitteilen. Ich bekam gestern die Nachricht aus Wien ...«

Sie begann zu weinen, schluchzte: »Es ist unfaßbar, unfaßbar! Wolfgang ist – er ist gestorben!«

»Was kann ich Ihnen zum Trost sagen, Nannerl? Ich bin ja selbst untröstlich. Ich war in Wien, Joseph Deiner hatte mir ein Billett zukommen lassen, daß Wolfgang ernstlich unpäßlich sei. Aber als ich kam, war schon alles vorbei. Man hatte ihn schon begraben.«

Sie fragte unter Schluchzen:

»Haben Sie mit seiner Frau gesprochen? Warum hat sie mich nicht verständigt?«
»Es ging wohl alles sehr rasch, so wie damals mit Ihrem Herrn Vater.« Halb unbewußt fand Barisani die richtigen Worte. Nannerl hatte ihrem Bruder den Tod des Vaters auch »zu spät« mitgeteilt. Aber damals war die warme Jahreszeit – jetzt im Winter hätte man das Begräbnis bis zur Ankunft der Schwester doch hinausschieben können. Durchaus bewußt lenkte Barisani Nannerl mit der ausführlichen Schilderung der Wiener Begebenheiten ab. Zwischendurch fragte sie:
»Wo liegt er begraben? Die Waldstetten schreibt ›an einem unwürdigen Ort ...‹ Was soll das heißen?« Als Barisani stockend berichtete, sah sie ihn starr an, fragte ungläubig:
»Ist das wahr, Herr Barisani, sie hat ihn in einem Massengrab verscharren lassen?« In ihren sanften Augen funkelte plötzlich der Haß. »Wenn das wahr ist – wenn diese Peron das getan hat –, ich fahre nach Wien und peitsche sie aus!«
»Es geschah auf Anordnung des Arztes. Er nahm an, Wolfgang sei an einer Seuche gestorben. Aber Nannerl, Liebe, das ist doch nicht wichtig, er ist auch dort in Gottes Hut.«
Nannerl war fromm, sie wurde durch Barisani an diese Frömmigkeit erinnert, wurde ruhig und ging später an das Grab ihres Kindes, um dort für den Bruder zu beten ...

Es kam ein sehr trockenes Frühjahr. Mißmutig betrachtete Johann Baptist die Risse in der Ackerkrume seiner Felder, die das Keimen der Saat bewerkstelligen sollte

und nun seit Wochen unfruchtbar trocken dalag. Unter den Rädern zerfiel der Boden der Wege zu Staub, der hochwirbelte, wenn man darüber fuhr. Jedermann ersehnte den Regen, in den Häusern und Kirchen betete man darum, und man scheute sich nicht, eine alte Frau, die als Wetterhexe verschrien war, zu bedrängen, sie möge es regnen lassen. Das Ungeziefer hatte sich vermehrt – im rissigen Boden gab es ein Mäuseloch nach dem andern, und Cajetan lag auf dem Boden und freute sich über jede Mäusenase, die sich frech und ungeniert aus der Erde schob.
»Du wirst dich verkühlen«, rief Nanni, »steh auf!« Doch dazu hatte Cajetan keine Lust.
»Gleich erwisch' ich eine«, rief er.
»Was uns die Trockenheit nicht hinmacht«, knurrten die Bauern, »das werden und die Mäuse im Herbst fressen.«
Auch in Nannerls Garten keimte und wuchs nichts, obwohl sie jeden Tag eifrig die durstige Erde goß, aber die merkwürdig grelle Frühlingssonne sog alles Feuchte sogleich wieder auf.
Die alte Wetterwaberl sagte ihren Bedrängern:
»Habt's mich ehedem woll'n auf den Scheiterhaufen zerren, und jetzt soll ich euch's regnen lassen? Wer sagt mir denn, wenn ich es tue, daß ich dafür nachher nicht brennen muß? Der Herrgott wird schon wissen, warum er euch straft. Denkt nur nach!«

Das tun die St. Gilgener ebenso wie die Salzburger und alle anderen. Die einen meinen, Gott sei erzürnt, weil die Klöster aufgehoben und die frommen Mönche heimatlos wurden, Gott strafe die neuen weltlichen Besitzer mit Unfruchtbarkeit. Andere behaupten, Gott strafe die Menschheit, weil man in Salzburg in diesem Jahr 1792 zum erstenmal die Juden frei herumlaufen lasse, sie nicht mehr in Gettos eingesperrt halte. (Dieses Gesetz Josephs II. bewirkte zwar die Bewegungsfreiheit der Juden, aber die Gleichberechtigung noch lange nicht.) Also: Die Juden sind schuld daran, daß die Erde verdorrt und Hungersnot übers Land kommt.

Johann Baptist ist aufgeklärt genug, diesen Unsinn mit einer ungeduldigen Handbewegung abzutun. Schwer fällt ihm aber die Entscheidung, eine Bittprozession zu verbieten, weil auch dies das josephinische Gesetz verlangt. Die Leute sind abergläubisch, verstehen in diesem Punkt weder den Kaiser noch den Richter. Also geht die Prozession nachts über die Felder, und ein Pater geht mit hinüber zur Kirche, die als Marien-Wallfahrtskirche ebenfalls nicht mehr fungieren darf. So stolpern sie durch die Frühlingsnacht, und das Gebetsmurmeln dringt hinüber bis zum Pfleggerichtsgebäude. Johann Baptist springt aus dem Bett und will dem Treiben vor seinem Haus ein gewaltsames Ende machen.

»Wenn ich dergleichen dulde, kann es mich meine Stellung kosten«, brummt er. Nannerl will ihn beschwichtigen, doch er wehrt ab:

»Sie ziehen absichtlich hier vorbei, mir zum Hohn!«

»Und wenn schon, Johann Baptist, laß sie. Du brauchst sie nicht zu hören. Es ist Mitternacht, da schläft man. Willst du, daß sie dir das ›Habergeißtreiben‹ machen?« (Ein uralter Brauch im Salzburger Land ist, mißliebigen Zeitgenossen mit Rasseln, Gejohle und Topfschlagen ein »Ständchen« zu bringen: Am nächsten Morgen

findet der Betroffene dann seine eigene oder eine andere Ziege auf dem Dach, wo sie durch klägliches Meckern weit in der Runde gehört wird und auf sich aufmerksam macht – zur Gaudi der Nachbarn. Nun, diese Gefahr besteht bei dem hohen Dach des Pfleggerichts nicht, doch zum Gespött der St. Gilgener will der gestrenge Richter natürlich nicht werden.) Also befolgt er Nannerls Rat, dreht sich auf die andere Seite und tut, als ob er schlafe. Aber nicht nur er ist munter geworden, auch Cajetan schreit aus seiner Schlafkammer, und Nannerl geht, ihn zu beruhigen.
Am nächsten, gleißenden Morgen ist er wieder auf Mäusejagd, diesmal mit einem Gehilfen, dem getigerten Hauskater, und es gelingt Cajetan tatsächlich, ein junges Mäusekind zu fangen, das er in seiner Faust festhält, auch wenn der Kater die Beute heftig begehrt.
Walburga kommt mit schwerem Schritt daher.
»Was hast denn da? Zeig her!« Cajetan öffnet blitzschnell die Faust und schließt sie wieder, doch das Schwänzchen guckt zwischen seinen Kinderfingern hervor. Walburga schreit wie am Spieß.
»Madame, Madame, der Cajetan hat eine tote Maus in der Hand.«
Cajetan blinzelt der Mutter verschmitzt zu:
»Ist gar nicht tot, Mama, ist noch ganz lebendig«, flüstert er. Nannerl graust vor einer toten Maus genauso wie vor einer lebendigen. Was soll sie tun? Dem Buben vom Knecht die Maus wegnehmen lassen? Daß er sich so aufregt, daß es zum »Malheur« kommt?
»Ich hole dir eine Spanschachtel«, sagt sie schließlich, »da gibst du sie hinein.« Cajetan ist selig – ach, diese

Mama! Er hat nun eine Maus in einer Spanschachtel mit Luftlöchern und versorgt sie mit Speck und Käse. Als er sie jedoch Jeanette am Schwanz entgegenhält, sich an ihrem Geschrei weidend, da ist die Maus am nächsten Tag verschwunden.

»Die Mäusemama hat sie abgeholt. Das mußt du verstehen, du bist doch schon ein großer Bub«, sagt Nannerl. »Stell dir vor, es käme jemand und würde dich wegtragen und in eine große Spanschachtel sperren. Und dann käme jemand und würde dich mir wieder zurückbringen. Wäre das nicht schön für dich?«

Da sieht Cajetan ein. Die Mama ist schon an der Tür, da sagt er plötzlich:

»Aber es wäre doch für die Mäusemama auch noch Platz in der Spanschachtel gewesen, ganz bestimmt.«

Da kommt Nannerl zurück und drückt den Buben an ihr Herz. Jeanette aber macht einen Bogen um den Halbbruder Cajetan, der sie mit Mäusen schreckt und des öfteren so krank ist, daß sie ihn nicht sehen darf. Nein, Cajetan mag sie nicht. Sie mag eigentlich überhaupt nur den Papa, der ihr jeden Wunsch erfüllt und nie mir ihr schimpft, auch wenn sie ungezogen ist – denn ungezogen ist das Engelchen oft, davon weiß das Kindermädchen ein Lied zu singen.

Ein Boot auf dem Abersee – Sommerblumen und Noten aus einer Glasvitrine – »Wie schön sie heute wieder spielen« – Einem neuen Tag entgegen

Hat nun die nächtliche Bittprozession etwas genützt oder der Zauber der Wetterwaberl – jedenfalls türmen sich Anfang Mai schwere Wolkenmassen am Himmel, und alles atmet auf. Aber nicht lange. Ein bedrohliches Unwetter zieht vom Abersee herauf. Die bleiern graue Wand verwandelt sich in schwefelgelbe Wolkenschwaden, aus denen jetzt die ersten Blitze zucken. Cajetan verkriecht sich auf Mutters Schoß, die kleine Jeanette sucht beim Vater Schutz, aber auch Karl, der Ruhige, Brave, einst Leopolds Liebling, ist blaß und bewegt die Lippen im Gebet. Die Walburga hockt mit den übrigen Dienstleuten im Herrgottswinkel vor der geweihten Wetterkerze als Vorbeterin und spricht die alten Gebete gegen »Donner, Hagel, Blitz und sonstiges Ungemach«. Die anderen antworten: »Erlöse uns, o Herr.« Das eintönige, monotone Gemurmel wird plötzlich unterbrochen, der Pferdeknecht stürzt in die Stube:

»Der Fischmeister hat mich hergeschickt. Es ist dem Pichler sein Boot in Wassernot.«

Wieder einmal bewundert Nannerl die Umsicht Johann Baptists, mit der er seine Befehle gibt. Die beiden Landjäger sollen mit den Knechten das schwere Rettungsboot klarmachen und drei Fischer, die er namentlich nennt, mit hinausfahren.

»Der alte Pichler bleibt zu Hause!«

Dann will er Jeanette der Mutter in den Arm legen, um

zum See hinunterzureiten, aber die Vierjährige fängt an zu schreien, hängt sich an des Vaters Schoßrockzipfel und ist nicht zu bewegen, »vernünftig« zu sein. Also gibt Johann Baptist nach. »Jeanette soll gutes Schuhwerk und warme Oberkleidung anziehen. Spann das Pferd an«, befiehlt er dem Knecht, »wir fahren mit dem Wagen.« Und zu Nannerl gewandt: »Da kann Jeanette mitkommen. Du bleibst aber da. Wenn etwas passiert, laß das Vieh aus dem Stall treiben. Ich bin unten beim Fischmeister.«

Dann fährt er, Jeanette neben sich, durch Blitz und Donner und Sturmböen hinunter zum See. Der Fischmeister hat ihn schon erwartet, neben ihm steht der alte Pichler und will partout mit ins Rettungsboot. Doch den Befehl des Richters respektiert er und sagt schließlich, als er Jeanette sieht:

»Das ist gut. Ein Kind am Wasser bringt Glück. Hab' der Babette befohlen, mit dem Buben mitzukommen, aber sie hat's nicht getan.«

Man steht am Ufer, die Wellen schlagen mannshoch gegen den Strand, da entnimmt der alte Fischer seinem Rock plötzlich eine kleine schwarze Katze und schleudert sie ins Wasser. Jeanette beginnt sofort wild zu schreien, und der Richter fährt den Alten an:

»Was tust du denn da!« Dabei weiß er es genau. Es gibt einen alten grausamen Brauch, bei Gefahr eine Katze zu opfern. Der Fischer schweigt.

»Das hat noch ein Nachspiel, Pichler. Wir sind keine Heiden!« droht ihm der Fischmeister.

Nach einer Weile kommt Blasius, der Bub des Fischmeisters, mit der triefend nassen Katze an.

»Hat's das Wasser wieder außi g'haut«, sagt er verlegen.

»Ist's noch ganz lebendig«, und will das Tierchen Jeanette geben. Aber die fängt abwehrend an zu schreien und hat Angst vor dem halbtoten Tier.
»Laß nur«, sagt der Richter. »Kannst sie ja morgen zu uns bringen, Blasius.«
Inzwischen spielt sich draußen auf dem See eine Tragödie ab. Der junge Johann Pichler ertrinkt, die beiden anderen Burschen werden gerettet. Anschließend verbreitet der gebrochene Alte im Dorf, des Richters Tochter bringe Unglück, sie sei eine Gezeichnete ...
Dieses Gerücht bringt Walburga nach Hause und erzählt es der Herrin. Nannerl erschrickt tief. Sie weiß, welche Macht der Aberglaube in diesem Erdenwinkel noch hat. Daran haben Joseph II. Reformen und Aufklärungskampagnen fast nichts ändern können, und daß ihr Kind in diesen Teufelskreis hineingezogen werden soll, das läßt sie später verzweifelt zu Johann Baptist sagen:
»Mein Gott, was steht uns denn noch alles bevor!«

Aber Nannerls Ängste sind unbegründet. Es folgen Jahre der Harmonie, des Friedens im Haus des Richters Johann Baptist. Nanni ist verliebt und ihr Auserwählter Anton Schibl, Pfleggerichtsadjunkt in Diensten Johann Baptists, ist allen willkommen. Aus guter Familie, mit der Aussicht auf eine Pfleggerichtsstelle, ist anzunehmen, daß Nanni das Glück findet, das sie verdient. Wie immer, wenn in nächster Umgebung Verliebte leben, ist es auch in ihrem Umkreis hell und freundlich.
Die Hochzeit wird ein großes Fest, das – freilich zum letztenmal aus so heiterem Anlaß – die zahlreiche

Berchthold-von-Sonnenburg-Sippe im Pfleggerichtsgebäude zu St. Gilgen vereint. Der Ort nimmt regen Anteil. Die Blaskapelle und der Gesangverein bringen Ständchen, Geschenke kommen ins Haus, denn die älteste Tochter des Richters ist überall beliebt.
Der Jüngsten aber begegnet man immer noch mit einer gewissen Angst, was Jeanette vielleicht spürt und mit keckem, lautem Benehmen kompensiert. Sie ist ein sehr hübsches Mädchen und sich – so jung sie auch ist – durchaus ihrer Schönheit bewußt. Niemand ahnt bei Nannis Hochzeit, daß man kurze Zeit später zu einem traurigeren Anlaß wieder zusammenkommen wird ...

Schon seit einigen Monaten kränkelte Johann Baptist. Nicht mehr seelische Kümmernisse plagten ihn, sondern körperliche Altersbeschwerden machten ihm zu schaffen. Doktor Pölzl meinte zur besorgten Nannerl:
»Es ist das Herz, gnädige Frau.«
»Aber man muß doch etwas dagegen tun können!«
Der Arzt schüttelte langsam seinen grauen Kopf. »Wenn die Uhr abgelaufen ist, Madame, könnte sie nur der liebe Gott noch einmal aufziehen. Der aber bin ich nicht.«
Obgleich Nannerl solcherart vorgewarnt war, traf sie der plötzliche Herztod ihres Mannes doch schwer. Es war zwar nur eine Vernunftehe, die beide zusammengeführt hatte, aber Nannerl war es dank ihres Charakters gelungen, die Ehe mit dem trockenen, oft schwierigen Johann Baptist in harmonische Bahnen zu lenken, die ja auch auf musikalischem Gebiet ihr Lebenselixier waren. Johann Baptist starb in der trüben,

sonnenarmen Zeit, die er so fürchtete, im Spätwinter 1801. Sein Grabstein ist in der Pfarrkirche St. Gilgen heute noch zu sehen.
Die Auflösung des Haushaltes machte große Schwierigkeiten. In St. Gilgen wollte Tochter Jeanette nicht bleiben, obgleich Nannerl dort viele Freunde hatte, die sich bemühten, ihr zu helfen. Nannerls Hauptsorge galt Cajetan. Seine Schwester Nanni erbot sich, ihn zu sich zu nehmen. Er aber wollte unbedingt bei der geliebten Mama bleiben. Doch Jeanette war durch nichts zu bewegen, mit dem Halbbruder in der zukünftigen Salzburger Wohnung zusammen zu leben. Karl war erwachsen und blieb in St. Gilgen. Nannerls Sohn Leopold hatte einen Studienplatz in Salzburg. Der Mutter tat das Herz weh – so zerfiel die große Familie, und sie konnte es nicht hindern.

Im Haus von Sylvester Barisani fand Nannerl eine schöne helle Wohnung, die sie mit der zwölfjährigen Jeanette – ohne Cajetan – einige Monate nach Johann Baptists Tod bezog. Es war wiederum eine gute Salzburger Adresse, die damalige Kirchgasse und heutige Siegmund-Haffner-Gasse 12, konnte sie doch von ihrer Wohnung zu jenem Haus hinübersehen, in dem sie ihre Kindheit mit Wolfgang verbracht hatte. Langsam begann sich der Kreis zu schließen. Bevor Sylvester Barisani seine erste Aufwartung machte, gab es zwischen Jeanette und der Mutter eine Auseinandersetzung.
»Ich möchte dir nur sagen, Mama, daß ich jetzt alt genug bin, um zu wissen, wer es gut mit mir meint und wer nicht. Jedenfalls dieser Herr Barisani nicht.«
Auf Nannerls entgeistertes »Aber um Gottes willen

warum nicht?« erwiderte Jeanette mit einem Flackern in den Augen.

»Bitte glaube nicht, Mama, daß ich blind und blöd bin. Ich weiß, weshalb uns Herr Barisani in sein Haus eingeladen hat. Er ist allein an dir interessiert. Er möchte dein Liebhaber werden wie Onkel Franz. Du hast Papa nicht geliebt!« Jetzt begann sie zu schluchzen. »Und ich begreife den armen Papa nicht, daß er sich das hat so lange bieten lassen.«

Nannerl sank entgeistert in einen Sessel.

»Jeanette, was ist in dich gefahren! Wie kommst du auf solche absurden Ideen? Onkel Franz war unser aller Freund, ein wunderbarer, uneigennütziger Freund.«

»Der den armen Papa auf dem Gewissen hat. Er hat Papa das Leben so schwer gemacht, du und er, daß es dem Papa das Herz brach. Er hat geweint, hat dich bestürmt, Onkel Franz zu lassen, aber du warst bis zu seinem Tod seine Geliebte. Und nun hast du es auf Barisani abgesehen. Ihr zwei habt nur auf Papas Tod gewartet.«

Nannerl richtete sich auf, in ihr war kein Zorn, nichts als eine namenlose Angst. Sie umfaßte Jeanette, streichelte sie, sagte:

»Kind, das hast du alles nur geträumt!«

Jeanette schrie auf, schüttelte Nannerls Umarmung ab, lief aus der Tür auf die Straße, Nannerl mußte sich festhalten, sonst wäre sie gestürzt. So traf sie Sylvester Barisani an. Starr und bleich sah sie ihm entgegen.

»Was ist denn, was haben Sie Madame?«

Und Nannerl berichtete so ruhig, als es ihr möglich war, von Jeanettes Auftritt. Es schien ihr besser, ihren Hausherrn aufzuklären.

»Aber das sind doch Hirngespinste eines Kindes.«
»Nein, ein Kind ist meine Tochter nicht mehr. Aber das Wort Hirngespinste – Herr Barisani – ich habe solche Angst!«

Der Tod Johann Baptists war wohl der Auslöser zu Jeanettes geistiger Störung, die nun rasch fortschritt. Sie sah in dem biederen Sylvester Barisani eine Art Ersatz für d'Yppold und erzählte allen vom Liebesverhältnis der Mutter mit beiden, Franz d'Yppold und Barisani. Sie nannte Details, malte Einzelheiten aus, nannte Daten. Zugleich begann Jeanette an Verfolgungswahn zu leiden, und wäre nicht Nannerls Sohn Leopold gewesen, der nun zu ihr zog, sie liebevoll beruhigte und unterstützte, Nannerl wäre völlig verzweifelt.
Herr Barisani konnte ihre Wohnung nun nicht mehr betreten – Jeanette stürzte sich sofort mit beiden Fäusten auf ihn. Diese Jahre waren für Nannerl die schlimmste Zeit ihres Lebens. Nicht einmal die Musik, ihre große Trösterin, stand ihr zur Verfügung – Jeanette schrie, wenn die Mutter spielen wollte, daß man es bis auf die Straße hinunter hörte. Nannerl aber erinnerte sich an jene Stunde in der St. Gilgener Kirche, als sie sich selbst gelobte, den Kranken in ihrer Familie das Kreuz tragen zu helfen, wie schwer es auch immer werde . . .

. . . die jugendliche Jeanette starb am 1. September 1805 im blühenden Alter von siebzehn Jahren. Die angegebene Todesursache Nervenfieber läßt in fataler Weise an das tragische Ende ihres Halbbruders Cajetan denken, der einige

Monate später ebenfalls einem tückischen Nervenfieber, der Epilepsie, erlag ... (Heinz Schuler in »Mozartgenealogie«)

Nannerl steht an der geöffneten Glasvitrine und blättert in ihren Noten und Partituren. Genußvoll wählt sie aus, was sie heute zu spielen gedenkt, legt die Blätter auf das Pult des Flügels, breitet ihren Rock aus, um sich zu setzen – es ist in diesem Jahr 1809 kein unbequemer Reifrock mehr, modisch schlicht fallen die Rockbahnen an ihrem immer noch erfreulich anzusehenden Körper herab.
Während der ersten Jahre nach Jeanettes Tod trug sie nur dunkle Farben, heute bauscht sich der seidene Rock elfenbeinfarbig über dem Klavierschemel. Sie lauscht einen Augenblick – nein, Sohn Leopold kommt noch nicht, es ist das Mädchen, das in der Küche rumort und jetzt ins Wohnzimmer tritt.
»Soll ich Madame die Milch warm machen?«
Nein, Nannerl ist zu unruhig. Sie möchte jetzt spielen, Leopold mit Tönen empfangen. Heute ist ihr sechsundfünfzigster Geburtstag, aber es gibt noch einen weiteren Grund zu feiern. Sohn Leopold ist nach Salzburg zurückgekehrt. Er war als Oberlieutenant *»für Gott und Vaterland und gegen den Usurpator Napoleon«* in der 1. Kompagnie des Salzburger Landwehrbataillion eingerückt, meldete sich als Kurier im Hauptquartier und konnte dem Erzherzog Max in Wien, worauf er stolz ist, eine wichtige Depesche überbringen. Ach, Großvater Leopold hätte seine Freude an diesem Enkel gehabt. Allerdings geriet er in französische Gefangenschaft, wurde aber zu Nannerls grenzenloser Erleichte-

rung auf Ehrenwort entlassen, was bedeutete, daß er sich nie mehr an Aufständen gegen Napoleon beteiligen durfte. Vor ein paar Tagen erhielt er seinen Abschied, und Nannerl ist glücklich.

Sie sieht auf die Uhr – noch ist Zeit, bis Leopold kommt. Er ist oft ihr Nachmittagsgast, erscheint zur Jause, begleitet Nannerls Spiel mit der Geige, die er zwar nur dilettantisch beherrscht, was seine Mutter jedoch stets auszugleichen vermag.

Sie beginnt zu spielen. Töne blühen unter ihren Händen auf – Motive aus Wolfgangs »Zauberflöte«, Paminas Arie: *»Das klinget so herrlich«*, und wieviel Süße, wieviel Schönheit, jubilierende Lebensfreude liegt in Papagenos Arie *»Der Vogelfänger bin ich ja ...«*, komponiert wenige Monate vor seinem Tod! Es vergeht kein Tag, an dem sie nicht an Wolfgang denkt, sich mit ihm in seiner Musik vereint weiß. Nun, da sie meist allein ist, hat sie viel Zeit für sich, für ihre Musik. Sie hat wieder Schülerinnen, gibt Unterricht, nicht um des Geldes willen, sondern damit sie ihrer Musizierleidenschaft unverfänglicher frönen kann. Wie versteht sie ihren Bruder Wolfgang! Auch für ihn bestand das Leben im Grunde genommen nur aus der Welt der Töne.

Heute erscheint es Nannerl unbegreiflich, daß sie zwanzig Jahre »darben« konnte, immer nur halbstundenweise am Flügel sitzen durfte, den erstaunt vorwurfsvollen Blicken der Kinder und der Dienstleute, aber auch ihres Mannes ausgesetzt, der ihr Spiel stets nur als ein unnützes, zeitraubendes Übel betrachtet hatte. Jetzt aber ist sie frei, frei für ihre Leidenschaft, ihren Lebensinhalt.

Ihr Sohn versteht sie. Wenn er bei ihr ist, kann sie mit ihm auch über Franz sprechen: Wie lange ist es her, als die Liebe zu ihm noch ihr »Panier« war, als die Zukunft noch »voller Geigen« hing. (Die freilich immer melancholischer und trister klangen, je mehr die Zeit fortschritt.) Aber nun ist alles vorbei, jene Wirrnis der Liebe, die die Menschen Schicksal nennen, die ihr neben hellen Lichtblicken auch so viel Schatten beschert hatte – es ist vorbei ...

Im Vorzimmer ist Bewegung: Leopold scheint gekommen zu sein, sie hört seine leise Stimme. Als er eintritt, steht sie – eine immer noch schöne Frau – am Klavier, er kommt ihr mit einem Strauß Sommerblumen entgegen. Alle ihre Geburtstage waren stets von Blumen erfüllt, weil zu dieser Zeit, am 30 Juli, ja die ganze Sommerwelt in Blüten steht. Sie empfängt den Strauß, da erscheint auch schon Zenzi mit der Vase, ordnet darin das Präsent, und als sich die Tür hinter ihr schließt, umarmt der Sohn die Mutter herzlich. Er ist in den Kriegsjahren mager geworden, sogar sein Haar schütterer, sein junges Gesicht von mancherlei Unbill gezeichnet. Er steht auf, holt seine Geige aus der Vitrine und fragt:

»Wollen wir spielen, Mama?«

Sie streicht ihr Haar mit einer ruhigen Bewegung zurück, nickt und legt die Notenblätter auf das Pult.

Unten aber sagt Sylvester Barisani:

»Hör doch nur, Amalie, wie wunderschön sie heute wieder spielen.«

Am Abend fragt Leopold die Mutter:

»Wie geht es deinem Herzen? Hat es die Aufregung dieses Tages gut verkraftet?«

Seit einiger Zeit machte ihr das Herz zu schaffen. Doch eines Tages war Walburga hier aufgetaucht – sie führte ihrem Bruder, einem Fuhrmann, seit der Auflösung des Pflegerhaushaltes die Wirtschaft und besuchte Nannerl des öfteren –, hatte ihr einen bitteren Tee gebracht und gesagt:
»Nicht viel nehmen zum Aufbrühen – nur so viel, wie zwischen Daumen und Zeigefinger leicht Platz hat, nur eine Prise, Madame, dann wirkt er Wunder.«
Und dieser Tee hatte tatsächlich auch heute geholfen.
»Trotzdem mußt du dein Herz schonen, Mama, mir zuliebe.«
In den Sessel zurückgelehnt, fühlte Nannerl sich wohl, behütet von der Liebe ihres Sohnes. Wenn es doch immer so bliebe, dachte sie dankbar.

Es war eine dunkle Nacht, der Mond verbarg seine schmale Sichel hinter einer Wolkenbank, doch die Sterne funkelten, und Nannerl dachte: Wie eh und je, wie sie den Reisenden in die Kutsche geleuchtet hatten, in die vielen Gastzimmer in den großen Städten, wie an den Abenden im Zwergengarten von Mirabell, als Franz ihre Hand hielt – wie, ja auch wie sie in ihrer Hochzeitsnacht an der Seite eines ungeliebten Mannes lag. Nein, sie wollte ihm in Gedanken nicht unrecht tun. Er war ihr ein rechtschaffener Ehemann gewesen, hatte sie in die Lage versetzt, nun in Ruhe und Beschaulichkeit ihr musikdurchströmtes Leben zu genießen. Mit diesem Gedanken schlief sie ein und einem neuen Tag entgegen ...

Nun war es wieder Winter geworden, einer von so vielen, die Nannerl noch zu erleben hatte. An jedem Winterbeginn mußte sie an Johann Baptist denken und an seine Furcht vor der kalten Dämmerung, vor der beklemmenden Stille dieser Zeit. Es gab zwar auch winterliche Sonnentage, doch sie beleuchteten so grell diese fremde weiße, sterile Welt, daß auch die ihn ängstigten. Seine Furcht entsprang wohl der Furcht vor dem Tod, der dem drohte, der sich in diese Eiswelt begab – falls er nicht rechtzeitig die Geborgenheit des Hauses fand.

Nannerl kannte keine Angst vor der stillen weißen Jahreszeit, im Gegenteil. Sie sah in ihr die Gelegenheit zu Einkehr, Gebet und Besinnung.

Sie saß in ihrem Lehnsessel, einen Spiegel in der welken Hand, und versuchte ihr Spiegelbild zu erkennen. Aber es waren nur vage Umrisse – sie war fast blind. Doch es störte sie wenig. Schlimm wäre es für sie gewesen, wenn sie ihr Gehör verloren hätte. Aber das war intakt. Sie hörte leiseste Töne und Geräusche. Jetzt beispielsweise nahm Zenzi nebenan den Milchhafen vom Bord, goß Milch ein, stellte ihn klirrend auf den Herd, öffnete das Herdtürchen, um nachzulegen, und schloß es wieder. Dann rief es von nebenan:

»Ich bringe Madame gleich die Milch.«

Später fragte Nannerl:

»Hat es geschneit, Zenzi?«

»Nur wenig, Madame.«

Und Nannerl stellte sich die dünne Schneedecke auf

dem Pflaster vor. Sie war sicher wirklich nur dünn, denn man hörte deutlich das Klappern der Hufe auf dem Platz vor ihrem Fenster. Sie sah in Gedanken die weiße Verzauberung der Welt, den Schnee auf den Dächern in Eiskristallen schimmern, sah sich im Schlitten mit Franz.

»Öffne das Fenster, Zenzi!« Dann stand Nannerl auf und ging der hereinströmenden Luft entgegen. »Es ist nicht sehr kalt, gelt? Es wird bald tauen.«

Die Uhr auf dem Sims schlug drei. Früher war Leopold oft um diese Zeit zur Jause gekommen, aber er lebte jetzt, im Jahr 1825, in Tirol. Seine Frau Therese Fuggs, die Tochter eines Hofrates, schenkte Nannerl eine Enkelin, Henriette. Vom Kreuz der Degeneration, das dieses Kind später in einem Irrenhaus tragen mußte, erfuhr Nannerl nichts mehr.

Nannerl ergriff Zenzis alte derbe Hand.

»Du bleibst bei mir, gelt? Bis zum Ende.«

»Freilich, Madame, aber das Ende ist noch weit, so wie Madame beinand' sind, packen es Madame schon noch ein paar Jahr.«

Sie »packte« es wirklich. Noch vier lange, besonnte und auch verschneite Jahre waren ihr bestimmt. In ihrem siebenundsiebzigsten Jahr, jetzt schon sehr müde und meist bettlägerig, erlebte sie noch eine große Freude. Ihr Neffe, Wolfgangs Sohn, besuchte sie und bat sie, einen der zahllosen Verehrer des Bruders zu empfangen, Herrn Vincent Novello aus London.

Ach London! das Wort weckte in ihr tausend lichte Erinnerungen. Sie empfing Mrs. und Mister Novello freundlich, und Novello berichtete:

Bei unserem Eintritt lag die Schwester Mozarts ruhig in ihrem Bett. Sie schien besonders erfreut, daß sie unser Geschenk zum Tage ihrer Namenspatronin Anna am 26. Juli erreiche. Ihr Antlitz, obwohl durch Krankheit verändert, zeigte noch die starke Ähnlichkeit mit ihren in Kupfer gestochenen Porträts. Doch es ist schwer zu glauben, daß die Gestalt die vor uns lag, einst das kleine Mädchen war, welches an der Seite des Bruders stehend zu seiner Begleitung ihre Stimme ertönen ließ ...

Nannerl, die zwar versucht hatte, mit Zenzis Hilfe aus dem Bett und auf den Klavierschemel zu gelangen, als man ihr Novellos Besuch ansagte – leider ein vergeblicher Versuch, ihre Hände auf den Tasten hatten keine Kraft mehr –, bat nun den Neffen, für sie zu spielen.

Auf dem Pult waren zwei Musikstücke, die letzten, die Mozarts Schwester gespielt hatte, bevor sie sich sechs Monate zuvor für immer zu Bett legen mußte. Es war »O cara Armonia« aus ihres Bruders Oper »Die Zauberflöte« und das Menuett aus seinem »Don Giovanni« – ein ergreifendes Zeugnis ihrer zärtlichen schwesterlichen Liebe, die seine Schöpfung über alles stellte ... Und Mary (Novellos Frau) *und ich konnten uns nicht zurückhalten, ihre schwachen abgezehrten Hände zu küssen ...*

Auf Nannerls Zügen lag ein zärtliches Lächeln, als sie Wolfgangs Sohn dankend die Hand drückte. Der Besuch war ihr ein letztes Aufglimmen jenes Lichtes, das ihre Jugendreisen erhellt hatte ...

Quellen

Bayerische Staatsbibliothek, »Wolfgang Amadeus Mozart« (Essays, Forschungsberichte)

Alfred Einstein, »Mozart«

Carola Groag Belmonte, »Die Frauen im Leben Mozarts«

Wolfgang Hildesheimer, »Mozart«

Willi Reich, »Wolfgang Amadeus Mozart« – Briefe

Schriften des Mozarteums in Salzburg

Heinz Schuler, »Genealogisches Jahrbuch« (Mozartforschung)

Arthur Schurig, »Wolfgang Amadeus Mozart«

Inhalt